Marion Boginski

Elsas Blaubeeren

Marion Boginski

Elsas Blaubeeren

Roman

aufbau

ISBN 978-3-351-03261-6

Aufbau ist eine Marke der Aufbau Verlag GmbH & Co. KG

1. Auflage 2009

Einbandgestaltung Gundula Hißmann und Andreas Heilmann, Hamburg
Druck und Binden CPI – Clausen & Bosse, Leck
Printed in Germany

www.aufbau-verlag.de

September

Ich habe das Familienerbe aufgegessen, Löffel für Löffel, in weniger als zehn Minuten.

Im Badspiegel sieht mich ein Gesicht an, das nicht so aussieht, wie es aussehen sollte: die Lippen schwarzblau und die Zähne ebenso. Ich lecke mit der schwarzblauen Zunge über die Lippen und die Zähne, in der Hoffnung, das Schwarzblau werde verblassen.

Nichts wird weniger, nicht die Farbe und nicht der Geschmack, so intensiv, wie ich ihn bisher nicht erlebt habe und sicher nie wieder erleben werde.

Süß und säuerlich, leicht und schwer, reif und beschwingt, ölig und holzig, zu viel an Geschmack und viel zu viel an Farbe.

Auf dem Küchentisch zurückgeblieben ist das Einweckglas mit dem samtenen Bodensatz, einer winzigen Restpfütze mit zwei verschrumpelten Kügelchen, auf dem Glas ein gezacktes Etikett, kaum noch lesbar, eine Jahreszahl, daneben der Deckel mit dem brüchigen Gummiring und der Löffel, schwarzblau verfärbt wie meine Lippen, wie meine Zähne, wie meine Zunge.

Ich hatte erwartet, dass ich an den Inhalt des Glases nicht herankommen würde, dass die Lasche des Gummirings abriss, wenn ich daran zog. Ich kam heran, mit einem Ssssch wie einem Seufzen, dass es an der Zeit war, dass das geschah, wozu es bestimmt war: aufgegessen zu werden.

Neben dem Glas liegt ein aufgeschlagenes Rezeptheft, eine handgeschriebene Sammlung, verblichene Schrift auf liniertem Schulheftpapier. *Hefeklöße mit Blaubeeren* steht dort mit leicht nach rechts geneigten Buchstaben.

Die Hefeklöße habe ich weggelassen. Ich habe die Blaubeeren pur gegessen, unser Familienerbe, eingeweckt von Oma Elsa vor siebenundsechzig Jahren.

Dezember des Vorjahres

Heiligabend und Regen. Das passte nicht zusammen.

Drei Stunden später fand ich, es passte doch. Passte für Leute mit nicht ausgepackten Geschenken unter dem Tannenbaum. Leute wie mich.

Pausenlos bewegten sich die Scheibenwischer meines Autos, so dass ich nur schemenhaft die Siedlung wahrnahm, in die ich einbog. Maik saß schweigend neben mir, wie meist seit er sich in der Pubertät befand, als bedeutete Pubertät Schweigen. Wenn er sprach, sagte er *ja* und *nein* und *weiß nicht* und *vielleicht*.

Im Moment hörte ich nur ein Brummen, als ich sagte: Besser wir sind bei Tante Clara als allein zu Haus.

Ich fuhr an Häusern, Gärten und Zäunen vorbei, die mich jedes Mal daran erinnerten, dass die Siedlung vor ein paar Jahren noch völlig anders ausgesehen hatte, eingezäunt von einer grauen Betonmauer, und am Zufahrtsweg in einem Betonhäuschen ein Soldat mit einer Kalaschnikow. Dahinter Frauen und Männer und Kinder, die russisch sprachen und russisch feierten und russisch spielten.

Nachdem der Soldat mit seiner Kalaschnikow fort war aus dem Wachhäuschen und die Frauen und Männer und Kinder auch, blieben Häuserreste und Möbelreste und Essensreste.

Was ist dieses Mal passiert?, fragte Clara, nachdem sie uns die Haustür geöffnet hatte.

Ich sah auf die Spuren, die Maiks Schuhe auf den Fliesen hinterlassen hatten, so wie sie ständig Spuren hinterließen, sah auf seinen Rucksack und meine Reisetasche und sagte: Manche Dinge ändern sich nie.

Als ich Clara frohe Weihnachten wünschte und ihr einen Briefumschlag mit einem Stern darauf und Konzertkarten darin schenkte, bemerkte ich das Zucken unter ihrem linken Auge.

Es hatte Jahre gedauert, bis ich herausgefunden hatte, was es bedeutete. Morgens, mittags und abends hatte ich sie beobachtet, und jedes Mal zuckte es unter ihrem linken Auge.

Clara ist krank, sagte ich zu unserer Mutter.

Doch Mutter widersprach: Das ist keine Krankheit, das ist nur ein Nerv.

Mit vierzehn fand ich heraus, dass ich sie nervte. Wenn ich etwas von ihr wissen oder leihen wollte wie eine Bluse, ihr Fahrrad oder ein wenig Geld, zuckte ihr Augenlid. Wenn ihre Freundinnen dasselbe wollten, zuckte nichts.

Weshalb es jetzt zuckte, wusste ich jedoch nicht. Ich war öfter unangemeldet erschienen, das konnte nicht der Grund sein.

Ich versuchte, nicht auf das Auge zu starren, und ging in die Küche, wie ich stets als Erstes dorthin ging.

Nur der schmale Lichtstreifen der Herdabzugshaube beleuchtete den Raum, obwohl auf dem Tisch ein Tannengesteck mit einer halb abgebrannten Kerze und auf dem Fensterbrett ein Schwibbogen stand. Und es saß jemand auf meinem Stuhl, dem am Fenster, mit dem Blick auf die Straße.

Ein fetter getigerter Kater.

Wer ist das?, fragte ich, kraulte ihn am linken Ohr und am rechten. Er schnurrte, ohne jedoch meinen Platz zu verlassen.

Clara zuckte die Schultern. Ist ins Haus gestürmt, heute Morgen, seitdem liegt er dort.

Weil mein Platz besetzt war und blieb, setzte ich mich auf Hannes' Stuhl und tat das, was ich tun wollte, seit ich wusste, dass zwei Geschenke unter meinem Tannenbaum nicht ausgepackt werden würden. Ich heulte, heulte mit Rotz, mit einem Hick in der Stimme, mit gar keiner Stimme.

Clara setzte sich zu mir an den Tisch und schwieg, wie sie nie etwas sagte, bis ich anfing zu reden.

Erik hat mich verlassen.

Verlassen kann man das nicht nennen.

Ich zog ein weiteres Taschentuch aus der Packung, die Clara mir hingeschoben hatte. Er bleibt bei seiner Frau.

Hast du etwas anderes erwartet?

Jedes Mal hatte ich etwas anderes erwartet, bei Jörg, bei Dieter, bei Frank …

Darf ich eine Weile bei dir bleiben?

Wie lang ist eine Weile?, fragte Clara.

Sie wusste es und ich wusste es, eine Weile waren zweieinhalb Tage. Danach behauptete sie, ich würde das Haus erobern, Zimmer für Zimmer und Schrank für Schrank, und dass es nun an der Zeit wäre, wieder zu fahren.

Der fette getigerte Kater schnurrte, ich schniefte und wartete auf Claras Zustimmung.

Zweieinhalb Tage, sagte sie, keine Stunde länger.

Ich schniefte noch einmal und sagte: Danke, große Schwester.

Es war alles wie immer.

Ich hörte den Regen im Fallrohr der Dachrinne hinabrauschen, sah Clara am Küchenschrank hantieren, sah sie ein Glas Whisky vor mich hinstellen.

Das beruhigt, sagte sie. Doch wollte ich nicht beruhigt werden. Ich wollte mitleidige, wollte tröstende Worte und bekam jedes Mal nur einen Whisky. Trotzdem trank ich ihn. Er brannte sich durch Hals und Speiseröhre in den Magen. Danach schniefte und heulte ich weiter.

Maik erschien in der Küchentür, einen Weihnachtsteller in den Händen. Als er mich heulen sah, verschwand er wieder. Clara rief hinterher, er könne etwas davon essen, aber nicht alles. Danach goss sie mir einen zweiten Whisky ein. Ich wollte aber keinen mehr, stand auf von Hannes' Stuhl und ging in den Flur, um meine Tasche hinaufzubringen.

Die Betten sind bezogen, rief Clara mir hinterher, als hätte sie gewusst, dass Erik mich verlässt, wie mich alle verlassen hatten, dabei hatte ich es vor drei Stunden noch nicht einmal selbst gewusst.

Ich nahm die Reisetasche, bemerkte dabei die offenstehende Kellertür und ging zurück in die Küche. Clara saß noch so am Tisch, wie ich sie verlassen hatte, vor sich im schmalen Lichtstreifen der Abzugshaube das Gesteck aus Tannenzweigen und die halbvolle Flasche. Nur mein Whiskyglas war jetzt leer.

Geht es unserem Familienerbe gut?, fragte ich.

Clara nickte.

Kein Schimmel?

Sie schüttelte den Kopf. Nicht dass ich wüsste.

Lärm weckte mich. Lärm, der von unten in mein Zimmer drang. Maik brummte etwas, was ich nicht verstand, als ich aufstand und mit meinen Sachen hinausschlich.

Claras Tochter Fritzi war mit ihrer Familie aus Hamburg eingetroffen. Geklapper, Geplapper und Stimmengewirr drangen ebenso zu mir nach oben wie der Duft der brutzelnden Ente. Ich ging ins Bad.

Als ich die Treppe hinunterstieg, verschwand Peter, Fritzis Mann, gerade mit zwei Kameras samt Stativ in der Küche, und Fritzi versuchte ihre vierjährige Tochter Lisa zu überzeugen, dass sie ihre Jacke ausziehen müsse. Dafür hätte sie den kleinen Koffer und die Puppe, die fast so groß wie ein richtiges Baby war, ablegen müssen, was sie auf keinen Fall wollte.

Wohl wieder Kummer?, begrüßte mich Fritzi.

Statt einer Antwort wünschte ich beiden frohe Weihnachten und bewunderte Lisas Weihnachtsgeschenke. Im

Koffer sei alles, was ein Baby brauche, versicherte mir Lisa, bevor sie in die Küche entwischte.

Eine Katze, rief sie, ich habe mir schon so lange eine Katze gewünscht!

Koffer und Babypuppe fielen zu Boden. Der Kater floh aus der Küche, Lisa rannte ihm hinterher.

Fritzi hob Koffer und Puppe auf und sagte: Ich durfte nie eine Katze haben.

Es ist ein Kater, sagte Clara, die Kaffeetassen auf dem Küchentisch verteilte. Dabei stieß sie an das Tannengesteck und hinterließ einen Kreis aus trockenen Nadeln. Er ist mir zugelaufen, er ist nur vorübergehend hier.

Was mich nicht wunderte, denn schon als wir Kinder gewesen waren, konnte Clara mit Tieren nichts anfangen. Nicht mit Wilfred, meinem Wellensittich, und nicht mit dem Welpen Kuno. Wilfred hat sie umgebracht, aus Versehen, wie sie beteuerte, und Kuno durfte ich nicht behalten, weil er sie gebissen hatte, wie sie behauptete, dabei war es eher ein Zwicken gewesen.

Wilfred lag eines Morgens mit merkwürdig verdrehten Augen und steifen Beinen auf dem Käfigboden. Clara hatte ihn, obwohl es Herbst war, auf den Balkon gestellt. Angeblich schien die Sonne. Ich heulte so lange, bis ich Ersatz bekam. Jedoch wollte ich keinen neuen Vogel, ich wollte einen Hund und bekam ihn, einen tapsigen braunen Welpen, eine Mischung aus Spitz, Dackel und irgendwas. Mit einem Schluck roter Brause taufte ich ihn auf den Namen Kuno. Das Taufen hatte ich einen Tag vorher im Fernsehen gesehen und glaubte, nach diesem Ritual gehöre man zur Familie. Kuno zwickte Clara in die Wade, so dass sie blutete, aber nur ein wenig. Aber dieses Wenige reichte aus, dass sie nicht mehr aufhörte zu heulen und sich weigerte, das Bad zu verlassen, solange der Hund in der Wohnung war.

Und dann war er nicht mehr da. Ich schrie, kreischte, trampelte. Kuno sah ich nicht wieder.

Und nun war bei Clara, die mit Tieren nichts anfangen konnte, ein fremder Kater.

Der Kaffee zischte in der Maschine, Clara suchte etwas in der Besteckschublade, Fritzi blickte aus dem Fenster auf den Vorgarten und die Straße, in der es nichts zu sehen gab außer einem grauen Vorhang aus Regen. Peter hantierte an einer seiner Kameras herum.

Ein Novembertag im Dezember, sagte ich, setzte mich auf meinen Platz, auf dem vorher der fremde getigerte Kater gelegen hatte, und bemerkte, dass auf Hannes' Platz keine Tasse stand, und wollte fragen, weshalb. Aber dazu kam ich nicht, denn es roch beißend. Clara, Fritzi und Peter sahen mich an. Wenn es beißend roch, kokelte Maik.

Er stand vor dem echt englischen Kamin, den ein englischer Ofenbaumeister, irgendein Verwandter großmütterlicherseits, gebaut hatte. Es ist ein offener Kamin mit umlaufender Marmorverkleidung, weiß mit grauen Einsprengseln, mit einem breiten Kaminsims und Säulen rechts und links. An der rechten Säule fehlt ein handtellergroßes Stück Marmor, so als hätte jemand dort etwas abgeschlagen, um es anderweitig zu verwenden.

Nur wegen dieses Kamins war Hannes letztlich einverstanden gewesen, dass das Haus aufgebaut wurde. Als er das erste Mal vor dem Haus stand, hatte er festgestellt, dass es zwei Möglichkeiten gäbe: verkaufen und mit dem Geld irgendwohin fliegen oder alles abreißen und ein neues Haus bauen. Er fand die erste Variante gut. Was mich aufschreien und sagen ließ: Das Haus muss aufgebaut werden, das sind wir Oma Elsa und Opa Richard schuldig! Dreißig Jahre lang haben sie sich jeden Tag von neuem gewünscht, dass ihre Familie wieder hier einzieht.

Und Clara fügte hinzu, es sei genau das Richtige zum richtigen Zeitpunkt, für sie beide. Hannes bekomme ein Arbeitszimmer und sie endlich den Garten, den sie sich bereits seit Jahren wünsche.

Die folgenden Wochen brauchten Clara und ich eine Menge Worte bei unserem Versuch, ihn zu überzeugen, das Haus aufzubauen. Aber nicht unsere Worte stimmten ihn um, sondern der Kamin.

Jetzt kokelte dort Maik, in der einen Hand Zeitungspapier, in der anderen Streichhölzer. Ich entriss ihm beides, denn im letzten Jahr hatte neben dem Adventsgesteck auch die Tischdecke gebrannt und im Jahr davor eine Tageszeitung, die auf dem Tisch gelegen hatte.

Nicht schon wieder, sagte ich.

Er könne nichts dafür, brummte er, es sei das Gen von Oma Elsa, verließ das Zimmer und knallte die Tür zu. Ich zuckte zusammen und dachte, das sei das Gen meines Vaters, der auch diese Unart besessen hatte, und war das erste Mal froh über unsere personenarme Familie. Viel mehr Gene gab es nicht, die zu vererben gewesen wären, jedenfalls keine, von denen ich wusste.

An unserer Personenarmut war der Krieg schuld. Oma und Opa hatten keine Geschwister, dafür jede Menge Cousins – vor dem Krieg. Einige Jahre nach dem Krieg wurden sie von zwei weiteren Mitgliedern ihrer Familie getrennt, Opas Eltern, die in Berlin-Steglitz wohnten. In einer Augustnacht war unerwartet die Stadt geteilt worden. Zu Besuch durften sie erst wieder zwei Jahre später zum Jahreswechsel kommen, und auch das nur mit einem Passierschein. So kannten Clara und ich die Eltern unseres Vaters nur von ihren jährlichen Besuchen, wenn entweder zu Ostern oder zu Pfingsten oder zu Weihnachten Passierscheine ausgegeben wurden. Als ein Jahrzehnt nach dem Mauerbau Tagesvisa eingeführt wurden, die sie zu 30 Besuchen im Jahr berechtigt hätten, waren beide gerade gestorben.

Nun saß Lisa, das jüngste Mitglied unserer personenarmen Familie, mit dem Kater vor dem Tannenbaum und fütterte sich und ihn mit den Resten des Weihnachtstellers, die Maik übriggelassen hatte.

Unter dem Baum lagen kleinere und größere Geschenke, alle unausgepackt, wie bei mir zu Hause. Und obwohl Weihnachten war, lag kein Holz im Kamin.

Im Kamin fehlte das Holz und auf Hannnes' Platz die Kaffeetasse.

Als ich aus dem Kaminzimmer wieder in die Küche trat, stand Clara am Herd und drehte die Ente um.

Fritzi fragte: Wann ist sie fertig?

Wo ist eigentlich Hannes?, fragte ich.

Gestern Abend hatte ich ihn nicht gesehen, aber für gewöhnlich verschwand er in seinem Arbeitszimmer, wenn ich mit meinem Kummer erschien. Nachdem ich meine Reisetasche ins Gästezimmer gebracht hatte, hatte ich mich auf das Bett gelegt und mich bedauert. Darüber war ich eingeschlafen und erst ein paar Stunden später wieder aufgewacht. Da saß Maik noch am Computer. Ansonsten war es dunkel und still im Haus.

Clara stellte den Bräter zurück in den Ofen, schloss die Herdtür und antwortete: Er kommt etwas später.

Wo ist er hin?, fragte Fritzi.

Etwas erledigen, antwortete Clara kurz und knapp und mit einer Stimme, die signalisierte, dass keiner weiter nachfragen sollte.

Was ich auch nicht tat, weil ich unbedingt die zweieinhalb Tage bleiben wollte, was Fritzi nicht tat, aus welchen Gründen auch immer.

So tranken wir ohne ihn Kaffee, Fritzi zeigte die Fotos von der Bescherung herum. Peter fotografierte uns dabei, und ein paar Minuten später hielt ich eine Aufnahme in der Hand, wie wir am Tisch saßen und immer noch Fotos herumzeigten.

Ich sagte: Die Technik wird schneller und schneller, und eines Tages kommt keiner mehr mit, weil die Technik schneller als die Zeit geworden ist.

Fritzi hob die Augenbrauen. Das wird nicht gehen!

Das wird gehen, du wirst es sehen, sagte ich, weil ich wusste, dass sie schon immer ein ernsthafter Mensch gewesen war, der mit meinen Bemerkungen nichts anfangen konnte.

Wir redeten über die schnelle Zeit und das Nichthinterherkommen, wir redeten nicht darüber, wo Hannes war. Erst beim Mittag, als Clara den Teller für Hannes wieder abdeckte, den Fritzi aufgedeckt hatte, fragte Fritzi, wo er hin sei, dass er nicht einmal zum Entenbraten komme.

Er kommt später, sagte Clara.

Wann ist später?, fragte ich.

Ist später noch heute?, fragte Fritzi.

Clara zuckte die Schultern, was sie verletzlich aussehen und mich fragen ließ: Was ist passiert?

Er wird kommen, sagte sie. Klapperte mit dem Geschirr und dem Besteck, und mir schien, dass sie verärgert war. Weil wir gefragt hatten oder weil Hannes nicht da war?

Wir aßen den Entenbraten ohne Hannes, gingen ohne Hannes spazieren, tranken ohne ihn Kaffee. Auch zum Abendbrot erschien er nicht.

Beim Frühstück am nächsten Morgen sagte Fritzi: Leider können wir nicht noch eine Nacht bleiben, Bernd und Veronika haben sich angemeldet, sie sind auf der Durchreise, wir sehen sie nur einmal im Jahr.

Wer sind Bernd und Veronika?, wollte ich fragen. Ich kannte alle Bekannten und Freunde vom Erzählen, nur keinen Bernd und keine Veronika. Es schien mir, dass Peter die beiden auch nicht kannte.

So fuhren Fritzi, Peter und Lisa bereits nach dem Kaffee. Bevor sie ins Auto stiegen, fragte Lisa: Wo ist denn nun Opa Hannes?

Fritzi sah Clara an, wiederholte die Frage aber nicht.

Sie hatte mich am Abend davor gefragt, was passiert war zwischen ihren Eltern.

Ich war an einem Sonnabend vor vier Wochen das letzte Mal bei Clara gewesen, keine zweieinhalb Tage, sondern zwei Stunden, um ihr selbst gebackene Stolle zu bringen. Hannes hatte mit uns Kaffee getrunken und war anschließend wieder in seinem Arbeitszimmer verschwunden. Er habe zu tun, hatte er gesagt. Das hatte er ständig, das war nichts Neues.

So hatte ich zu Fritzi gesagt, es schiene alles in Ordnung gewesen zu sein zwischen ihnen.

Clara meinte beim Abschied: Manche Dinge dauern etwas länger.

Gern hätte ich sofort gefragt, was länger dauerte, aber ich wartete, bis das Auto mit Fritzi und ihrer Familie abgefahren war, so lange bis Clara und ich aufhörten zu winken, dann fragte ich sie noch draußen auf der Straße, im Regen: Was ist los mit Hannes und dir?

Clara drehte mir den Rücken zu und ging auf dem Pfützenweg zurück ins Haus. Obwohl ich ihr Gesicht nicht sehen konnte, war ich mir sicher, dass ihr Nerv unter dem linken Auge zuckte. Ich folgte ihr und wartete darauf, dass sie mir antwortete. Weil sie schwieg, sagte ich: Du kommst um eine Erklärung nicht herum, es hat jeder bemerkt, dass etwas nicht stimmt, also sei nicht albern.

Er kommt bald, sagte sie.

Woher weißt du das, fragte ich, weshalb bist du dir so sicher?

Ich weiß es.

Im Haus lief Clara von Zimmer zu Zimmer und suchte den Kater, als wäre er wichtig für sie, als wäre er wichtiger als die unausgepackten Geschenke unter dem Tannenbaum.

Er ist mitgefahren, sagte ich und lächelte bei dem Gedanken, was passieren würde, wenn Fritzi und Peter entdeckten, dass er bei Lisa im Rucksack hockte.

Ich sagte: Sie kommen sicher gleich zurück.

Aber sie kamen nicht.

Nachdem Clara in der Küche Geschirr von rechts nach links und von links nach rechts geräumt hatte, wollte sie ins Pflegeheim fahren. Beim Wort *Pflegeheim* ging es mir nicht gut, ging es mir nie gut. Der Arzt hatte gesagt, dass unsere Mutter dort gut aufgehoben wäre in ihrem Zustand. Das fand ich nicht, niemand wollte nur gut aufgehoben werden, wie etwas Vergessenes, das später abgeholt werden würde oder nie mehr.

Unsere Mutter war eine Frau, die wenig geredet hatte, weil unser Vater ständig redete. Für alle geredet und bestimmt, in welche Richtung es ging. Und unsere Mutter war mitgelaufen bis einen Tag nach dem Fall der Mauer, bis unseren Vater der Schlag traf. Es wusste hinterher keiner, ob es wegen der Mauer oder wegen etwas anderem gewesen war. Von einem Tag zum nächsten war niemand mehr zum Hinterherlaufen da, und so stellte unsere Mutter fest, dass sie auch allein laufen konnte.

Sie lief in ein Reisebüro, und wenig später schrieb sie Urlaubsgrüße auf Karten, die aussahen, als wären sie aus dem Paradies, und unsere Mutter sagte, für sie wären diese Orte das Paradies.

In irgendeinem Paradies lernte sie eine alleinreisende Frau ihres Alters kennen, die ihre Freundin wurde. Nun reisten sie zusammen von Ort zu Ort, und alles hätte perfekt sein können. Aber eines Tages stand sie mit ihrem Koffer am Bahnhof, und ihre Freundin stand nicht dort. Zuerst war der Termin falsch, an dem sie dort stand. Ein anderes Mal war der Ort falsch. Später waren Termin und Ort falsch, und ihre Wohnung wäre fast abgebrannt. Sie hatte den Sonntagsbraten in den Ofen geschoben, weil wir am Sonntag kommen wollten, nur war es erst Mittwoch, und sie war mit ihrer Tasche zum Bahnhof gegangen, aber es war noch nicht Montag. Zurück von dem Ort, wo sie am falschen Tag wartete, stand die Feuerwehr vor ihrem Haus.

Clara und Hannes hatten sich endlich dafür entschieden, Mutters Elternhaus wieder aufzubauen, und dort sollte sie in ihr früheres Mädchenzimmer einziehen. Nur ging das Vergessen von Zeiten und Orten schneller als das Wiederaufbauen des Hauses, ein Verlieren von Worten und Gesichtern folgte, und wir stellten fest, dass der Arzt vielleicht doch nicht ganz unrecht hatte mit dem Pflegeheim. So zog unsere Mutter dort ein, als ahnte sie, dass das Worteverlieren und Zeitenverlieren und Gedankenverlieren und Gesichterverlieren von nun an zu jedem Tag gehören würde.

Clara besuchte sie einmal in der Woche, ich nur einmal im Monat. In diesem Heim überfiel mich unweigerlich ein beklemmendes Gefühl, weil man nur für die letzte Reise wieder herausgeholt wurde, und ich wollte an eine letzte Reise nicht denken. Doch im Pflegeheim musste ich daran denken, und das war der Moment, an dem es mir schlechtging. Und das konnte ich nur am ersten Mittwoch im Monat zur Mensch-ärgere-dich-nicht-Runde verkraften.

Ich sagte: Es ist nicht der erste Mittwoch im Monat!

Aber Clara bestimmte: Es ist Weihnachten, und du kommst mit.

Im Pflegeheim war es ruhig, so ruhig, als würde in diesem Haus niemand wohnen. Dabei wusste ich, hier wohnten viele, hier wurden viele aufgehoben.

Wir fanden unsere Mutter in ihrem Zimmer, im Sessel am Fenster. Dort wo sie saß, wenn sie nicht unruhig durch die Gänge irrte. Sie beobachtete den Regen. Ich war mir sicher, sie hatte bereits längere Zeit dort gesessen und den Regen beobachtet, denn viel mehr war von ihrem Fenster aus nicht zu sehen, Regen und ein paar kahle, knorrige Äste einer Kastanie, deren Spitzen bis fast an das Fenster reichten und jetzt in der Dunkelheit wirkten, als würden sie nach uns greifen wollen.

Clara drückte unsere Mutter, und ich drückte sie und bemerkte dabei, dass ihre Augen leuchteten und dass sie uns ansah, wie sie uns meist anblickte, so als würde sie nach unseren Namen suchen und sie nicht finden oder einen finden, aber sich nicht sicher sein, ob es der richtige wäre. Sie öffnete den Mund, als wollte sie etwas sagen, aber wie meist überlegte sie es sich wieder. Ich wusste, sie suchte Worte und fand sie nicht und suchte Erinnerungen, wer wir waren, und fand sie ebenfalls nicht. Sie trug heute zwei Strickjacken übereinander, doch sie hätte es nicht verstanden, wenn wir ihr eine ausgezogen hätten, nicht heute.

Es gab gute und weniger gute Tage, um sie zu besuchen. Heute schien ein weniger guter zu sein.

Ich setzte mich auf ihr Bett, Clara setzte sich auf den Stuhl neben unsere Mutter und hielt ihre Hand. Wir warteten, nicht sicher, worauf, aber wir warteten. Auf dem Bett rutschte ich hin und her, stellte mein Weihnachtsgeschenk auf den Nachttisch. Einen silbernen Rahmen mit einem Foto von Maik und mir, so dass sie uns sehen würde, jeden Morgen beim Aufwachen und jeden Abend vor dem Einschlafen, vielleicht würde damit ein Wiedererkennen leichter werden.

Am Fenster saßen Mutter und Clara und saßen und saßen und sagten nichts. Ich begann das Kopfkissen aufzuschütteln, strich die Decke glatt, obwohl sie glatt war, scharrte mit der Spitze meiner Stiefel auf dem Linoleumboden herum. Mutter und Clara saßen und schwiegen und saßen und schwiegen. Ich seufzte, ich stöhnte, zerwühlte die glattgestrichene Bettdecke, formte aus dem Kopfkissen einen Berg und eine Ebene, wieder einen Berg und wieder eine Ebene.

Clara war wie stets geduldig. Bereits als Kind hatte sie auf alles warten können, auf Ostern, Weihnachten, ihren Geburtstag, Ferien …

Ich dagegen zerlegte die Wartewochen in Stunden und die Tage in Minuten. Mit Geduld käme ich schneller ans Ziel, hatte Clara zu mir gesagt, als wäre sie nicht nur fünf Jahre älter, sondern zehn oder noch mehr.

Mit der Zeit wird aus Gras Milch, sagte meine Mutter, ihre Mutter zitierend, wenn ich wieder einmal fragte, wann endlich die Zeit heran sei für dieses oder jenes.

Als ich dachte, das Warten höre heute nicht mehr auf, sagte Clara: Ich komme.

Sie küsste unsere Mutter auf die Wange, ich küsste sie ebenfalls und zog Clara aus der Tür, wo sie stehengeblieben war, als könnte sie sich nicht trennen, als könnte Mutters Befinden doch noch umschlagen. Das tat es nie, hatte sie einmal Erinnerungen und Worte verloren, blieben sie für den Tag verschwunden.

Ich wusste das und Clara ebenso.

Den Rest des Tages lief Clara geschäftig durch das Haus, zog die Betten von Fritzi, Peter und Lisa ab, saugte hier Nadeln auf und räumte dort etwas um, stellte eine Waschmaschine an und noch eine.

Ich versuchte ihr zu helfen, aber das wollte sie nicht. Ich versuchte sie nach Hannes auszufragen. Aber das wollte sie ebenfalls nicht. Es hatte den Anschein, als liefe sie vor mir davon und vor ihrem Problem mit dem Namen Hannes auch.

Beim Frühstück kaute Clara auf ihrem Marmeladentoast herum und tat, als hörte sie mich nicht.

Was ist los mit Hannes und dir, fragte ich bereits zum dritten Mal an diesem Morgen. Wenn du jemanden zum Reden brauchst, ich bin zufällig anwesend.

Clara tat, als säße sie allein am Küchentisch, rückte zuerst die Kaffeesahne zu sich heran, danach das Glas mit der Marmelade, die Margarine, den Käse …

Es gibt für jedes Problem eine Lösung, sagte ich, und das seien im Übrigen ihre Worte. Doch sie behauptete, sie habe kein Problem, im Gegensatz zu mir.

Mein Problem hatte ich vorgestern Abend bei ihr abgeladen, wollte ich sagen, damit war ich es los und würde es mir nicht wieder aufladen.

Reden wir über Hannes, etwas stimmt nicht.

Reden wir über dich, sagte Clara. Weshalb kommst du mit jedem Problem zu mir?

Mit jedem komme ich nicht, nur mit manchen.

Und dieses Manche lädst du bei mir ab, fährst wieder weg und lässt das Problem bei mir.

Wo soll ich es sonst lassen, sagte ich, dafür darfst du jetzt dein Problem bei mir abladen.

Wie kommst du darauf, dass ich eines habe, fragte sie. Nur weil Hannes noch nicht wieder zurück ist.

Was meinst du mit *noch nicht*, wo ist er?

Clara trank Kaffee, langsam, als überlegte sie, biss von ihrem Toast ab, als wollte sie nicht reden können.

Das, was er hatte erledigen wollen, müsste ja nun erledigt sein, sagte ich.

Sie goss sich Kaffee nach, ohne zu fragen, ob ich auch welchen wollte.

Er hat eine Geliebte, sagte ich. Du weißt es und willst nicht darüber reden!

Clara stutzte einen winzigen Moment, den Moment, den ich zum Hinunterschlucken meines letzten Rests Kaffee brauchte, und da war es wieder, das Zucken unter ihrem linken Auge.

Weil du ständig nur Geliebte bist, oder wie kommst du auf so eine Idee!

Das traf mich. Weil die zweieinhalb Tage jedoch noch nicht um waren und ich keine Lust auf die unter meinem Tannenbaum liegengebliebenen Geschenke hatte, schwieg ich.

Ich stellte mein Geschirr in die Spülmaschine, zog mir Jacke und Stiefel an und ging. Ich brauchte jetzt frische Luft.

Der Regen hatte aufgehört, das Novemberwetter war geblieben. Ich spazierte die Straße entlang, die neunundvierzig Jahre lang Russen in Uniform entlanggegangen waren und in der Russenfrauen geschwatzt und Russenkinder gespielt hatten. Jetzt waren keine Russen mehr da, nicht in der Siedlung, nicht in der Stadt und nicht mehr im Land, und das, was sie zurückgelassen hatten, gab es auch nicht mehr. Da waren zweihundertvierzig Doppel- und Einfamilienhäuser mit neuen Dächern und neuen Fenstern und neuen Türen und neuen Zäunen, als wären sie nicht in den zwanziger und dreißiger Jahren des vorigen Jahrhunderts erbaut, als wären hier nicht jahrzehntelang sowjetische Offiziere mit ihren Familien einquartiert gewesen.

Ich sah die Lichter der Tannenbäume in den Häusern und Autos vor den Häusern. Wich den Pfützen in den Betonplatten der Straße aus, dem Einzigen, was noch an die Russenzeit erinnerte, dem Einzigen, was noch nicht neu war, begegnete Spaziergängern in Gruppen, Familien mit Besuch, die grüßten, obwohl ich sie nicht kannte, obwohl sie mich nicht kannten. Es blitzte neben mir. Ein Familienvater fotografierte Frau und Kind und Oma und Opa vor dem Haus, das wieder ihnen gehörte.

Es würde ein Foto werden, wie wir eines gehabt hatten. Viele Jahre hatte es an unserer Küchentür gehangen, befestigt mit einem Stück Klebeband. Manchmal fiel es herunter, danach bekam es ein neues Klebeband, und wir sahen es wieder morgens und mittags und abends, auf dem Weg ins Wohnzimmer, ins Bad, ins Schlafzimmer, ins Kinderzimmer, denn der Weg durch die Wohnung führte vorbei am Foto.

Eine Schwarz-Weiß-Fotografie von einem Frühlingstag. Oma Elsa und meine Mutter auf dem Hof neben einem Apfelbaum, einem kleinen Bäumchen, so groß wie meine

Mutter, mit einigen wenigen Seitenästen. Sie hält es fest, obwohl es bereits eingepflanzt ist und das Festhalten nicht nötig wäre. Beide, meine Mutter und Oma Elsa, in Trägerröcken und hellen Blusen, im Hintergrund ihr Haus, die Hofseite mit der Waschküche, die gleichzeitig auch Kaninchen- und Hühnerstall war.

Sicher hat Opa Richard gesagt: Stellt euch doch mal hin an den Apfelbaum, zur Erinnerung, für später, nicht wissend, dass diese Erinnerung später einmal nötig sein würde, weil das Haus und der Apfelbaum erst hinter einem Lattenzaun und danach hinter einer Mauer verschwinden würden.

Opa muss für dieses Foto am Ende des Grundstücks gestanden haben, dort wo der Kiefernwald begann. Auf die Rückseite hatte er geschrieben *unser Haus 1938*, das Jahr, in dem sie eingezogen waren in ihr selbst gebautes Heim.

Wo das Foto abgeblieben war, wusste ich nicht. Eines Tages war es verschwunden von der Küchentür, verschwunden wie die Hoffnung. Das war lange nachdem Oma Elsa und Opa Richard gestorben waren. Doch blieb es in meinen Gedanken, wie die Geschichten in meinen Gedanken blieben, weil Oma Elsa und Opa Richard wollten, dass das Haus weiterlebte, obwohl sie nicht darin lebten, nicht darin leben durften.

Wenn sie mich jetzt sehen könnten, wie ich die Straße entlang und zurück in ihr Haus ging, das wieder ihrer Familie gehörte, nach all den Jahren, das hätte sie glücklich gemacht.

Ich klingelte am Haus, in dem jetzt Clara und Hannes lebten, im Moment aber kein Hannes war. Clara öffnete, in Jacke und Stiefel.

Jetzt gehe ich spazieren, sagte sie, du hättest auf mich warten können.

Ich brummte, so wie Maik es ständig tat, bei dem man nie wusste, ob es Zustimmung oder Ablehnung bedeutete. Clara konnte sich das Passende aussuchen.

Das Telefon klingelte, und weil Clara nicht mehr zu sehen war, nahm ich den Hörer ab.

Frohe Weihnachten, sagte Claras Schwiegermutter. Hast du wieder Kummer? Gib mir doch mal bitte Hannes.

Ich habe keinen Kummer, wollte ich antworten, und Hannes ist noch nicht wieder zurück, von wo auch immer. Ich sagte es jedoch nicht, weil Claras Schwiegereltern so sind, wie ich mir Schwiegereltern wünsche, wenn ich einmal welche haben sollte. Clara dagegen wünschte sich, ihre Schwiegermutter würde nicht bei jedem Besuch mit einer Menge Ratschläge anreisen. Wie man dieses oder jenes aufbewahren, verwahren, pflegen oder kochen könnte. Weil Claras Schwiegermutter ihre Änderungsvorschläge geschickt in die Gespräche einfügte, konnte man sie gut überhören, wie ich fand. Clara konnte es nicht. Wenn ihre Schwiegermutter redete, hörte sie überall die versteckten Hinweise und Ratschläge heraus, ja sie wartete geradezu darauf.

Über den Besuch ihres Schwiegervaters dagegen freute sie sich. Mit ihm tauschte sie Pflanzen und Samen und Erfahrungen, und zusammen krochen sie durch den Garten auf der Suche nach Läusen und Schnecken.

Weil ich ihn und auch sie nett fand, sagte ich: Sie sind gerade beide weg, ich richte gern etwas aus.

Zehn Minuten später klingelte wieder das Telefon. Noch einmal Claras Schwiegermutter, die Hannes sprechen wollte, dachte ich und begann mir die Worte zurechtzulegen: Sie kommen erst ganz spät heute Abend, zurückrufen könnten sie erst morgen.

Doch am Telefon war Fritzi.

Ist mein Vater wieder zu Hause?

Bis jetzt noch nicht.

Was ist nur los bei meinen Eltern?

Das weiß ich auch nicht, sagte ich.

Bitte rufe mich sofort an, wenn du weißt, was passiert ist, oder wenn er wieder da ist.

Wenn ich noch hier bin, gern. Fritzi wollte sich verabschieden, ich jedoch wollte wissen, wie es dem Kater gehe.

Welchem Kater?

Dem Getigerten, der mit euch mitgefahren ist.

Mit uns ist kein Kater mitgefahren, sagte sie.

Lisa hatte ihn im Rucksack.

Lisa weiß, dass bei uns keine Tiere in die Wohnung dürfen.

Sie hat zu mir gesagt, sie hätte den Kater im Rucksack.

Fritzi lachte. Sie hat ihn gemalt, die Zeichnung hat sie mitgenommen!

Und wo ist der Kater hin?, fragte ich.

Er wird weggelaufen sein, so wie vorher auch, denn irgendwo muss er ja hergekommen sein. Frag besser, wo mein Vater hin ist.

Das habe ich Clara bereits gefragt, sagte ich, aber keine Antwort bekommen. Ich versicherte ihr, ich würde es weiter versuchen, und legte auf.

Die Frage, weshalb er wo und wie lange hin sei, schwirrte in meinem Kopf herum. Doch je dringender man etwas von Clara wollte, desto weniger war sie bereit, darauf einzugehen. Nicht einmal eine Antwort bekam man. So war es gewesen, als wir Kinder waren, und es hatte sich bis heute nicht geändert. Eine Zeitlang hatte ich versucht, anstelle von Clara zu antworten. Vielleicht hat Clärchen an manchen Tagen keinen Hunger gehabt, sagte ich, als unsere Mutter in Claras Wäschefach ganz unten links hinten ihr Schulbrot mit grünen Schimmelhaaren fand. Vielleicht sind ihre Sportsachen verschwunden, weil sie gestohlen wurden. Vielleicht ist Omas Kaffeetasse von allein zerbrochen, weil sie schon so alt war. Vielleicht hat … Clara trat mir mitten im Satz unter dem Tisch gegen das Schienbein oder gab mir hinterher einen Stoß in die Rippen, ich solle mich um mich selbst kümmern, und vor allem solle ich nicht Clärchen zu ihr sagen. Es reichte, wenn die Eltern das täten.

So blieb meine Frage, wo sie war, und ich begann mich um das Essen zu kümmern, weil ich von Maik daran erinnert wurde und weil ich jedes Mal koche, wenn ich bei Clara bin. Und Clara schälte wie üblich die Kartoffeln, weil niemand, den ich kannte, so schnell schälen konnte wie sie.

Nach dem Mittag waren die zweieinhalb Tage um, ohne dass Clara gesagt hatte, ich würde das Haus erobern und dass es an der Zeit wäre, wieder zu fahren. Deshalb hatte ich die Hoffnung, dieses Mal länger bleiben zu können, länger als üblich, weil ich fand, dass Clara mich brauchte. Allerdings benötigte ich noch Kleidung, wenn ich länger bliebe, und Maik wollte weitere Computerspiele. Also fuhren wir trotzdem nach Hause.

Fünfzig Kilometer später standen wir wieder vor ihrer Tür, nur öffnete niemand.

Clara, mach auf, rief ich, ich weiß, dass du da bist!

Im Haus rührte sich nichts.

Ich klingelte wieder und wieder und rief: Bitte, Clara, mach auf, ich will dir nur helfen!

Im Haus rührte sich nichts.

Maik begann mit den Fäusten an der Tür herumzuhämmern, und ich rief dazu: Clara, hast du dir was angetan, mach auf!, bis Maik sagte: Ich muss hier rein, mein neues Spiel ist noch im Computer!

Wir schaffen das, versicherte ich und rief: Clärchen, mach auf, oder ich schreie!

Beim Wort *schreien* ging Licht im Flur an und Licht im Vorflur und fiel auf Maik und mich.

Sag nicht Clärchen zu mir, sagte Clara, ich hasse das!

Endlich, es ist nass hier draußen!

Als hätten wir es abgesprochen, sagte Clara am nächsten Vormittag: Wir fahren jetzt los.

Wohin fahren wir?, fragte ich.

Zu unserer Mutter.

Schon wieder, wollte ich sagen, es ist kein erster Mittwoch im Monat, heute ist keine Mensch-ärgere-dich-nicht-Runde!

Doch Clara hielt mir meine Jacke entgegen, die ich nahm, weil ich wusste, sie würde mir ein schlechtes Gewissen einreden, wenn ich nicht mitkäme. So zog ich Jacke und Stiefel an und folgte ihr zum Auto.

Wie jedes Mal, wenn wir zu Besuch kamen, war es ruhig im Pflegeheim. Ein Duft zog mir in die Nase, der Tee sein konnte oder Zimt oder Tee mit Zimt.

Im Aufenthaltsraum fanden wir Mutters Freunde, Lila im Sessel neben der Tür und weit davon entfernt Friedrich in seinem Rollstuhl. Lila, die um die achtzig zu sein schien und die wir Lila nannten, weil sie bei unserem ersten Mensch-ärgere-dich-nicht-Spiel gesagt hatte, wen interessiert schon ein Name, und die lila Steine haben wollte, die eigentlich blau waren. Friedrichs Alter war schwer schätzbar, siebzig schien er schon zu sein, achtzig noch nicht. Ob er bald einen runden Geburtstag habe, hatte ich gefragt, ohne darauf eine Antwort zu bekommen. Als ich jedoch mehrmals auf seine fehlenden Beine gestarrt hatte, reagierte er. Es seien Zuckerbeine gewesen.

Jeden ersten Mittwoch im Monat trafen wir uns im Aufenthaltsraum am runden Tisch und spielten mit fünf Leuten, obwohl es nur vier Spielfelder gab, so lange bis Lila mit einer Handbewegung alle ihre Steine wegfegte, weil es für heute genug war oder weil sie verlor, obwohl sie schummelte. Das taten alle. Nur am Anfang hatten Clara und ich uns an die Regeln gehalten, denn wir mussten uns die roten Spielsteine teilen. Doch war es lustiger, so zu spielen wie unsere Mutter und Lila, sich zu verzählen und dazu Friedrich zu hören, der sagte: Meine Damen, wer wird denn schummeln, um es danach selbst zu tun.

Wir grüßten in den Raum hinein und fragten, wie es ihnen gehe. Friedrich blickte kurz zu Lila. Mir gut, aber die Damen sind nicht gut drauf, sicher eine Weihnachtsdepression.

Weihnachten ist vorbei, sagte ich.

Sicher deshalb, sagte er, über Weihnachten gab es viel zu beobachten, aber jetzt ist es wieder ruhig, und sie langweilen sich.

Lila tat, als würde sie schlafen, dabei wussten wir, sie schlief nie im Aufenthaltsraum, das taten nur die Alten, hatte sie gesagt, am Tag in der Öffentlichkeit schlafen.

Wir könnten ein paar Runden Mensch-ärgere-dich-nicht spielen, schlug Clara vor.

Friedrich winkte ab. Habe ich schon gefragt, ist heute nichts zu machen, ist nicht der erste Mittwoch im Monat, haben sie mir geantwortet.

So gingen wir zu unserer Mutter, die im Sessel vor ihrem Fenster saß, als wäre sie seit gestern nicht aufgestanden. Sie starrte auf die Auffahrt des Heims, starrte auf etwas, was nur sie sah. Uns sah sie nicht.

Ich erblickte Pfützen auf dem Plattenweg, einen Krankenwagen, der eine Frau im Rollstuhl brachte, die traurig wirkende Kastanie vor grauem Hintergrund.

Heute trug unsere Mutter keine zwei Strickjacken übereinander, und ich war froh darüber und drückte sie, und Clara küsste sie auf die Wange und fragte: Wie geht es dir?

Eine Antwort bekam sie nicht, unsere Mutter starrte weiter auf den Regen und die Kastanie, als gäbe es nichts anderes für sie.

Clara zog sich den Stuhl vom Tisch heran und setzte sich zu ihr. Ich hielt mich im Hintergrund, stellte mich mit dem Rücken an den Kleiderschrank und wartete. Wenn ich die Augen zusammenkniff, sah ich unsere Mutter und Clara im Profil, das gleiche etwas nach vorn gereckte Kinn und die kleine Nase. Ein Scherenschnitt ihrer Gesichter würde fast identisch sein, wenn unsere Mutter ihre Haare schulterlang getragen hätte wie Clara und die erschlafften Gesichtszüge nicht gewesen wären. Auch in der Figur ähnelten sie sich, groß, wie sie waren. Klein, wie ich war, passte ich nicht zu ihnen. Wenn ich mich dazugesetzt hätte, hätte ich wie ein Eindringling gewirkt. So legte ich mich nach endlosen stummen Minuten, auf dem Rücken ausgestreckt, auf Mutters Bett.

Es roch nach unserer Mutter. Sie nahm kein Parfüm und doch roch sie so gut. Nach etwas Frischem, etwas Herbfrischem.

Ich schloss die Augen und fühlte mich geborgen, als ich Clara fragen hörte: Weißt du, wo Hannes ist?

Unsere Mutter und Hannes hatten ein besonderes Verhältnis. Egal, ob sie ihn verstand oder nicht, sie musste lachen über alles, was er sagte. Er besuchte sie öfter als Clara und viel öfter als ich, meist mehrmals in der Woche, wenn er zwischen zwei Terminen etwas Zeit hatte. Wir bemerkten es daran, wie viele rosa Rosen in der Vase in ihrem Zimmer standen. Bei jedem Besuch brachte er eine mit, denn sie liebte rosa Rosen. Und wenn es ihr nicht gutging und sie Hannes nicht wahrnahm, fand sie am nächsten Tag die Rose und sagte: Hannes ist hier gewesen.

Heute stand noch nicht einmal eine Vase im Zimmer.

Hat er dir erzählt, wo er hinwill, ob er wegfährt?

Clara sprach extrem leise, trotzdem verstand ich jedes Wort.

Hannes war gegangen, und Clara wusste nicht, wohin!

Unsere Mutter sagte: Er wird kommen, er muss mir doch meine Rose bringen.

Auf der Rückfahrt schwirrte wieder die Frage heran, weshalb er wo und wie lange hin sei, und ich versuchte, sie so zu formulieren, dass ich sie stellen konnte. Wohin könnte er gegangen sein? Eine andere Frau hier in der Stadt, eine andere Frau in einer anderen Stadt, keine andere Frau, sondern ein Mann? Nein, das passte nicht zu Hannes. Aber wer weiß schon, was zu einem passt, nicht einmal man selbst.

In meinen zurechtgelegten Sätzen versuchte ich das Wort Geliebte auszusparen. Wo hat er sie kennengelernt, bei einem seiner Aufträge oder im Internet? Ich wollte ihr diese Fragen sofort stellen, schaffte es aber, sie zurückzuhalten, bis Clara die Haustür aufgeschlossen, wir unsere Jacken ausgezogen und Clara Kaffee gekocht hatte. Da war von meinen vielen Fragen nur eine geblieben.

Denkst du auch, was ich denke?

Stille in der Küche, von weitem Gedonner von Maiks Computerspiel.

Ich weiß nicht, was du denkst, ich denke, er wird wiederkommen.

Und wann?, fragte ich.

Clara stand auf, ließ ihren gerade eingegossenen Kaffee stehen, ergriff mit beiden Händen das verdorrte Tannengesteck auf dem Tisch und verließ, eine Spur bräunlicher Nadeln hinterlassend, die Küche. Die Haustür öffnete und schloss sich. Die Kellertür öffnete und schloss sich. Sie kam mit dem Besen zurück und begann die Tannennadeln zusammenzufegen.

Weshalb interessiert dich das?, fragte sie.

Weil ich mir nicht sicher bin, ob du mit der Situation klarkommst, weil ich weiß, wie schwer Alleinsein ist, und weil ich neugierig bin, dachte ich.

Ich sagte: Weil du meine Schwester bist.

Plötzlich waren sie alle wieder da, meine Fragen. Hat er sich überlegt: Gehe ich noch kurz zu meiner Freundin, und war dort geblieben? Oder hatte er einen anderen Vorwand, um zu gehen, Männer haben jede Menge Vorwände, jedenfalls die, die ich kenne. Oder habt ihr euch gestritten, es muss einen Grund geben, wenn jemand ohne Erklärung geht, meist gibt es einen, oder ahnst du, wo er ist?

In dem Moment, in dem ich alles ausgesprochen hatte, wusste ich, dass ich zu weit gegangen war, viel zu weit. Das Zucken unter ihrem Auge war wieder da. Clara hörte auf zu fegen und sah mich an, und das Auge zuckte und zuckte. Ich versuchte, nicht hinzusehen. Es half nicht, es half auch nicht, dass ich aufstand, aus der Küche ging und nach einigen Minuten wiederkam und sagte: Ich will dir nur helfen. Der Nerv unter ihrem Auge zuckte. Ich nervte sie.

Clara sagte: Ich denke, es ist besser, ihr fahrt.

Soll das ein Rausschmiss sein?, sagte ich. Maik sitzt meist am Computer, und ich möchte dir nur helfen.

Wobei helfen?, fragte Clara.

Bei deinem Problem, sagte ich.

Sie saß vor ihrer Kaffeetasse und machte nicht den Eindruck, als wollte sie mir eine Antwort geben.

Kurz darauf brummte Maik: Ich dachte, wir bleiben noch eine Weile. Auch da schwieg sie. Zehn Minuten später flog krachend die Haustür ins Schloss. Ausnahmsweise stimmte ich Maik einmal zu, warf meine Reisetasche ins Auto und Maik seinen Rucksack. Beim Anfahren verwandelte sich hinter mir eine Pfütze in eine Fontäne.

Als ich mich umdrehte, sah ich Clara hinter der Küchengardine stehen und dachte, vielleicht winkt sie mich zurück, vielleicht tut es ihr leid. Aber sie winkte mich nicht zurück, und so verwandelte ich jede Pfütze in eine Fontäne, bis ich am Ende der Straße am Haus von Felix und Hanka vorbeifuhr. Weil sie gerade herauskamen und ich mir nicht auch noch ihren Zorn zuziehen wollte, ließ ich das mit den Fontänen sein, winkte und sie winkten, und dann sah ich sie dorthin gehen, wo ich gerade hinausgeworfen worden war.

Ich fuhr langsamer und beobachtete Hanka und Felix im Rückspiegel. Hanka war die einzige Frau, von der ich noch nie den Satz: Ich muss abnehmen, gehört hatte. Sie war klein und rundlich und blieb klein und rundlich, so wie Felix groß und rundlich blieb. Hanka hatte ständig gute Laune. Ich hatte das Gefühl, sie wollte um jeden Preis gute Laune haben. Vielleicht hing das mit den alten Leuten zusammen, die sie betreute. Sie war Krankenschwester in einer geriatrischen Station eines Berliner Krankenhauses. Felix war Hannes' bester Freund, sie kannten sich aus der Lehrzeit und betrieben seit dem Mauerfall die Firma *Die Installateure*, bauten Heizungen ein und alles, was mit Wasser zu tun hatte.

Als ich Hanka und Felix nicht mehr sah, nahm ich die nächste Einfahrt, wendete und fuhr langsam zurück. Vorbei an dem Haus, das einmal einem Onkel und einer Tante von Felix gehört hatte. Wenn ich es sah, musste ich daran denken, dass sie dort nur vier Wochen gemeinsam gelebt hatten. Danach musste der Onkel in den Krieg und kam nicht mehr zurück. Seine Frau kam nach Kriegsende auch nicht mehr zurück ins Haus, weil russische Offiziere dort einzogen und nicht mehr aus, solange sie lebte.

Wenn ich nun das Haus sah, musste ich an die vier Wochen denken. Vier Wochen zusammen für ein neues Heim waren zu kurz, viel zu kurz.

Ich fuhr vorbei an dem Haus, das jetzt wieder der Familie gehörte, und dachte, dass zwar die Ungerechtigkeit ein Ende hatte, aber die Erbauer von der Gerechtigkeit nichts mehr erfahren hatten.

Und fand, das ganze Leben war ungerecht, parkte vor Claras Haus, und Maik fragte: Hast du was vergessen?

Ich brummte. Er konnte sich aussuchen, ob es Ja oder Nein bedeutete.

Clara ließ uns ohne ein Wort herein, genauso wie sie uns hinausgesetzt hatte. Nachdem ich das Gepäck erneut im Haus verteilt hatte, ging ich zu Hanka und Felix. Sie saßen auf der Couch, tranken Sekt und sahen in den leeren Kamin.

Ich begrüßte sie und setzte mich dazu.

Es riecht komisch hier, sagte Hanka.

Es liegt ja gar kein Holz im Kamin, sagte Felix.

Ich starrte auf die Säule, an der das handtellergroße Stück Marmor fehlte, und hätte am liebsten gesagt, es riecht so komisch, seitdem der Kater hier war, und es ist kein Holz im Kamin, seit Hannes nicht mehr hier war.

Clara öffnete die Terrassentür, und es wurde kalt. Es wurde so kalt, dass Felix anbot, Holz aus dem Schuppen zu holen und ein Feuer anzuzünden.

Aber Clara sagte: Für den Kamin ist Hannes zuständig.

Dabei sah sie mich an, und ich dachte, vor Hannes war Opa Richard für den Kamin zuständig gewesen. Einer muss zuständig sein, hatte er gesagt, ansonsten bekommt man keine Ordnung in die Familie, außer man liebt die Unordnung. Aber Opa Richard wollte Ordnung, und deshalb war er allein für den Kamin verantwortlich. Genauso wie er als Maurer für den Bau seines Hauses verantwortlich gewesen war. Von seinem Lohn, der teilweise Geld und teilweise Baumaterial gewesen war, errichtete er sein Haus, sparsam mit Material und Zimmern. Der einzige Luxus, den er einbauen ließ, war jener echt englische Kamin von einem englischen Ofenbaumeister. Opa sagte sein Leben lang, es wäre das Beste und Teuerste gewesen, was sie sich jemals geleistet hätten.

Dieses eine Mal widersprach Oma Elsa nicht. In zwei Varianten wurde wieder und wieder eine Geschichte erzählt – eine von Oma Elsa und die andere von Opa Richard –, wie meine Mutter, einen Monat nachdem sie in das neue Haus eingezogen waren, gekokelt hatte. Sie hatte eine Papiertüte, die im Kamin lag, um einen Peitschenstiel gewickelt und so eine Fackel gebastelt und angezündet. Oma und Opa hatten Gemüsebeete angelegt, als sie etwas Loderndes im Wohnzimmer bemerkten.

Die Gardine hätte in Flammen gestanden, so dass beinahe das gerade gebaute Haus abgebrannt wäre, erzählte

Opa. Oma jedoch berichtigte, nur die Fackel hätte gebrannt. Meine Mutter konnte sich an nichts erinnern, also konnte es so dramatisch nicht gewesen sein.

Von diesem Zeitpunkt ab durften weder Oma, die darüber den Kopf schüttelte, denn sie hatte ja nicht mit Feuer gespielt, noch ihre Tochter den Kamin anrühren. Oma und Opa stritten oft darum, wie es damals gewesen war mit dem Feuer und Ursula. Doch das war nicht die einzige strittige Geschichte. Irgendwann in den fünfziger Jahren kaufte Oma Elsa grüne Schulhefte, in die sie all diese strittigen Sachen wie Brände oder Nicht-Brände, Sommer oder Nicht-Sommer und Blaubeerjahre oder Nicht-Blaubeerjahre schrieb, denn sie hatte keine Lust mehr, ständig mit Opa Richard darum streiten zu müssen, wer recht hatte. Bei jedem Streit nahm sie nun ihre Beweishefte aus der Buffetschublade im Wohnzimmer, suchte den Tag, um den es sich handelte, suchte den Fakt und hielt ihn Opa vor die Augen. Trotzdem sagte er, dass es so nicht gewesen sein könne, das gehe gar nicht, das müsse sie falsch eingetragen haben. Doch Oma, die wichtige Vorkommnisse oder solche, die einmal wichtig werden konnten, jeden Tag in ihre fortlaufend nummerierten Hefte schrieb, schlug bei jedem Streit triumphierend das jeweilige Beweisheft wieder zu und sagte: So war es, genau so!

Jetzt starrten Hanka und Felix in den leeren englischen Kamin und tranken Sekt, während sie mehr über mich redeten als mit mir.

Ich hätte wohl wieder Kummer!

Es wäre wohl wieder ein Verheirateter gewesen!

Vielleicht sollte ich vorher fragen, ob der Mann zu haben wäre!

Obwohl ich keine Lust dazu hatte, obwohl ich fand, sie sollten besser nach Hannes fragen, spielte ich mit. Ich erklärte ihnen nicht, dass Erik und Jörg beim Kennenlernen gesagt hatten, sie wären allein, und das Alleinsein anders definierten, als man es normalerweise tat. Und dass auch Dieter und Frank behauptet hatten, sie wären ungebunden, was zum Zeitpunkt unseres Kennenlernens stimmte, nur später nicht mehr.

Die beschädigte Säule am Kamin anstarrend, saß ich neben ihnen und trank Sekt und wollte gerade sagen: Manche lernen manches nie, als Hanka uns zur Silvesterfeier einlud. Ein paar Leute kommen, kommt ihr auch?

Hankas Feiern blieben jedem in Erinnerung. Man traf bei ihr die verschiedensten Leute. Freunde und Bekannte, von denen manche öfter kamen, andere manchmal, einige ständig. Ich freute mich auf die Feier, auf die vielen Leute, mir war nach vielen Leuten.

Aber Clara sagte: In diesem Jahr bleiben wir zu Hause. Dabei sah sie mich an und nickte.

Ich nickte nicht.

Silvester kam, ohne dass wir es bemerkt hätten, wenn das Geknalle nicht gewesen wäre und der Anruf von Hanka. Es sind bereits alle hier, kommt doch rüber, zur Ablenkung.

Clara wollte keine Ablenkung, ich hätte gern eine gewollt.

Fritzi rief an, wie sie seit Weihnachten jeden Tag anrief, und fragte: Ist er wieder zu Hause?, und ich gab die Antwort, die ich jeden Tag gab: Nein, bis jetzt noch nicht.

Hoffentlich ist ihm nichts passiert!

Ich glaubte, dass wir uns keine Gedanken um Hannes zu machen brauchten, denn er hatte bisher jedes Mal gewusst, was er tat und wollte. Clara hatte er gewollt und bekommen, obwohl sie ihn ein Jahr nach dem Kennenlernen nicht mehr gewollt hatte, sondern einen Schlaksigen mit Namen Claus. Als Fritzi zwei Jahre alt war, hatte Clara ein weiteres Kind gewollt. Hannes jedoch fand, ein Kind reiche. Nachdem die Mauer offen war, hatte er eine eigene

Firma gewollt, hatte einen Partner gesucht und Felix gefunden. Was er jetzt gewollt hatte, bevor er gegangen war, wusste ich nicht.

So versuchte ich, sie zu beruhigen, Hannes könne gut auf sich selbst aufpassen, und schlechte Nachrichten erreichten einen stets schneller, als man dachte.

Weshalb meldet er sich nicht, fragte Fritzi, ich war mir sicher, er ruft zuerst bei mir an, deshalb bin ich Weihnachten früher nach Hause gefahren.

Er wird sich melden, sagte ich.

Aber wann das wäre, wusste ich nicht, und dass er zuerst Fritzi anrief, glaubte ich nicht, obwohl sie sich gut verstanden. Sie hatten ihre kleinen Geheimnisse, die sie geschickt vor Clara verbargen, wie die Zeichensprache, die Fritzi sich als Kind ausgedacht hatte. Wenn Clara nicht ihre Zustimmung zu Dingen geben wollte, die Fritzi als außerordentlich wichtig empfand, hatte Clara meist das Finger- und Mienenspiel der beiden nicht verstanden. Selbst heute noch nicht.

Er wird sich melden, wiederholte ich, und passiert sei ihm sicher nichts.

Wenig später rief Claras Schwiegermutter an und wollte Hannes sprechen. Er sei unterwegs, behauptete ich, was richtig war, wenn wir auch nicht wussten, wohin. Gerade am Silvestertag wollen die Leute warme Wohnungen, sagte ich, was auch stimmte, obwohl Hannes damit gerade nicht beschäftigt war. Und ja, ich sage ihm, er soll zurückrufen. Vor Weihnachten das letzte Mal miteinander gesprochen? Das ist wirklich schon lange her. Nein, Clara könne sie auch nicht sprechen. Sie sei auch gerade unterwegs. Aber gern richte ich aus, dass sie angerufen habe.

Clara stand neben mir und nickte, als ich aufgelegt hatte.

Beim nächsten Anruf gehst du ran, sagte ich, ich lüge nicht weiter für dich.

Diesmal nickte Clara nicht.

Maik war über Silvester zu seinem Vater gefahren, weil er bei ihm besser an Knaller gelangen konnte. So war es still im Haus ohne seine Computergeräusche.

Hanka rief kurz vor zwölf noch einmal an. Kommt doch kurz rüber, zum Anstoßen auf das neue Jahr.

Clara wollte noch immer nicht, ich hätte gern gewollt.

Sie verließ das alte Jahr ohne Worte, und genauso betrat sie das neue, immerhin stieß sie darauf mit einem Glas Sekt an, nachdem im Fernsehen verkündet worden war, dass jetzt etwas Neues begänne. Aber es gab nichts Neues, nur eine Clara, die nicht mit mir redete, und einen Hannes, der noch nicht wieder zurück war, von wo auch immer.

Clara ging ins Bett, ich goss mir Sekt nach, streckte mich auf der Couch aus, schaute mir jedes Programm im Fernsehen zwei Minuten an und überlegte, ob ich sofort zu Hanka gehen sollte oder besser noch wartete, bis Clara schlief. Doch Clara schlief nicht, sie kam wieder, im Nachthemd, darüber ihren Morgenmantel. Sie weinte.

Was ist passiert?, fragte ich und stand von der Couch auf.

Eigentlich hätte er gestern kommen müssen, sagte sie.

Ach, sagte ich.

Ich dachte, er kommt wieder, wie vor zwei Jahren.

Er war schon einmal gegangen und wiedergekommen, und jetzt war er gegangen und blieb weg!

Ich setzte mich, goss uns beiden Sekt nach und hoffte, dass sie mir erzählen würde, wie er gegangen und wiedergekommen war. Das tat sie nicht. Sie saß auf der Couch, einen halben Meter von mir entfernt, weinte und trank Sekt und weinte und schaute in den Fernseher, auf die gute Laune der Leute, die dort das Neue feierten. Doch die gute Laune verlor sich zwischen dem Fernseher und unseren Gesichtern.

Als ich dachte, sie sagt mir nicht, wie es damals war, sagte sie es doch.

Vor zwei Jahren ist er am zweiten Weihnachtstag gegangen und Silvester wiedergekommen. Damals hat er gesagt, er hätte ein paar Tage gebraucht, um sich zu orientieren.

Orientieren, dachte ich. Hannes und orientieren. Der, so schien mir, alles erreichte, was er erreichen wollte, der mit einem siegessicheren Lächeln durch den Tag ging, wollte sich orientieren?

Ich rutschte zu Clara heran und drückte sie, und dieses Drücken löste ein Heulen aus, und weil ich das nicht wollte, rückte ich wieder ab von ihr, nur hörte damit das Heulen nicht auf.

Er wird zurückkommen, sagte ich, und dann fielen mir keine Worte mehr ein, und ich hatte das Gefühl, Clara wollte auch keine mehr hören.

Sie heulte weiter, und zwischen ihrem Heulen sagte sie: Was sage ich nur Fritzi … und Hannes' Eltern … und Hanka und Felix.

Hannes ist noch nicht wieder zurück, es dauert dieses Mal ein wenig länger.

Januar

Maik kam am Neujahrstag gegen Abend zurück. Als ich eine Autotür zuschlagen hörte, eilte ich hinaus, wollte seinen Vater fragen, ob es in den Sommerferien mit dem Urlaub an der Ostsee klappen würde, den er Maik versprochen hatte. Aber er war bereits wieder angefahren und reagierte auf mein Winken nicht.

Ich fragte Maik, wie es bei seinem Vater gewesen sei. Das Geknalle wäre cool gewesen, schwärmte er, und als ich wissen wollte, wie es sonst war, sagte er: Na ja, was ist hier passiert, warum weint Tante Clara, ist jemand gestorben?

Onkel Hannes ist noch nicht wieder zurück, sagte ich.

Er wird schon kommen, brummte Maik, ihr habt doch gesagt, es dauert etwas länger. Er schüttelte den Kopf und ging zu seinen Computerspielen.

Das Telefon klingelte. Clara zeigte auf mich, und so nahm ich ein weiteres Mal das Gespräch entgegen. Sie blieb jedoch neben mir stehen.

Fritzi wünschte ein gesundes neues Jahr.

Ich bedankte mich, ehe ich sagte: Hannes ist am Heiligabend gegangen und bis heute nicht wiedergekommen.

Clara stieß mich so heftig an, dass ich beinahe umfiel, zischte: Wie kannst du mir das antun?, rannte in die Küche und warf die Tür zu. Ich zuckte zusammen wie immer, wenn jemand aus der Familie Türen warf, unser Vater, Maik und jetzt auch Clara.

Ich hörte Fritzis: Ach Gott, und: Ach du liebe Güte. Haben sie sich gestritten?

Kein Streit, sagte ich. Hannes hat die Orientierung verloren.

Welche Orientierung?

Das fragte auch Claras Schwiegermutter, die kurz darauf anrief, bevor sie nach einer kurzen Pause besorgt nachfragte: Ist er krank?

Nein, nicht krank, sagte ich.

Was ist passiert?, fragte sie. Irgendetwas muss doch passiert sein.

Das weiß ich noch nicht, sagte ich.

Ruf bitte sofort an, wenn er zurück ist, bat sie.

Nachdem ich aufgelegt hatte, zog ich Jacke und Stiefel an und schlich aus dem Haus, ich wollte zu keiner Clara, die in der Küche saß und heulte.

Ich ging die Straße hinunter zu Hanka, weil ich jetzt jemanden mit guter Laune brauchte. Auf halber Strecke fing es wieder an zu regnen. Ein kalter Winterregen, der mir ins Gesicht stach, doch umkehren wollte ich nicht. So rannte ich die letzten Meter.

Hanka öffnete die Tür und sagte als Erstes: Wie siehst du denn aus? Sie zog mich ins Haus und brachte mir ein Handtuch, hängte meine nasse Jacke auf die Heizung in der Küche und stellte meine Stiefel darunter. Nachdem ich meine tropfenden Haare halbwegs trocken gerubbelt hatte, fragte Hanka: Und wo ist Clara?

Die sitzt in der Küche und heult, antwortete ich und erzählte ihr, wie Hannes weggegangen und wiedergekommen war vor zwei Jahren und dass er jetzt weggegangen und nicht wiedergekommen sei. Und dass er seine Orientierung suche, die ihm irgendwie abhandengekommen war.

So ist das Leben, sagte Hanka, ständig muss man sich neu orientieren und neu finden, und manchmal geht man beim Sich-selbst-Finden verloren. Aber das passiere Hannes sicher nicht.

Wir saßen im Wohnzimmer auf der Couch und tranken Sektreste. Über uns hing ein einzelner Luftballon an der Lampe, ein Überbleibsel der Silvesterfeier. Ich bat Hanka mehrmals, mir nachzugießen, dann könnte ich kein Auto mehr fahren, könnte mich Clara heute nicht vor die Tür setzen, und morgen hätte sie es sich vielleicht überlegt.

Felix kam herein, wünschte ein gesundes neues Jahr und ließ uns danach mit unseren Problemen und Sektresten allein.

Was ist los bei Hannes und Clara?, erkundigte sich Hanka.

Weshalb hast du sie gestern nicht selbst gefragt?

Clara hätte mir keine Antwort gegeben.

Ich nickte, da ich wusste, wie es mit ihr und ihren Antworten war. Ein einziges Mal hatte sie wie zur Rechtfertigung zu mir gesagt: Es muss nicht jeder alles wissen, oder? Ich bin nicht jeder, hatte ich gesagt, ich bin deine Schwester.

So wussten wir nicht, was zwischen den beiden vorgefallen war, stellten Mutmaßungen an, die wir, kaum waren sie ausgesprochen, sofort wieder verwarfen, tranken Sekt, hinterher den Rest Campari, und nachdem alles leer war, zankten wir uns mit Felix um die letzten beiden Flaschen Bier und bekamen eine davon.

Hanka erzählte von der Silvesternacht und dass die Feier sicher etwas für mich gewesen wäre, nette Leute und jemand, der zu mir passen würde.

Gibt es einen Jemand, der zu einem passt, oder ist es nicht eher ein Sichanpassen, damit es passt? Ich fragte mich, weshalb das Sichanpassen bei mir bisher nicht geklappt hatte, ob es an meinem Anpassen oder an dem von Jörg und Dieter und Frank und Erik … gelegen hatte.

Seufzend sagte ich, ich hätte den, der zu mir passt, gern kennengelernt.

Als alles geleert und erzählt war, ging ich. Hanka wollte mich begleiten, damit Clara mich heute nicht hinauswarf, sondern später oder gar nicht. Ich lehnte ab, borgte mir von Hanka einen Schirm und lief die löchrige Betonstraße zurück, die jetzt *Zum Samithsee* hieß. Ich hastete von

Pfütze zu Pfütze und dachte daran, wie es vor dem Krieg und im Krieg hier gewesen war, weil ich nicht daran denken wollte, wie es gleich mit Clara in der Küche werden würde.

Meine Mutter hatte auf dieser Straße, die damals den Namen *Adolf Hitler* trug, Hopse und mit Puppen heile Familie gespielt und später Krieg, wie alle Kinder später Krieg gespielt hatten. Und ich dachte daran, wie sie die Straße entlanggegangen war, auf dem Weg von der Schule nach Hause, unter dem Arm die Schiefertafel, und wie die Sirenen losgingen, denn wenn über Berlin Bomber flogen, gab es fünfzig Kilometer weiter jedes Mal auch Fliegeralarm. Wie sie gerannt ist in ihr Haus, obwohl sie sich flach auf den Boden legen sollte, zwischen den Häusern. Und wie die Jungen, die Fußball spielten auf dem freien Platz vor dem Wald, weiter dem Ball hinterherrannten, bis in ihrer Nähe eine Bombe fiel. Die Mütter liefen aus den Häusern, einige fielen in Ohnmacht. Doch es war ein großes Glück, keinem war etwas passiert. Nur Fußball durften die Jungen dort nicht mehr spielen.

Am Haus angekommen, in dem Clara in der Küche saß und heulte, schüttelte ich den Schirm aus und schloss die Tür auf. Doch Clara war nicht mehr in der Küche. Sie empfing mich im halbdunklen Vorflur, beleuchtet von einem schmalen Lichtstreifen, so dass ich den zuckenden Nerv unter ihrem Auge nicht erkennen konnte, nur erahnen. Sie stand dort, als hätte sie auf mich gewartet.

Musst du es allen erzählen!, schrie sie.

Sie erfahren es ja doch!

Aber später!

Ist das nicht egal!

Auf einmal lachte sie. Dieses Mal haben wir lange durchgehalten, viel länger als die übliche Zeit.

Es war ein Lachen, das ich bei Clara noch nie gehört hatte, das alte musste mit Hannes mitgegangen sein, und ich wünschte mir, ich hätte das neue nicht kennengelernt, weil es so verloren klang und weil es mein Stichwort zum Gehen war.

Der Morgen kam, aber Clara sagte nicht, dass ich gehen solle, wie ich es erwartet hatte. Sie sagte es weder vor dem Frühstück, beim Frühstück, noch nach dem Frühstück, also blieb ich und hoffte auf noch einmal zweieinhalb Tage und noch einmal und noch einmal, obwohl das noch nie geklappt hatte.

Dann fuhr Clara einkaufen, was mich verwunderte, denn ich hatte nicht bemerkt, dass etwas fehlte. Ihre Vorräte waren so reichhaltig, selbst wenn sie eingeschneit wäre, verhungert wäre sie nicht. Eine Mehltüte im Schrank in der Küche, eine im Keller, Zucker ebenso, Brot eingefroren, ein halbes und ein halbes und noch ein halbes, Fleisch und Wurst und eigentlich alles. Aber irgendetwas schien ihr doch zu fehlen.

Währenddessen versuchte ich, das Vielleicht-gehen-Müssen zu verdrängen, indem ich das Haus putzte. Ich drehte das Radio in der Küche laut und sagte zu Maik, er müsse eine Weile im Arbeitszimmer bleiben. Er brummte, ich aber stellte alles hoch, was hochzustellen ging, Stühle und einen kleinen Schlitten mit einer Weihnachtsdekoration, von der zwei blau-silberne Päckchen abgefallen waren, die mich an die beiden unter meinem Tannenbaum erinnerten, obwohl ich mich an sie nicht erinnern wollte.

Ich begann zu fegen und dachte daran, wie es vor zehn Jahren hier ausgesehen hatte, als das Haus kein Haus, sondern eine Ruine gewesen war. Damals, nachdem die Russen gerade ausgezogen waren, aus diesem Haus und dieser Siedlung und dieser Stadt und diesem Land, zurück in ihr eigenes Land, obwohl sie es nicht wollten, obwohl sie gedacht hatten, sie könnten für immer bleiben, so wie wir dachten, sie würden für immer bleiben, eine Generation und noch eine und noch eine, bis das Haus zusammenfiele.

Clara hatte an einem Maimontag angerufen, und weil sie nur anrief, wenn kleinere oder größere Katastrophen passiert waren, war ihr Zittern in der Stimme nichts Besonderes. Aber das, was sie sagte, war etwas Besonderes.

Wir haben das Russenhaus zurück.

Zuerst dachte ich, ich hätte mich verhört.

Omas und Opas Haus?, fragte ich. Wir können uns Oma Elsas und Opa Richards Haus ansehen?

Nicht nur ansehen, sagte Clara, auch dort einziehen.

Wie oft hatte ich Oma Elsa gefragt, wann wir endlich in unser Haus könnten, wie oft hatte ich meine Mutter bedrängt, wann es endlich soweit wäre. Wenn aus Gras Milch geworden ist, hatten mir beide versichert.

Und jetzt, wo ich nur noch selten daran dachte, hatten wir es zurück, das Haus, das ständiges Gesprächsthema gewesen war, in das wir uns hineingeträumt hatten: Wer würde in welches Zimmer ziehen, hätten wir Hühner im Hof und Kaninchen in der Waschküche …

Nach neunundvierzig Jahren gehörte dieses Haus mit den unzähligen Geschichten wieder der Familie!

Geschichten, die von Opa so und von Oma anders erzählt wurden, aber egal, ob so oder anders, ich fand alle Geschichten schön.

Mein Vater fand keine schön, Opas nicht und Omas auch nicht, nannte sie Träumereien und Alteleutephantasien und sagte: Die Russen werden nie wieder gehen, warum sollten sie auch, es geht ihnen doch gut in eurem Haus.

Wenn Oma und Opa sagten: Eines Tages werden wir alle in unser Haus ziehen, widersprach mein Vater: Dafür ist das Haus viel zu klein. Sagte Opa: *Mein* Haus ist für alle groß genug! Sagte Oma: Es gibt *jede Menge* Zimmer!

Jede Menge waren vier. Oma und Opa wohnten damals in zwei Zimmern, und wir auch, und das waren zusammen auch vier. Nur wollte mein Vater das nicht hören, an diesem Punkt ging er. Wenn er das Wort *Russenhaus* hörte, hörte er auf zu hören.

An einem heißen Sommertag waren wir aufs Land gefahren mit unserem himmelblauen Trabant, in den wir alle passten, obwohl er danach gar nicht aussah, so ein winziges Auto für sechs Leute. Nach unserer Wanderung an Feldern entlang mit wildem Mohn und Kornblumen aßen wir in einer Dorfkneipe Mittag, Oma, Opa, meine Eltern, Clara und ich. Aber weil dort das Russenhaus ein Thema wurde, ließ mein Vater sein Essen stehen und fuhr ohne uns ab. Erst drei Stunden später konnten wir mit dem Bus hinterherfahren. Seitdem passte meine Mutter auf, dass das Russenhaus nur Thema an Orten wurde, die nicht zu weit weg von zu Hause lagen.

Als ich damals vor der Siedlung stand, in der sich Omas und Opas Haus befand, sah es aus, als wollte das alles keinem mehr gehören.

Ein verlassenes Gelände, eine Betonmauer ringsum, davor, wie vergessen, ein russischer Soldat mit einer Kalaschnikow.

Hier willst du rein?, fragte ich, starrte auf die Kalaschnikow, starrte auf die Mauer und war mir nicht sicher, ob ich hineinwollte.

Clara hielt dem Soldaten ein amtliches Schreiben entgegen, und während ich mich noch fragte, ob er das lesen könnte, öffnete er bereits das graue Metalltor mit dem roten Stern, und wir konnten zu unserem Haus fahren, das ich vor fünfundzwanzig Jahren ein einziges Mal besucht hatte.

Ich konnte mich noch gut daran erinnern. Wir hatten vor einem Obst- und Gemüseladen angestanden, meine Mutter und ich, weil es etwas Besonderes gab, obwohl meine Mutter wie meist nicht wusste, was es Besonderes gäbe.

Was Besonderes bedeutete etwas anderes als Rotkohl, Weißkohl, Äpfel, Kartoffeln oder Zwiebeln. Mit uns standen Frauen mit ihren Kindern auf der Straße an, die auch nicht wussten, was es Besonderes gab, aber *was* war nicht wichtig, wichtig war, *dass* es etwas Besonderes gab. Und es warteten Russenfrauen, die erkannte man nicht erst am Sprechen, sondern an ihren Pelzmänteln und daran, dass sie parfümiert und geschminkt waren, als wollten sie gleich nach dem Anstehen zum Tanzen gehen.

Das Besondere an diesem Tag waren Apfelsinen, aber ich wollte keine, denn es hatte zu schneien begonnen, und deshalb wollte ich lieber rodeln gehen. Doch meine Mutter war der Meinung, Apfelsinen hätten Vitamine, und Kinder bräuchten Vitamine. Ich fand das nicht und wollte nach Hause, mir reichten die eingeweckten Erdbeeren aus unserem Garten. Ich muss laut gequengelt haben, denn eine Russenfrau, die hinter uns stand, schenkte mir ein Bonbon, ein großes viereckiges, in buntes Papier eingewickelt. Ich verstummte und aß das Bonbon, das schokoladig schmeckte und so wie keines zuvor. Danach schwieg ich weiter, und meine Mutter und die Russenfrau redeten. Die Russenfrau mit Bröckchen Deutsch und meine Mutter mit Bröckchen Deutsch, als hätte sie das Deutschsprechen gerade eben verlernt. Es ging um ein Haus, um Omas und Opas Haus. Da ich die Geschichte kannte, interessierte mich nur das Bonbon.

Als wir nach langem Anstehen unsere besonderen Vitamine hatten, sagte die Frau in ihrem Holperdeutsch: Du kommen heute Abend sieben Uhr an den Zaun im Wald, ich zeigen dir dein Haus.

Es wurde Abend, und meine Mutter versuchte meinen Vater zu überzeugen, dass sie heute und nur heute ihr Haus wiedersehen könnte. Aber mein Vater wollte das Russenhaus nicht sehen. Er schmiss die Türen in unserer Neubauwohnung, dass es im ganzen Block widerhallte, fand die Idee absurd, und Ärger würde sie auch einbringen.

Ich hockte neben meiner Mutter auf dem Sofa und heulte ebenso wie sie, weil ich auch das Russenhaus sehen wollte, unbedingt.

Clara wollte nicht mit. Ich wusste, sie freute sich darauf, den Fernseher für sich allein zu haben. Deshalb sagte sie, ihr reiche das Foto von der Küchentür.

Mir reichte es nicht, und außerdem dachte ich an das Bonbon und dass es dort noch mehr davon gäbe.

Mein Vater lenkte ein, vielleicht weil ihm unser Geheule zu viel wurde. Und so gingen wir zu dritt los. Er knurrend: Wenn uns jemand sieht, was, wenn uns jemand sieht! Ich aufgeregt, weil ich an die Schokoladenbonbons dachte, die auf mich warteten, und meine Mutter glücklich, weil sie das Haus ihrer Kindheit wiedersehen würde. Ich wurde eindringlich belehrt, dass ich niemandem, wirklich keinem erzählen durfte, wo wir hingingen. Ich versprach alles, nur mitnehmen sollten sie mich.

So schlichen wir durch den Abendwald, und ich sollte sagen, dass wir spazieren gingen, falls wir jemanden trafen, der fragte, wohin wir wollten. Eine Ewigkeit stolperten wir durch den Wald, vor uns der magere Lichtstrahl einer Taschenlampe, hinter uns niemand, der fragte. Wir gingen bis zu einem Zaun, einem Maschendrahtzaun, mannshoch. Wir warteten, nichts geschah. Mir wurde langweilig, aber dann fiel mir das wunderbare Bonbon ein. Wie aus dem Nichts tauchte die Du-kommen-heute-Abend-Russenfrau auf, führte uns ein Stück den Zaun entlang, sie drinnen, wir draußen, hakte ihn an einer Stelle aus und ließ uns hinein. Das Stolpern durch die Dunkelheit ging weiter, einen schmalen Pfad entlang, rechts ein See, links der Wald, bis wir vor uns die Lichter einer Häuserreihe erblickten.

Meine Mutter quetschte dauernd meine Hand und sagte: Jetzt sehe ich unser Haus wieder, wie schön, ich sehe unser Haus wieder, und dazwischen redete sie in ihrem neuerdings verlernten Deutsch. Aber sie schienen sich zu verstehen, sie und die Russenfrau.

Quer über die Grundstücke liefen wir zu einem Haus, das unser Haus sein sollte.

Es hatte keine Ähnlichkeit mit dem Foto. Doch meine Mutter rief: Das ist es, ja, das ist es!

Im Haus begrüßten uns jede Menge Leute mit *dobry wetscher, dobry wetscher*. Ich wurde von einer Frau an die Hand genommen, die etwas sagte, was ich nicht verstand, und mich zu einem goldglänzenden Samowar führte, der auf einer Holzkiste in einer Ecke stand. Dort reichte sie mir ein Glas mit Tee, heiß und sehr süß. Ich hielt Ausschau nach den Schokoladenbonbons. Entdeckte jedoch nur zwei kichernde Mädchen meines Alters, die mich anstupsten und in einer Sprache voller rollender Rs plapperten.

Meine Mutter lief durch das Haus, von oben nach unten und wieder hinauf, und ihr Oh und Ah konnte ich bis in die Samowarecke hören. Ich ging ihr hinterher, und so sah ich zum ersten Mal das Haus von innen.

Zwei Familien wohnten darin, eine unten, eine oben. Die Räume waren menschenvoll, doch möbelleer. Oben fanden sich mehrere Betten, unten ebenso, im Kaminzimmer ein Tisch und viele Stühle und ein riesiger roter Sessel. Und im ganzen Haus an den Wänden unzählige Haken mit Kleidung daran wie Wandschmuck. Aber nirgendwo sah ich Bonbons. Ich war enttäuscht.

Meine Mutter lachte und unterhielt sich mit den Russenfrauen und trank Tee aus dem Samowar, und die Männer stießen mit meinem Vater und sto Gramm Wodka aus Wassergläsern an. Dazu aßen sie etwas, das sie Piroggen nannten, die mir jedoch nicht schmeckten. Die kichernden Mädchen stupsten mich wieder an und zeigten auf den riesigen offenen Kamin, in dem dürre Ästchen lagen. Auf dem Sims stand eine Holzpuppe, dick und bunt. Die drehten sie am Bauch auseinander, und hervor kam … noch eine Puppe, und die trennten sie wieder am Bauch, und hervor kam … Ich staunte, als sie Puppe an Puppe vor mir auf dem Kaminsims aufreihten, sieben an der Zahl. *Matrjoschka,* sagten sie und freuten sich, dass ich mich freute. Ich durfte sie wieder zusammensetzen, eine in die andere, bis eine Dicke übrigblieb.

Ich sagte: *Matrjoschka* ist schön.

Dlja tebja, sagten sie und zeigten auf die Puppe und mich. Ich verstand und drückte die *Matrjoschka*-Puppe an mich. Sie war viel, viel besser als das Bonbon.

Wenig später trat meine Mutter zu uns. Verabschiede dich von Larissa und Ira, und gib ihnen die Puppe zurück.

Ich erschrak. Sie haben sie mir geschenkt!

Meine Mutter zeigte auf die Puppe.

Da, da, sagten die Mädchen.

So kam ich zu einer echt russischen *Matrjoschka*, die mir aber Ärger mit Clara einbrachte, weil sie auch eine haben wollte und ich sie mit ihr teilen musste.

Die kichernden Mädchen sah ich nie wieder. Irgendwann flogen sie in ihr Land zurück, und es kamen wahrscheinlich neue kichernde Mädchen.

Als ich nach dem Anruf mit Clara vor dem Haus stand, war die Erinnerung, in der ich es behalten hatte, anders, ganz anders als das, was ich vorfand. Das Haus sah aus wie weniger geworden, dabei sah es aus wie alle in der Siedlung. Der Putz haftete nur noch stückweise an der Häuserwand, Dachziegel fehlten, Fensterscheiben waren zersprungen. Sie erzitterten, als Clara die Tür zur Veranda aufzog. Es quietschte und knarrte und roch. Ein muffiger Geruch nach kalter Asche und Schmutz, ein Geruch, als wäre das Haus jahrelang unbewohnt gewesen. Und das, was ich sah, war nicht besser als das, was ich roch.

Die Wände im Flur waren mit blauer Ölfarbe überstrichen und mit Stockflecken übersät, Reste von herausgerissenen Elektrokabeln hingen hinunter. Die Toilette war mit Unrat verstopft, und sie war das, was roch. Der Badeofen stand schief auf wackeligen Beinen. Am Ofenrohr vorbei konnte ich nach draußen blinzeln. Scherben lagen verstreut auf den abgewetzten Holzdielen, Feuerwehrschläuche dienten als Abflussrohre und schlängelten sich durch die Wände hinaus ins Freie.

Clara ging von Raum zu Raum, als würde sie das alles nicht wahrnehmen.

Das muss damals das Zimmer unserer Mutter gewesen sein, sagte sie, mit diesem herrlichen Blick in den Garten. Sie zeigte auf einen niedergetrampelten Grasfleck mit einem provisorischen Fußballtor. Und der Apfelbaum, sieh nur, wie riesig er geworden ist. Oma Elsa und unsere Mutter haben ihn gepflanzt.

Sie zeigte mir alles, was ich bereits kannte, jedoch anders kannte, als es jetzt übriggeblieben war. Der Apfelbaum mit weißen Blütenbällen schien mir der einzige Schmuck weit und breit zu sein.

Das obere Geschoss wirkte so traurig wie das untere. Der Treppe fehlte das Geländer, die Stufen waren abgetreten. Die Tapete mit einem Muster verschlungener Rosen hing von der Wand. Durch ein Loch im Fußboden konnte ich die Küche sehen und durch ein Loch im Dach die Regenwolken. Ich fand Stapel russischer Zeitungen, die oberste eine *Prawda* von 1974, und eine Dachkammer, die halbhoch mit Asche gefüllt war.

Ist das Haus nicht schön?, sagte Clara.

Ich setzte mich auf das einzige Möbelstück im Haus, einen großen roten Sessel mit nur einer halben Sitzseite, aus der anderen waren die Innereien verschwunden. Es schien derselbe Sessel zu sein, den ich als Kind im Kaminzimmer vorgefunden hatte. Trotzdem konnte es nicht das Haus sein, in dem ich eine *Matrjoschka* geschenkt bekommen hatte. Das konnte nicht das Haus vom Foto an der Küchentür sein, in das wir alle zusammen einziehen wollten. Löcher in den Wänden, im Fußboden, im Dach …

Was hatte Clara gesagt? Wir bauen es wieder auf? Wer war wir?

Ich sagte: Hat Mutter das schon gesehen?

Noch nicht, es muss erst etwas aufgeräumt werden, damit sie keinen Schreck bekommt.

Was bitte aufräumen?

Es konnte nicht aufgeräumt werden, ohne dass man hinterher trotzdem noch einen Schreck bekam.

Und wer ist wir?

Mutter hat gesagt, es wäre genau das Richtige für Hannes und mich. Hannes hat das Haus noch nicht gesehen, aber ich hoffe, er findet das auch.

Ich schluckte.

Es ist genau das Richtige zur richtigen Zeit. Hannes bekäme ein Arbeitszimmer, sie endlich einen Garten. Dabei zeigte Clara durch das Fenster auf den Hof. Da kommen Kräuter hin, da Bohnen, da Erdbeeren, und am Ende des Grundstücks pflanze ich einen Süßkirschenbaum. Und du wolltest es doch sicher nicht, so wie es aussieht.

Du hättet mich zumindest fragen können, sagte ich, vielleicht will ich es doch.

Clara lachte. Das kann ich mir nicht vorstellen. Du siehst aus, als würdest du das alles ganz schrecklich finden.

Ich fand das alles ganz schrecklich, aber noch schrecklicher fand ich, dass mein Kindertraumhaus weg war, unser Familientraumhaus, in das wir alle zusammen einziehen wollten. In dieses Traumhaus zog jetzt Clara. Ich starrte durch das Loch im Dach in den Himmel, starrte und starrte.

Von irgendwo unter mir rief Clara: Kommst du? Du musst auch noch den Keller sehen.

Aber ich hatte nicht die Kraft gehabt aufzustehen.

Obwohl der Baum im Kaminzimmer vor sich hin nadelte, fand man die Nadeln überall. Deshalb fegte ich immer noch, als Clara zurückkam. Nicht mit einem Einkauf, wie ich gedacht hatte, sondern mit Tränen. Ich stellte das Radio leise und zwei Stühle vom Tisch herunter und den Besen an die Wand und fragte: Was ist passiert, hast du eine Nachricht von Hannes?

Sie setzte sich, noch mit Jacke und Stiefeln, und kleine Pfützen bildeten sich um ihre Füße, und ich dachte, wenn sie weiter heult, bilden sich große Pfützen. Und da ging das Heulen erst richtig los. Mir war nicht nach Claras Heulen, weil mir selbst ein wenig danach war, wegen der übriggebliebenen Päckchen bei mir zu Hause. So versuchte ich sie zu beruhigen: So schlimm kann es nicht sein, aber sie heulte: Es ist sehr schlimm. Das fand ich hinterher auch, nachdem sie mir erzählt hatte, was sie von Felix erfahren hatte.

Die Firma von Hannes und Felix hatte Betriebsferien, und Clara hatte die Post aus dem Briefkasten nehmen wollen. Dabei hatte sie Felix getroffen, mit rotem Gesicht und einem Stottern in der Stimme, wo noch nie ein Stottern gewesen war, als er sagte, Hannes habe ihm seinen Teil der Firma verkauft, vor Weihnachten, und dass es jetzt schlecht mit der Arbeit bei ihm sei, und es tue ihm leid, mehr wüsste er auch nicht.

Clara war in der Firma für die Buchhaltung zuständig, so wie ich bei meinem Arbeitgeber für die Buchhaltung zuständig gewesen war, bis vor einem halben Jahr, bis die Firma schließen musste wegen Kunden, die Leistungen bekommen hatten und nicht dafür bezahlen wollten, weil sie fanden, dass sie diesen Nagel nicht bestellt hatten oder jenes Stück eine andere Farbe aufwies als im Prospekt.

Wir haben beide denselben Beruf, Clara und ich, Wirtschaftskaufmann. So steht es in unseren Zeugnissen, weil es damals, als wir in die Lehre gingen, mit der Emanzipation noch nicht so weit gewesen war wie jetzt. Meine große Schwester hatte diesen Beruf gelernt, weil sie gut mit Geld umgehen konnte, und ich hatte diesen Beruf gelernt, weil ich nicht mit Geld umgehen konnte und dachte, ich würde es dabei lernen. Ich musste aber feststellen, dass man manches nicht lernen konnte, manches konnte man nur erben, und Clara hatte von Oma Elsa geerbt, wie man Geld ansammelte, und ich nicht.

Nun hockte Clara auf der Stuhlkante und heulte. Sie verstehe nicht, weshalb Hannes kein Firmeninhaber mehr sei, und sie verstehe erst recht nicht, weshalb sie die Buchhaltung nicht mehr machen könne.

Ich verstand nicht, weshalb Hannes seinen Firmenanteil verkauft hatte, verstand aber, dass Felix Clara nicht mehr beschäftigen konnte, und deshalb sagte ich: Einen Teil verstehe ich und einen nicht.

Clara heulte, sie verstehe überhaupt nichts.

Nachdem ich sie beruhigt hatte, dass das mit ihrer Arbeit nicht so schlimm sei, nicht so schlimm wie, dass Hannes weg wäre, klingelte es am Tor. Es war die Postfrau mit einem Päckchen für die Nachbarin gegenüber und einem Brief für Hannes und Clara. Der Brief war von der Bank.

Clara wurde unheimlich blass.

So schnell ist die Bank, jetzt nehmen sie mir das Haus weg, weil sie wissen, ich kann den Kredit nicht mehr abzahlen.

Ich sagte, so einen Unsinn hätte ich schon lange nicht mehr gehört, nahm ihr den Umschlag aus der Hand, öffnete ihn und las vor, weil sie nicht fähig gewesen wäre, selbst zu lesen, mit dem Zittern in den Händen und den Tränen im Gesicht.

Es war ganz anders, als Clara gedacht hatte. Der Kredit sei wunschgemäß getilgt, las ich vor, und Clara heulte noch lauter.

Das Haus ist abbezahlt, sagte ich, am 10. Dezember. Da riss sie mir das Schreiben aus der Hand. Ich bezweifelte noch immer, dass sie heulend etwas lesen konnte, sah aber Clara nicken und wieder nicken und hörte ihre Worte: Ich verstehe das alles nicht …

Ich verstand das alles auch nicht, denn der Hannes, den ich kannte, der verkaufte nicht seinen Teil der Firma, bezahlte das Haus ab und verschwand.

Der Hannes, den ich kannte, hatte mit Fritzi Aufgaben geübt, als sie mit der Mathematik auf Kriegsfuß stand. Der Hannes, den ich kannte, der hatte Clara in seiner Firma beschäftigt, als sie mit den Launen ihrer neuen Chefin nicht zurechtgekommen war. Der Hannes, den ich kannte, hatte das, was er unbedingt wollte, gegen Claras Widerstände durchgesetzt, wie einen schwarzen Mercedes-Benz-Oldtimer von 1966 zu kaufen, den sie viel zu auffällig fand und der wenig später von dem Parkplatz einer Gaststätte gestohlen und nie wiedergefunden wurde.

Der Hannes, der jetzt zum Vorschein gekommen war, den kannte ich nicht, und Clara schien ihn auch nicht zu kennen.

Das alles, was Clara gerade passierte, war viel schlimmer als das, was mir Jörg und Dieter und Frank und Erik … angetan hatten, denn ich hatte gedacht, wie sie sicher auch, ihre Ehe hielte in guten und in schlechten Tagen. Dabei war kein schlechter Tag gewesen, jedenfalls war mir keiner aufgefallen, obwohl ich ständiger Gast in ihrem Haus war.

Den Hannes, den ich kannte, hatte Clara kennengelernt, weil es an einem Augusttag nicht so klappte, wie es hätte klappen sollen. Clara war sechzehn und in einem Alter mit eitlen Phasen. Sie trug seit zwei Jahren eine Brille, beschloss jedoch von einem Tag zum nächsten, dass sie ohne sehen konnte. Also steckte sie ihr braunes Horngestell in die Tasche, sobald sie das Haus verließ, und holte es in der Öffentlichkeit nicht mehr hervor. In der Schule hatte sie sich in die erste Bank gesetzt, und außerhalb der Schule kam ich ins Spiel. Ich war elf, auf alles neugierig, was Clara machte, und konnte ohne Brille sehen. So nahm Clara mich mit, weil sie die Preise in den Schaufenstern nicht lesen konnte und nicht erkannte, ob der Junge auf der anderen Straßenseite derjenige war, den sie so toll fand.

Unsere Mutter freute sich. Gerade hatten wir uns noch Kleidungsstücke und Worte an den Kopf geworfen, und einen Tag später war es, als wäre nichts gewesen.

Ich war stolz, dass meine große Schwester mich brauchte, und richtete mein Leben nach ihr aus.

An einem heißen Augusttag hatten wir uns vor einem Juweliergeschäft verabredet, weil Clara mit mir in das Eiscafé wollte, in dem sich der Junge mit seinen Freunden traf, den sie so toll fand. Ich hatte jedoch an diesem Tag etwas Pech. Ich bekam Ärger mit meiner Mutter, so wie ich damals täglich Ärger mit ihr bekam. Clara war sofort nach dem Mittagessen mit dem Fahrrad zu einer Freundin gefahren, weil das Geschirrabtrocknen in dieser Woche meine Aufgabe war. Um drei Uhr wollten wir uns treffen. Aber ich weigerte mich, das Geschirr abzutrocknen, und meine Mutter weigerte sich, mich gehen zu lassen. Wenn wir beide uns weigerten, konnte das Stunden dauern. An diesem Tag dauerte es zwei Stunden, und als ich ankam, brauchte Clara mich nicht mehr. Sie hatte Hannes kennengelernt, als sie vor dem Juweliergeschäft auf mich gewartet hatte.

Sie hatte versucht, die Preisschilder an den Silberketten zu lesen, die sie natürlich nicht lesen konnte, nicht ohne Brille und nicht ohne mich. Doch Hannes konnte es.

Kann ich helfen?, hatte er gefragt und ihr lachend seine Hornbrille hingehalten.

Die habe sie selbst, hatte sie geantwortet.

Und danach hatte er sie in das Eiscafé eingeladen, unser Eiscafé, und seit diesem Tag gingen sie zusammen. Clara setzte ihre Brille wieder auf. Es folgten furchtbare Jahre für mich. Sie brauchte mich nicht mehr, sie brauchte mich nie mehr.

Jetzt, nach so langer Zeit, hatte ich das Gefühl, sie könnte mich erneut brauchen. So wie Hannes damals schuld war, dass sie mich nicht mehr brauchte, war er jetzt schuld, dass sie mich wieder brauchte.

Das Brauchen schien in unserer Familie Tradition zu haben. Oma Elsa und Opa Richard brauchten Besuche und Feiern, um von ihrem Haus zu erzählen, das für Oma nur sieben Jahre ihr Haus gewesen war und für Opa lediglich drei Jahre, bis er in den Krieg musste. Und so brauchten sie uns, meine Eltern, Clara und mich, damit die Hausgeschichten lebendig blieben.

Wobei es Clara und meinem Vater egal war, ob die Geschichten des Hauses lebendig blieben oder nicht. Ein Haus ist nur ein Gegenstand, hatte mein Vater gesagt, und man hängt Herz und Verstand nicht an Gegenstände. Man erwirbt sie, nutzt sie, und manchmal kann man sie auch verlieren.

Das Haus verloren Oma Elsa und Opa Richard vier Wochen vor dem offiziellen Kriegsende. Zuerst zog ein Trupp der Roten Armee durch die Siedlung und grub alles aus den Gärten aus, was die Bewohner vergraben hatten. Mit spitzen Metallstangen stocherten die Russen in der Erde herum, bis sie fanden, was sie nicht finden sollten. Bei Oma Elsa war es die gesamte Aussteuer. All das feine Leinen und Porzellan verschwand mit den Russen Richtung Berlin.

Ein paar Tage später kam ein weiterer Trupp, der brachte etwas. Eine Kuhherde, die man unterwegs im Oderbruch eingesammelt hatte, so wie man Omas Aussteuer eingesammelt hatte. Die Kuhherde stellten sie auf der Wiese unweit der Häuser ab, auf der die Jungen Fußball gespielt hatten, bevor die Bombe gefallen war. Und dann ging das Geschrei los. Die Kühe schrien. Die Frauen wurden aus ihren Häusern geholt und mussten sie melken, egal, ob sie es konnten oder nicht, bis das Schreien aufhörte.

Ein paar Tage später zogen die Kuhherde und der Trupp Russen weiter Richtung Berlin, und es kamen zwei Offiziere mit Kalaschnikows im Arm und ein Deutscher als Dolmetscher.

Opa war noch im Krieg, und Oma musste sich jeden Morgen im Rathaus melden und hinterher auf dem Militärflugplatz aufräumen, hinter der Siedlung, in der sie wohnte.

Ihre Tochter Ursula wollte gerade zu ihrer Freundin im Haus nebenan, weil sie hoffte, dass es dort etwas zu essen gäbe. Sie stand in der Tür mit dem Hausschlüssel in der Hand und dem Hunger im Magen, und der Schlüssel wurde ihr abgenommen, und sie wünschte sich, sie hätten ihr stattdessen den Hunger abgenommen. Doch der Dolmetscher sagte, sie müsse aus dem Haus, in einer Stunde müsse sie weg sein, sie brauche nur Sachen für zwei Wochen mitzunehmen, so lange würden russische Offiziere in ihrem Haus wohnen.

Ursula war hineingestürmt und hatte alles, was sie als wichtig empfand, hinausgetragen, den gerade blühenden Osterkaktus von der Fensterbank im Kaminzimmer, ihr Kopfkissen, die beiden Kochtöpfe, die ihnen geblieben waren. Wenige Minuten später kam ihre Mutter angerannt, weil sie auf dem Flugplatz gehört hatte, was passiert war.

Und so zerrten sie den Handwagen aus der Waschküche und beluden ihn mit Sachen, die sie brauchen würden für zwei Wochen, Federbetten, Kopfkissen, Kleidung und die beiden Kochtöpfe, und aus einem Grund, den Oma Elsa später nicht nennen konnte, das Fotoalbum. Und dann zogen sie davon, um nie wiederzukommen, nur wussten sie das nicht.

Und weil sie nicht wussten, wohin, und es niemanden kümmerte, was aus ihnen wurde, sie indes wussten, dass Wohnungen frei waren, wo die Mieter vor den Russen geflohen waren, machten sie sich auf die Suche nach einer verschlossenen Wohnung. Oma Elsa und Ursula zogen mit dem, was sie wie für eine Flucht aus ihrem Haus zusammengerafft hatten, drei Straßen weiter.

Die Wohnung, die sie aufgebrochen hatten, bestand aus einem kleinen und einem winzigen Zimmer, zusammen so groß wie ihr Kaminzimmer. Ein Nachbar baute ein neues Schloss ein, und sie hofften, die Mieter würden in den nächsten zwei Wochen nicht zurückkommen.

Im Wohnzimmer standen ein Buffet, ein Tisch mit vier Stühlen und ein Sessel unter dem Fenster, in dem winzigen Zimmer daneben zwei kahle Betten, aber ihre Federbetten und Kopfkissen hatten sie ja dabei. In der ebenso winzigen Küche fehlten die Kochtöpfe, aber die hatten sie auch dabei. Und sie dachten, für diese zwei Wochen würde es gehen, wo der Vater noch nicht aus dem Krieg zurück war.

Doch dauerte ihr Aufenthalt in der fremden Wohnung statt der zwei Wochen drei Jahre. Dauerte, bis Opa Richard aus der Gefangenschaft in Sibirien zurückkehrte, weil er krank geworden war, dort, wo er Bäume fällen sollte. Opa wurde noch kränker, als er entdeckte, dass sein Haus nicht mehr sein Haus war und wer darin wohnte. Vom ersten Tag seiner Rückkehr an begann er zu hoffen, dass sein Haus wieder zu dem seinen würde. Erzählte die Geschichten des Hauses, damit sie nicht verlorengingen, und Oma erzählte die Geschichten des Hauses, aber andere, doch aus demselben Grund. Und sie zankten sich wie gewöhnlich, weil Opa es anders erzählte als Oma, die damals noch nicht ihre grünen Beweishefte führte und deshalb nichts beweisen konnte.

Ich brauchte keine Beweise, ich hörte die Geschichten von beiden jedes Mal aufs Neue so gern, als hätte ich sie noch nie gehört.

Wie die mit den Hühnerküken, die Nachbarskinder aus der Waschküche gestohlen hatten, wie Opa Richard behauptete. Oma Elsa verbesserte, Ursula hätte die beiden Küken verschleppt, weil sie zur Straßenbande dazugehören wollte, in der es ansonsten nur Jungen gab.

Die Jungen setzten jedes der Hühnerküken in einen Holzschuh und die Holzschuhe auf den See, der früher einmal eine Tongrube gewesen und nicht groß, dafür tief war. Die Küken in den Holzschuhen trieben eines nach links und eines nach rechts davon und piepsten, dass es über den See hallte.

Die Mutprobe war das Zurückholen der piepsenden Holzschuhe aus dem frühlingskalten Wasser. Ursula wollte nicht mehr zur Jungenbande dazugehören, als sie die Küken sah, piepsend und eines rechts und eines links davontreibend. Sie fing an zu weinen, weil die Küken nicht herauskonnten aus den Schuhen und weil sie nicht in den See hineinkonnte, der so kalt und so tief war. Die Jungen hatten *Deutsche Mädels heulen nicht* gerufen und waren lachend davongelaufen, und sie war auch davongelaufen, nach Hause, hatte ihren Vater geholt, der die Küken befreite.

Jahre später behauptete er, dabei hätte er sich beinahe den Tod geholt. Aber Oma verbesserte, es wäre nur ein simpler Schnupfen gewesen und dass Opa jetzt beruhigt Küken halten könnte, ohne Angst zu haben, sie würden verschleppt, weil die Kinder den Streichen entwachsen wären. Er könnte auch noch Kaninchen dazu halten, alles so wie damals, alles so wie vor dem Krieg. Aber noch ginge es nicht, noch wären die Russen im Haus.

Aus meinen üblichen zweieinhalb Tagen waren zweieinhalb Wochen geworden und aus dem Regen Schnee. Ich räumte das, was fiel, als wollte es für immer bleiben, schaffte es aber nicht. Und ich schaffte es auch nicht, dass Clara mir beim Schneeräumen half. Sie versteckte sich im Haus, und auf meine Frage, weshalb sie nicht hinausgehe, bekam ich keine Antwort, wie ich überhaupt selten eine bekam.

Außerdem war sie immer seltener zu hören, und zu sehen waren neuerdings Schulterknochen und eine Falte um ihren Mund, die aussah, als wäre sie Jahre zu früh an diese Stelle geraten. Und sie schminkte sich nicht mehr. Ich kannte Clara nur mit roten Lippen, egal, ob sie das Haus putzte, tanzen oder einkaufen ging oder ihren Garten umgrub. Als ich sie einmal gefragt hatte, weshalb sie zu den unmöglichsten Anlässen ein Rot auf ihren Lippen trug, hatte sie mir geantwortet, sie wolle von ihrer blässlichen Gesichtsfarbe ablenken.

Was ihr gelungen war, wie ich jetzt feststellen musste.

Ich ging ins Bad, suchte einen Lippenstift aus dem Spiegelschrank und legte ihn in der Küche vor Clara auf den Tisch, die auf dem Stuhl saß, den zu Weihnachten der Kater besetzt hatte, der eigentlich meiner war, und die die Straße beobachtete, als würde das Straße-Beobachten Hannes zurückbringen.

Du siehst krank aus, sagte ich.

Ist das nicht egal?

Der Lippenstift lag eine Woche neben ihrer Kaffeetasse, neben ihrem Mittagsteller, zwischen Margarine, Wurst und Brotkorb. Dann brachte ich ihn zurück in den Badschrank.

Clara verließ das Haus nur noch, um ins Pflegeheim zu unserer Mutter zu fahren, und auch das lediglich mit mir zusammen. Kamen wir zurück, ging sie, ohne nach links oder rechts zu blicken, hinein ins Haus, so dass sie keinen Nachbarn grüßen musste und sich auch keine Gelegenheit ergab, Fragen gestellt zu bekommen.

Aber mich sah die Nachbarin von gegenüber, wie ich Schneeberg um Schneeberg aufhäufte, legte ihren Schneeschieber nieder und kam zu mir. Als sie fragte, ob ich für immer eingezogen sei, das Haus wäre ja groß genug, und wieso sie Hannes ewig nicht mehr gesehen habe, ob er im Krankenhaus sei oder beruflich unterwegs ..., dachte ich an Clara und ihre Angst, was wohl die Nachbarn denken und reden würden. Deshalb sagte ich, ja, beruflich unterwegs, auf Auftragssuche, es werde eine Weile dauern, bis er wiederkomme. Und ich wohne im Moment bei Clara, damit sie nicht allein sei, was stimmte. Ich wusste, es würden die Nachbarn links und die Nachbarn rechts erfahren, darunter ehemalige Schulkameraden unserer Mutter, die ihr Elternhaus wieder aufgebaut hatten, obwohl sie über siebzig gewesen waren, als die Russen auszogen. Und es waren die Kinder der Kinder von damals eingezogen oder Neffen oder Nichten oder Fremde, weil die Hausbesitzer nicht mehr warten wollten, bis die Russen auszogen, und deshalb an die Stadt verkauften oder an Leute, die noch Hoffnung hatten. Diese übernahmen Grundstücke, die sie nur auf dem Papier besaßen, obwohl sie nicht wussten, wann sie ihr Haus beziehen könnten, aber sie waren sich sicher, dass sie eines Tages froh darüber wären, günstig zu Eigentum gekommen zu sein.

Clara war erleichtert, dass ich die harmlose Variante, Hannes sei auf Auftragssuche, gewählt hatte. Trotzdem vermied sie weiter, sich draußen sehen zu lassen, weil es als unhöflich galt, sich nicht mit den Nachbarn zu unterhalten, wenn man am Zaun stand, aber wenn Clara sich unterhalten hätte, wäre unweigerlich Hannes ein Thema geworden, und beim Thema Hannes war Clara sich nicht sicher, ob sie nicht heulen müsste, wenn sie nach ihm gefragt werden würde. Also blieb sie im Haus, als wäre nicht nur Hannes nicht anwesend, sondern auch sie nicht.

Aber ich war anwesend, beim Schneeschieben und Streuen, wurde von der Nachbarin links und vom Nachbarn rechts informiert, wer krank, wer wo zu Besuch sei und wie lange der Schneefall noch anhalten würde. Es dauerte eine Woche, dann gehörte ich dazu, in diese Siedlung, diese Straße und dieses Haus.

Nachdem Clara mir erklärt hatte, die Polizei wolle sie auf keinen Fall einschalten, sie sei sich sicher, es wäre wie vor zwei Jahren, nur dauere es dieses Mal etwas länger, war sie aber einverstanden gewesen, als Maik gefragt hatte, ob er Hannes als vermisst ins Internet stellen solle. Ich hatte mir die Seite vorsichtshalber angesehen, auf der Frauen ihre Männer und Männer ihre Frauen suchten, und hatte dazwischengerufen: Ohne Belohnung!, als Maik Clara gefragt hatte, wie viel ihr Hannes wert sei. Vom Bildschirm sah mich ein Hannes an, den ich glaubte gekannt zu haben, den Clara glaubte gekannt zu haben, den wir alle glaubten gekannt zu haben. Hannes mit seinem siegessicheren Zug um den Mund und den etwas zu klein geratenen Augen und mit Haaren, die immer aussahen, als hätte er sie gerade durchgewuschelt.

Aber niemand hatte Hannes gesehen oder einen, der wie Hannes aussah. Auch seine Mutter nicht, die jeden Tag die Straße vor ihren Fenstern beobachtete und der das Herz bis zum Hals schlug bei jedem, der Hannes ähnelte. Fritzi zuckte beim Telefonklingeln zusammen, wie sie sagte, denn sie war sich Mal um Mal sicher, dass sich nun endlich ihr Vater melden würde.

Ich hörte in der Nacht Clara im Haus umherwandern, hörte das Knarren der obersten Treppenstufe, das Klicken der Küchentür oder der Tür des Arbeitszimmers. Eines Nachts bemerkte ich den Luftzug, der im Haus entstand, wenn die Eingangstür geöffnet wurde. Ein Pfffft, als würde sich durch das Öffnen der Tür das Haus verschieben. Eine Bewegung, die man nur wahrnahm, wenn man das Haus kannte. Es war, als hätte es sich verzogen in den neunundvierzig Jahren, in denen die Russen darin gewohnt hatten. Vielleicht weil zu viele im Haus gelebt hatten, eine Familie oben und eine unten, obwohl es nur für eine einzige gebaut worden war, für Opa, Oma und Ursula. Vielleicht hatte sich deshalb bei den Russen das Haus gedehnt, damit alle reinpassten, und jetzt war es verzogen und machte pfffft, wenn man die Haustür öffnete.

Weil ich nicht schlafen konnte, wenn Clara nachts durch das Haus schlich, ging ich dem Luftzug nach. Am Himmel leuchtete ein halber Mond, und Clara stand draußen im Schnee im Nachthemd, darüber ihre Jacke, nachts um halb drei im Garten. In ihren Stiefeln zur Hälfte im Schnee versunken, schaute sie den Himmel an, als hätte sie einen neuen Stern entdeckt, fern, winzig, nur für sie sichtbar.

Clara konnte den Sternenhimmel lesen. Unser Vater hatte es ihr beigebracht. Den Großen Wagen, den Kleinen Wagen und solche Sachen. Ich hatte nie die Geduld aufgebracht, die Sterne am Himmel zu einem Bild zusammenzufügen, für mich bildeten sie nur ein Gewirr, die einen dicht gedrängt, die anderen vereinzelt.

Wenn ich einen Teil des Großen Wagens gefunden hatte und den Rest suchte, hatte ich den ersten Teil wieder verloren.

Was tust du hier?, fragte ich.

Ich versuche mich zu orientieren, sagte Clara.

Dort oben findest du sicher nicht, was du suchst, sagte ich, du wirst noch krank werden. Ich zerrte sie am Jackenärmel zurück ins Haus. Sie ließ es geschehen, so wie sie in letzter Zeit alles mit sich geschehen ließ.

Seit dieser Nacht schlief ich noch unruhiger. Wenn ich den kleinsten Laut hörte, wachte ich auf und konnte nicht wieder einschlafen, bis ich die oberste knarrende Treppenstufe und Claras Schlafzimmertür gehört hatte und wusste, dass sie ins Bett zurückgekehrt war.

Die Clara, die ich kannte, bei der ich mich für zweieinhalb Tage einnisten konnte, bis es mir besserging, gab es nicht mehr. Es gab eine Clara, die selbst nicht zurechtkam und nicht zugab, dass sie mich brauchte. Und es gab eine Clara, die ihre Sprache verloren hatte, genau wie Maik. Eine Clara mit Schultern, die aussahen, als wollte sie sich vor etwas schützen, mit dieser Falte um den Mund, als wäre sie Jahre zu früh an diese Stelle geraten, eine Clara, die Tag für Tag weniger zu sehen war, weil sie von jeder Mahlzeit nur zwei Bissen aß.

Eines Tages, vielleicht im Frühling, spätestens im Sommer, würde sie verschwunden sein. Zuerst ihre Stimme, dann ihre Gesten, schließlich die Form ihres Körpers.

Bereits jetzt schon verschwunden war und blieb das Zucken unter ihrem linken Auge, selbst als ich sie mehrmals fragte, wo die Konzertkarten waren, die ich ihr zu Weihnachten geschenkt hatte. Zuerst hatte sie auf meine Frage nicht reagiert, dann mit den Schultern gezuckt und schließlich gesagt, sie hätte sie beiseitegelegt, nur wohin, wüsste sie nicht.

Aber ich wusste, dass Max Raabe in zwei Tagen in Berlin auftrat. Weil Hannes verschwunden war, hatte ich vor, mitzugehen. Obwohl es mir im Gegensatz zu Clara nicht egal war, dass die Karten weg waren, suchte ich auch nicht. Durch Suchen hatte ich noch nie etwas gefunden. Ich versuchte es mit Logik. Wo könnte Clara sie hingelegt haben, am Heiligabend, als ich angekommen war? Sie war fast nur in der Küche gewesen, die ganzen Feiertage über, also mussten sie dort sein. Töpfe, Teller, Tassen, Pfannen, Whiskyflasche … Und genau daneben lagen sie.

Also fuhren wir zu Max Raabe, obwohl Clara sagte, ihr sei gerade nicht nach Max Raabe, ihr sei nicht nach Show.

Ich sagte: Die Show wird dich ablenken von deiner Frage, wohin Hannes verschwunden ist.

Nur widerwillig folgte sie mir zum Auto. Nachdem ich erklärt hatte, sie müsse fahren, ich wisse nicht, ob ich die Straße fände, in die wir wollten – in die ich wollte, hatte sie mich verbessert –, saß sie mürrisch hinter dem Steuer, und ich hatte das Gefühl, sie fuhr absichtlich langsam, damit wir zu spät kamen. Aber wir schafften es trotz Claras Trödelei.

Kaum war Max Raabe auf die Bühne gekommen, hörte ich links hinter mir eine Frau, ihr *Ah* … und *Oh* und *Da kommt er … Er kommt von links … Wie schön* … Und hörte rechts hinter mir Gesang, jemanden, der die Lieder vorn gut zu finden schien, einen älteren Mann. Ein *Bravo* und *Ist das schön* links hinter mir, ein Gesumme rechts hinter mir und vorn Max Raabe mit seinem Palastorchester. Meine Ohren wussten nicht, worauf sie sich konzentrieren sollten. Ich drehte meinen Kopf dorthin, wo das *Ah* und *Oh* herkam, sah eine füllige Frau Ende sechzig, die sagte: Ach, ich bin wohl zu laut. Nur leiser wurde sie nicht. Ich kämpfte mit mir, ob ich Psst sagen sollte oder nicht. Da begann die Frau hinter mir zu reden, als säße sie zu Hause auf ihrem Sofa, so als wäre sie mit ihrem Mann allein. Der Mann rechts hinter mir hatte sein Gesumme aufgegeben. Vielleicht weil ihm die Lieder nicht mehr gefielen. Die Frau links hinter mir sagte unüberhörbar: Was schenken wir Gitti zum Geburtstag, hast du eine Idee, ich glaube, ich habe eine, die Kochtöpfe, die Erna zu ihrem Geburtstag gekriegt hat, waren doch schön, oder? Weil ihr Mann keine Antwort gab, seufzte sie. Ich seufzte auch und kämpfte mit meinem Psst, das ich so gern gesagt hätte. Neben der Frau saßen Japaner. Japaner sind höfliche Menschen, die nie Psst sagen würden. Zwei Minuten Stille, bis ich das nächste *Ach Gottchen* und *Ist das Kleid nicht schön* und *Guck mal, ist das nicht wunderschön* hörte.

Diese Frau war sicher vom Dorf, sie musste vom Dorf sein, und sicher war sie noch nie im Theater gewesen, also war das Dorf weit weg. Mir fiel das Gespräch vor dem Beginn der Vorstellung wieder ein, zwischen dem Herrn, der rechts hinter mir summte und mitsang, und der Frau hinter mir links. *Wo sitzen denn die anderen, ach, da ist Lotti, und da ist Renate und da …*

Ein Reiseveranstalter hatte sie mit dem Bus aus ihrem Dorf abgeholt und in die Hauptstadt gebracht, und nachher würde er sie wieder zurückfahren, und ich wünschte mir, der Bus würde sie sofort zurückbringen.

Ach, ist das toll … Oh, wie schön … Nein, so ein schönes Kleid … Ach, da kommt er wieder …

Auf der Fahrt nach Hause fragte ich Clara, wie ihr die Show gefallen habe.

Clara grinste und sagte: Der Frau hinter uns wunderbar.

Ich freute mich, weil ich dachte, dass Claras Grinsen ein Stück Rückkehr zur alten Clara war.

Doch ich irrte mich.

Februar

Anfang Februar begann es zu tauen. Zuerst kam Maiks Schneemann ins Rutschen, der Wochen im Garten gestanden hatte, mit Kienäpfeln als Augen und Mund und einem Tannenzapfen als Nase und Claras gelber Kuchenteigschüssel auf dem Kopf. Eines Nachmittags lag die Schüssel neben dem Schneemann, und der Schnee auf dem Dach kam auch ins Rutschen. Es hörte sich an, als spränge jemand herunter, der dort oben gewohnt hatte, und landete mit dumpfem Gepolter auf dem Plattenweg. Es hörte sich an, als wohnte jemand außerhalb des Hauses, aber niemand drinnen.

Denn drinnen war es ruhig. Niemand redete mit mir, und ich hatte das Gefühl, meine Sprache ginge verloren. So begann ich vor mich hin zu reden: Ich koche jetzt Kaffee, und ich muss einkaufen fahren und die Blumen gießen … Bis Maik fragte: Geht es dir nicht gut?, und ich antwortete, es würde mir hervorragend gehen, wenn jemand mit mir reden würde.

Er brummte: Ich rede doch mit dir.

Ich sagte: Meinst du das *Ja* und *Nein* und *Weiß nicht* und *Vielleicht*?

Und er meinte das *Ja* und *Nein* und *Weiß nicht* und *Vielleicht*.

Als der Schnee weggetaut war, kamen Schneeglöckchen, gelbe Winterlinge und eine weiße Christrose hervor. Nur Clara durchbrach nicht ihre Schneedecke, und es sah aus, als würde es für sie immer Winter bleiben.

Als der Schnee weggetaut war, stand Fritzi vor der Tür, unangekündigt und unerwartet.

Sie habe einen Tag Urlaub genommen, sagte sie, sie wolle mal schauen, wie es ihrer Mutter gehe.

Nicht gut, sagte ich.

Gut sah Clara nach wie vor nicht aus, sie ging durch das Haus, als schleppte sie neuerdings eine Last mit sich herum.

Aber sie sagte, ihr ginge es gut, und sie benahm sich seit Fritzis Ankunft, als wäre Hannes nicht verschwunden, sondern, wie ich der Nachbarin beim Schneeschieben erklärt hatte, auf Auftragssuche. Nur wussten wir, er suchte keine Aufträge, sondern seine Orientierung.

Beim Mittagessen fragte Fritzi: Habt ihr einen Hinweis im Haus gefunden, wo er sein könnte? Oder im Internet?

Clara schüttelte den Kopf und kaute auf einem Stück Kartoffel herum. Ich konnte sehen, wie es in ihrem Mund mehr und mehr wurde. Sie trank rasch ein halbes Glas Wasser hinterher.

Er braucht aber lange, um seine Orientierung zu finden, sagte Fritzi, ich glaube, ihm ist doch etwas passiert!

Ich bin mir sicher, es geht ihm gut, dort wo er ist, widersprach Clara.

Und wo ist er?, fragte Fritzi.

Ich antwortete, weil Clara die Schultern gehoben hatte: Vielleicht sitzt er in einem Hotel bei dir in der Nähe und überlegt, wie was auch immer weitergehen soll. Oder er fährt mit seinem Auto von Ort zu Ort und über eine Grenze und über die nächste. Wer weiß das schon.

Fritzi mit ihrer Ernsthaftigkeit konnte wieder einmal mit meiner Bemerkung nichts anfangen und zog deshalb die Stirn in Falten.

So könnte es sein, fügte ich hinzu, oder auch nicht.

Clara umging das Thema Hannes, spazierte mit uns am Nachmittag durch die Siedlung, ohne über ihn zu reden, grüßte hier und dort freundlich die Nachbarn, blieb aber an keinem Zaun stehen.

Zurück vom Spaziergang, sagte Fritzi zu mir: Sie müssen sich gestritten haben, sicher wieder wegen einer Flugreise.

Zu mir hat sie gesagt, es gab keinen Streit, sagte ich.

Den letzten, von dem ich wusste, hatte es vor drei Jahren gegeben, und er hatte wirklich mit einem Flug zusammengehangen. Hannes hatte Clara eine Flugreise nach Paris geschenkt, obwohl er wusste, dass Clara Angst vor dem Fliegen hatte.

Und so sagte sie, als sie die Tickets in den Händen hielt, sie werde nicht einsteigen können ins Flugzeug, ihr würde übel werden bereits vor dem Einsteigen.

Aber Hannes meinte, sie hätte es noch nie probiert, das Fliegen, da könnte sie doch nicht sagen, dass ihr schlecht würde.

Ich weiß aber, dass mir schlecht wird, dass ich Panik bekomme und über einer Tüte hängen werde, wiederholte Clara. Und das wäre nun mal keine Erholung für sie.

Hannes sagte, er habe nur einen kurzen Flug ausgesucht für den Anfang, noch nicht einmal zwei Stunden.

Am nächsten Morgen brachte sie die Tickets ins Reisebüro zurück und buchte um auf eine Busfahrt. Was Hannes unerhört fand. Man tausche keine Geschenke um, und er werde nicht einen Tag im Bus sitzen und kostbare Urlaubszeit verschenken. Und so ging Clara noch einmal ins Reisebüro und brachte die Bustickets zurück. Von diesem Geld kaufte sie sich ein Kleid, passende Schuhe und eine Handtasche, und an diesem Punkt begann der Streit richtig und endete damit, dass Hannes und Clara eine Woche nicht miteinander redeten, bis ich wieder einmal zu Besuch kam.

So reiste Fritzi nach Hause zurück, ohne erfahren zu haben, was zwischen ihren Eltern passiert war. Ich brachte sie zum Bahnhof, und bevor sie in den Zug stieg, bat sie mich: Pass gut auf meine Mutter auf, sie gefällt mir gar nicht, ist so mager, und älter sieht sie auch aus.

Ich bemühe mich, sagte ich und dachte an das Grinsen, das es immerhin gegeben hatte.

Mittlerweile hatte Maik in der Siedlung Freunde gefunden, die ebenso wenig sprachen wie er und mit denen er über das ehemalige Militärgelände am Flugplatz zog. Für ihn ein Abenteuer, ich fand es gefährlich.

Clara und ich kannten das Gelände aus der Zeit, als die Russen gerade abgezogen waren. Bereits damals war alles baufällig gewesen, als wir von Baracke zu Baracke und von Haus zu Haus gelaufen waren. Wir hatten ein einziges verbogenes Metallbett in den Schlafräumen der Soldaten gefunden, in denen mindestens vierzig Betten Platz hatten, es waren Räume, in denen die Heizkörper fehlten und sich der Linoleumboden aufbog. Der riesige Essenraum, ehemals weiß gefliest, schimmerte grau. Wo in der Küche einst die Herde gestanden haben mussten, klafften Lücken. Nur die steinernen Spülbecken waren geblieben und im ehemaligen Kultursaal die Holzklappsitze vor der Bühne und ein Wandbild mit Frauen in russischen Trachten, die um eine Birke tanzten.

Inzwischen neigten sich die Dächer der Baracken Richtung Erdboden, Fenster und Türen waren herausgebrochen worden. Wo einmal eine Eisenbahn gefahren war, wuchsen Kiefern aus dem Gleisbett. Es war verwahrlost und würde verwahrlost bleiben. Auf diesem Gelände würde nichts mehr aufgebaut werden. Jetzt fuhren die Jugendlichen im Essenraum Skateboard, dass es widerhallte von den einsturzgefährdeten Häuserwänden, an denen Graffitisprayer das hinterlassen hatten, was sie als Kunst empfanden. Figuren, die nach Gewalt und Grusel aussahen, wie alles ringsherum nach Gewalt und Grusel aussah. Maik und seine Freunde fanden es cool dort.

Wir saßen beim Mittagessen, bei Spinat und Spiegelei, und ich sagte zum wiederholten Mal: Könnt ihr nicht woanders hingehen, euch wird noch irgendeine Decke auf den Kopf fallen.

Aber Maik brummte: Dort, wo wir sind, gibt es gar keine Decke mehr, dort kann man in den Himmel schauen, und ich solle mir nicht so viele Gedanken machen.

Er blickte zu Clara hinüber, als sollte ich mir wegen ihr Gedanken machen. Dabei folgten mir die Gedanken um Clara in den Schlaf und aus dem Schlaf und in den Tag und wieder aus dem Tag.

Maik rutschte auf seinem Stuhl hin und her. Er wollte zu seinen Freunden in den gleich zusammenstürzenden Baracken und Häusern, konnte aber nicht weg, weil Clara mit dem Essen noch nicht fertig war. Sie schob Spinat und Spiegelei auf ihrem Teller hin und her, übereinander, nebeneinander, ineinander. Maik beobachtete sie, weil er wegwollte und nicht konnte, und ich, weil auch mein Teller seit einer Weile leer war und ich ihn bereits mehrere Male nach rechts und links, vor und zurück geschoben hatte.

Ich fragte: Schmeckt dir mein Spinat nicht?

Als Kind hatten Clara und ich keinen Spinat gemocht, trotzdem mussten wir ihn einmal in der Woche essen, weil in der Zeitung stand, dass er gesund sei, mit seinem vielen Eisen darin. Als wir uns an das Spinatessen gewöhnt hatten, war er plötzlich nicht mehr so gesund, weil der, der den Eisengehalt im Spinat errechnet hatte, mit der Kommastelle nicht klargekommen war und der, der Jahre später nachrechnete, eine Entdeckung machte, so wie das immer ist mit Entdeckungen, ein Zufall. Aber was man sich einmal angewöhnt hat, bleibt, und so gab es oft Spinat. Im Moment verteilte ihn Clara gerade quer über ihren Teller.

Ich sagte: Hannes hat eine andere Orientierung gefunden. Fang bitte wieder an zu leben, vor allem zu essen.

Keine Reaktion.

Kann ich gehen?, fragte Maik.

Clara nickte, und ehe ich etwas erwidern konnte, war er verschwunden.

So etwas passiert, sagte ich, man versucht etwas wiederzufinden, aber was man findet, ist etwas anderes, etwas Neues, und über dem Neuen vergisst man das Alte. Es wird Zeit, dass auch du das Alte vergisst, sagte ich, und da sah ich es.

Inmitten der Kochbücher im Regal stand das Heft. Ich zog es zwischen einem *Backbuch* und *Schnelle Küche in Minuten* heraus, ein grauer ausgeblichener Wachstucheinband, schlug es auf und hatte das Rezept *Hefeklöße mit Blaubeeren* vor mir, mit leicht nach rechts geneigter Handschrift auf vergilbtem Papier – 500 g Mehl und 100 g Zucker in einer Schüssel mischen, in eine Vertiefung ¼ l warme Milch geben … Am Ende ein schwarzer Fleck … Von den Blaubeeren? Hatte sie das Heft vor sich liegen, während sie das Gericht zubereitet hat?

Du hast Omas Rezeptsammlung, sagte ich.

Clara nickte.

Wie kommst du zu ihren Rezepten?

Unsere Mutter hat sie mir gegeben, als sie ins Pflegeheim gezogen ist.

Ich starrte auf das von Oma geschriebene Wort *Blaubeeren* und dachte daran, dass Blaubeeren zu Omas und Opas Leben gehört hatten, wie Spinat zu unserem Leben gehörte.

Im Juli, wenn sie reif waren, zog es Opa Richard in den Wald, denn Opa war ein passionierter Blaubeersammler. Er scheuchte seine Familie durch den Wald auf der Suche nach den besten Stellen. Mit seinem Blaubeerpflücker, einem Holzkasten, zwei Hände groß, darüber ein Metallkamm und ein Holzgriff, kämmte er die Blaubeerbüsche. Durch die Rillen des Kammes fielen die Beeren in den Kasten, und wenn der Kasten voll war, entleerte er ihn in eine Fünfliteremailmilchkanne, die er durch den Wald trug.

Oma Elsa hatte ein blaues Henkeltöpfchen dabei, in das sie ihre Beeren sammelte, weil man in der großen Kanne nicht sah, wie viel sie geschafft hatte.

Einmal war auch ich mit, nur ein einziges Mal. Mein Henkeltöpfchen hätte keinen Boden, behauptete Opa Richard, weil er jedes Mal, wenn er hineinsah, genauso viele Beeren darin fand wie vorher.

Es war kein gutes Blaubeerjahr, vielleicht fehlte die Sonne oder Regen. Die Beeren waren klein und schrumpelig, und die Kanne wurde und wurde nicht voll, aber bevor sie nicht voll war, ging es nicht nach Hause. Wir waren von vor dem Aufstehen bis in die Dunkelheit unterwegs, Opa, Oma und ich. Ich mit zerkratzten Armen und Beinen von den Sträuchern, die überall auf der Blaubeersuche im Weg herumstanden, und den Mücken, die uns umschwirrten, Oma tat der Rücken weh vom Bücken und Suchen und Sammeln, mir die Füße und der Bauch. Ich war acht und nach diesem Tag für alle Zeit vom Blaubeersammeln geheilt.

Als ich nach Hause kam und Clara mich sah, lachte sie und sagte: Du siehst aus, als hätte es dir keinen Spaß gemacht.

Es hatte mir keinen Spaß gemacht, und jetzt wusste ich, weshalb Clara gesagt hatte, ich dürfte mitgehen, obwohl sie es eigentlich sollte.

Oma Elsa musste die Blaubeeren von den Blättern befreien, die Opa Richard mit seinem Pflücker abgerissen hatte. Früher war das die Aufgabe unserer Mutter gewesen. In eine Waschschüssel wurde Wasser gefüllt, in dem die Beeren nach unten sanken, während die Blätter oben schwammen und abgesammelt werden konnten. Oma gab die gewaschenen Beeren in Einweckgläser, tat Wasser und Zucker dazu, legte Gummiringe auf die Deckel, verschloss die Gläser überkreuz mit Metallklammern und stellte immer fünf in einen riesigen grauen Topf, in dem wahlweise Unterwäsche oder Einweckgläser kochten. Nach zwanzig Minuten wurden sie wieder herausgeholt, kühlten auf einem Geschirrtuch auf dem Küchentisch ab, und danach konnten die Klammern entfernt werden. Oma schrieb mit ihrer leicht nach rechts geneigten Handschrift den Inhalt und die Jahreszahl auf gezackte Etiketten und klebte sie auf die Gläser, die sie im Keller in ein Wandregal stellte.

Dort standen sie und standen. Im nächsten Jahr gab es neue Beeren, und so sammelten sich über mehrere Jahre Blaubeergläser an.

Vielleicht wollte Oma herausfinden, wie lange das Eingeweckte hielt, und ließ deshalb ein Glas aus dem Vorjahr stehen und im nächsten Jahr wieder eins. Das tat sie, bis sie starb. Dann fanden sich in ihrem Keller jede Menge Blaubeergläser aus jeder Menge Vorjahren, die unsere Mutter zusammen mit allerlei Unrat entsorgte. Der Sinn und Zweck des Aufbewahrungsrituals der Blaubeergläser ist nicht eindeutig überliefert. Überliefert sind Oma Elsas Kochrezepte, die sie in das Schulheft schrieb. Einmal habe ich dabei zugesehen. Ich weiß nicht mehr, welches Rezept es war, ich weiß nur, dass sie die Angewohnheit hatte, ihre Zungenspitze zwischen den Zähnen hindurchzuschieben, und ich Angst hatte, sie könnte sie sich vor Anstrengung abbeißen. Im Heft fanden sich alle Rezepte von Gerichten, die sie selbst gekocht hat, Rezepte, die sie von ihrer Mutter übernommen hatte, sowie ihre eigenen. Unter *Hefeklöße mit Blaubeeren* stand klein *(von der Mutter)*, *Querdurch-den-Garten-Gemüsesuppe (mein eigenes)*, und unter der Hühnerbrühe, die gesund machte bei Halsweh und Bauchweh und Kopfweh und Husten und Ohrenschmerzen und Herzdrücken und noch allerlei mehr, ebenfalls *(von der Mutter)*.

Jetzt stand diese handgeschriebene Sammlung mit den Familienrezepten bei Clara im Küchenregal, obwohl Clara nicht gern kochte und sicher die vergilbten Seiten mit der verblassten Tinte und den Eselsohren und den Blaubeerflecken nie ansehen würde.

Ich starrte auf das Rezept *Hefeklöße mit Blaubeeren*, starrte und starrte. Clara besaß bereits das Haus, das Blaubeerglas und das Heft. Es traf mich, als würden Haus und Blaubeerglas und Rezeptheft mich erdrücken wollen, dabei waren sie für mich unerreichbar weit.

Wochenlang hatten wir Abend für Abend die Nachrichten im Fernsehen verfolgt, hatten gesehen, wer wo getötet und gestorben und verschwunden und verloren war, und ich fing an, mich zu fragen, ob es überhaupt noch Schönes auf der Welt gäbe, weil nichts Schönes gezeigt wurde.

Anschließend kamen Spielfilme, die auch nichts Schönes zeigten, sondern Getötetes, Gestorbenes, Verschwundenes und Verlorenes, und ich fragte mich, ob das die Welt war. Eine Welt aus Leid, oder wurde nur das Leid gezeigt, um Mitleid zu erzeugen, obwohl zu viel Leid Mitleid abstumpfte. Aber dann fand ich doch eine schöne Welt, die Weltmeisterschaften im Eiskunstlauf.

Ich sagte zu Clara: Wollen wir das sehen?

Als Kinder hatten wir einen Schwarz-Weiß-Fernseher, aber wir wussten, die Kostüme der Eiskunstläufer waren nicht schwarz-weiß. Und so waren wir damit beschäftigt, uns diese Kostüme in Farbe vorzustellen.

Clara wählte die Lieblingsfarben, die sie gerade hatte, ich nahm meine Lieblingsfarben. Und hinterher begannen wir sie zu mischen, etwas Rosa von Clara und etwas Rot von mir, etwas Gelb von mir und etwas Blau von Clara. Irgendwann gingen uns die Farben aus, oder der Sportreporter verdarb uns den Spaß, indem er für die Zuschauer mit Schwarz-Weiß-Bildschirmen erklärte, wie die Kostüme aussähen.

Als Jahre später ein Farbfernseher in unsere Wohnung kam und wir nun wussten, wie die Kostüme in Wirklichkeit aussahen, fanden wir die Wirklichkeit nicht so schön, wie unsere Phantasie gewesen war.

Jetzt wollte Clara keine schöne Eiskunstlaufwelt, und ich wollte keine Katastrophen dieser Welt, deshalb fragte ich, ob wir nicht Mensch-ärgere-dich-nicht spielen sollten.

Ich bin nicht senil, nur verlassen, antwortete Clara.

Und ich sagte: Das wollte ich damit nicht andeuten, ich wollte nur die Katastrophen dieser Welt nicht.

Wir können Kniffel spielen, schlug Clara vor.

Das war das Würfelspiel, bei dem ich als Kind immer verloren hatte. Aber besser verlieren, als zu sehen, wie gestorben wurde.

Also würfelten wir, und manchmal hatte ich auch eine kleine Straße und einen Viererpasch, aber bis zum Full-House oder zum Kniffel kam ich nie. Clara war überall gewesen, ehe ich dort ankommen konnte. Ich verlor, wie ich immer verloren hatte, und sagte mir, Pech im Spiel, Glück in der Liebe, und fragte mich, wann mein Glück kommen würde, wo ich doch gerade verlor.

Aber es kamen nur Claras Schwiegereltern zu Besuch. Ich sah ihr Auto vor dem Grundstück halten und wunderte mich nicht. In den Wartetagen und Wartewochen seit Hannes' Verschwinden hatten sie ihr Kommen mit den Worten angekündigt: Irgendwann schauen wir mal vorbei. Jetzt war dieses Irgendwann eingetreten.

Nachdem Clara Kaffee gekocht hatte und wir in der Küche saßen, fragte ihre Schwiegermutter: Habt ihr wirklich überall nachgesehen? Hannes muss einen Hinweis hinterlassen haben!

Haben wir, antwortete ich.

Habe ich, sagte Clara.

Erika schläft keine Nacht, irrt durch die Wohnung, bemerkte Claras Schwiegervater.

Ich dachte an die knarrende Treppenstufe und dass auch Clara jede Nacht durch das Haus irrte.

Claras Schwiegermutter schaute an uns vorbei hinaus auf die Straße, auf die auch Clara jeden Tag schaute, in der Hoffnung, Hannes käme zurück. Und dann sagte sie, in seiner Kindheit sei er öfter verschwunden, immer wenn ihm etwas nicht gepasst habe. Aber er habe regelmäßig eine Nachricht auf dem Küchentisch hinterlassen, herausgerissene Schulheftseiten mit stets demselben Satz: Ich gehe eine Weile weg. Er war jedes Mal zu seinem Freund gegangen, eine Straße weiter, und pünktlich zum Abendbrot zurück. Sie sah Clara an und sagte: Ich werde doch zur Polizei gehen und ihn als vermisst melden, auch wenn du es nicht willst! Ich hätte das bereits am ersten Tag getan. Jetzt wandte sie ihr Gesicht zu ihrem Mann: Du hast mich ja davon abgehalten. Aber so wie jetzt kann es nicht weitergehen, diese Ungewissheit.

Weder nickte Clara oder sagte etwas dazu, noch schüttelte sie den Kopf, was ihre Schwiegermutter sagen ließ: Am besten, wir fahren sofort.

Mit wir meinte sie Clara, und so zogen sie sich Jacken und Schuhe an und fuhren los.

Wieder zurück, sagte Claras Schwiegermutter, kaum dass sie das Haus betreten hatte, ein Polizist habe gefragt, weshalb sie so spät kommen, welchen Grund das habe. Das hatte sich angehört, als hätten sie etwas mit Hannes' Verschwinden zu tun, schnaubte sie. Und er hat gefragt, ob sein Pass noch da sei.

Ich sah Clara an, und Clara sah mich an, und beide wussten wir, dass Hannes gern irgendwohin gereist wäre, wo man einen Pass brauchte. Aber irgendetwas passte jedes Mal nicht, mal der Zeitpunkt, dann das Wetter, und Clara wollte eben nicht fliegen, weil ihr als Kind das Fliegen im Karussell nicht bekommen war. Und so waren sie ohne

Pass geblieben und Hannes bei seinen Reisegedanken und den Prospekten, die er von Zeit zu Zeit mitbrachte. Prospekte mit Flügen nach Australien und Schottland und Neuseeland.

Claras Schwiegereltern versuchten herauszubekommen, was Hannes nicht gepasst hatte, indem sie über sein Verschwinden in der Kindheit erzählten, und hofften, Clara käme das eine oder andere bekannt vor. Aber Clara kam nichts bekannt vor, und sie bekamen ebenso wenig heraus wie ich bisher.

Am nächsten Tag kochte ich wie üblich das Mittagessen, und als ich ein Ei zum Panieren der Schnitzel aus dem Kühlschrank nahm, unterbrach Claras Schwiegermutter ihren Satz: Das Wetter ist ... Sie hätte gelesen, es wäre besser, die Eier auf der spitzen Seite zu lagern. So blieben sie länger frisch.

Ich nahm die Pfanne aus dem Schrank. Claras Schwiegermutter, die gerade das reichlich blühende Usambaraveilchen auf der Fensterbank bewundert hatte, sagte: Wenn man die weißen Schrankböden mit Bügelstärke besprüht, hinterlassen Pfannen und Töpfe keine Streifen.

Clara verließ die Küche, ich wusste, dass sie es nicht tat, um Bügelstärke zu holen. Sie konnte wieder einmal die Ratschläge nicht mehr hören, und mir fiel ein, dass auch Hannes die Ratschläge in seiner Kindheit nicht gepasst haben konnten. Aber das erklärte nicht sein gegenwärtiges Verschwinden.

Nachdem Claras Schwiegermutter mir nach dem Essen geholfen hatte, den Geschirrspüler einzuräumen, sagte sie auf ihre praktische Art: Es scheint, mehr können wir im Moment nicht ausrichten, also fahren wir.

Als ihr Mann und Clara vor der Abfahrt durch den Garten gingen, obwohl es nichts zu besichtigen gab außer den braunen Stängeln der Stauden des Vorjahres, versuchte sie mich nach Clara und Hannes auszufragen. Ich wollte mich aber nicht ausfragen lassen, nicht nur deshalb, weil ich selbst nichts wusste. So schüttelte ich nur ab und zu den Kopf oder hob die Schultern, bis sie sagte: Was stimmt nicht in euren Beziehungen?

Ich blickte sie irritiert an und sagte: Ich bringe euch schon mal die Tasche ans Auto.

Zwei Tage später stand Hanka vor der Tür. Sie hatte Woche für Woche angerufen und sich nach Clara erkundigt, ohne dass Clara mit ihr reden wollte.

Ich war gerade dabei gewesen, das Abendbrotgeschirr abzuräumen, als es klingelte. Clara war, nachdem sie zwei Bissen gegessen hatte, aufgestanden. Sie könne nichts Essbares sehen, hatte sie gesagt, dabei ihr Leberwurstbrot angeschaut, als wäre es eine Zumutung, und war aus der Küche gegangen. Wieder einmal.

Du wirst noch krank werden, hatte ich ihr hinterhergerufen, oder bist du es bereits? Eine Antwort hatte ich nicht bekommen, nur Maik hatte gesagt, zu ihm sei ich strenger gewesen, er habe immer alles aufessen müssen, auch wenn er nicht gewollt habe.

Ich kann Clara nicht zwingen, hatte ich geantwortet.

Aha, hatte er gemurmelt und sich eine vierte Stulle geschmiert.

Hanka wollte sehen, wie es Clara gehe, sagte sie, nachdem sie eingetreten war. Doch schien Clara Hanka nicht sehen zu wollen, obwohl sie das Klingeln gehört haben musste. Selbst nachdem ich sie im Haus gesucht hatte, um ihr zu sagen, dass Hanka da war, erschien sie nicht.

Wir saßen am Küchentisch und warteten. Hanka erzählte von ihren Patienten, fragte, wie es unserer Mutter gehe, fragte nach Maik, fragte nach Clara, doch Clara ließ uns warten.

Es tue ihr leid, sagte Hanka, als Clara endlich erschien und sich zu uns an den Küchentisch setzte, mit einer Miene, die Kummer und Wut gleichzeitig auszudrücken schien. Ich hatte die Falte, die sich um ihren Mund gelegt hatte, noch nie so scharf hervortreten sehen.

Sie habe ebenso wie Clara nicht gewusst, dass Felix den Firmenanteil von Hannes gekauft hatte, erklärte Hanka. Darüber hatte es in den letzten Wochen mehrmals Streit gegeben zwischen ihnen, so dass Felix tagelang nicht mit ihr gesprochen hatte. Keine Ahnung, sagte sie, was den Männern manchmal so durch den Kopf geht.

Clara sah sie an, ohne etwas zu erwidern.

Aber ändern lässt sich das im Moment nicht.

Wieder sagte Clara nichts.

Also kannst du doch versuchen, normal zu leben, sagte Hanka.

Sie lebe normal, antwortete Clara, und es sei auch normal, dass man sich eine Weile hängenlasse, wenn einem der Mann abhandengekommen sei.

Eine Weile, sagte ich, ist ein Zeitraum von zweieinhalb Tagen.

Zwischen mir und dir, sagte Clara, bei Hannes wäre der Zeitraum um vieles größer.

Wie viel größer?, fragte Hanka.

Clara hob erst beide Hände, als wollte sie eine Größe anzeigen, ließ sie aber wieder fallen und zuckte die Schultern. Das weiß ich im Moment auch nicht.

Ich hoffe, du weißt es bald, sagte ich, du siehst krank aus.

Mir geht es gut, versicherte Clara, lasst mir noch eine Weile Zeit.

Zweieinhalb Tage, sagte ich.

Clara lächelte nicht einmal.

März

Es wurde März, Hannes war immer noch verschwunden, und Clara fehlte noch etwas mehr von ihrer Stimme, ihren Bewegungen und ihrem Gewicht. Das Ultimatum von zweieinhalb Tagen hatte sie nicht eingehalten. Als ich sie darauf hingewiesen hatte, erwiderte sie ruhig, sie könne ja schlecht gehen, sie wohne ja hier. Aber ich, hatte ich gesagt. Darauf hatte sie nur wieder die Schultern gezuckt.

Allerdings hatte ich nicht vor, sie allein zu lassen. Vielleicht aß sie dann überhaupt nichts mehr, und keiner wäre zum Reden da, falls sie wieder zu reden anfinge.

Es wurde ein März, der mild lächelnd daherkam. Im Garten drängten Krokusse und Tulpen und Narzissen durch den Boden, aber auch das erste Unkraut.

Ich stand auf der Terrasse, Clara im Türrahmen, als könnte sie sich nicht entscheiden, nach draußen zu gehen.

Riechst du das Frische und Unverbrauchte?, fragte ich.

Keine Reaktion.

Wollen wir mit dem Garten anfangen?

Nicht mal ein Schulterzucken.

So fing ich allein an, zu graben und die verblühten Stängel der Stauden abzuschneiden, obwohl ich so etwas noch nie getan hatte.

Im Garten unseres Vaters hatte ich nur zugewiesene Unkrautpflänzchen herausrupfen dürfen, alles andere war verboten, selbst das Pflücken von Erdbeeren oder Johannisbeeren, Pflaumen oder Äpfeln. Nur Unkraut herausrupfen, das eigentlich noch gar nicht richtig zu sehen war, das sollte ich, wollte es aber nicht.

Einmal war ich stolze Asternpflanzenbesitzerin gewesen. Die zarten Pflänzchen hatte ich von einer Gartennachbarin geschenkt bekommen und setzte sie so, dass die blühenden Astern den Weg zur Laube markieren würden. Ich freute mich auf die lila, weißen und roten Astern, meine Astern. Aber gerade dort, wo meine Pflänzchen wachsen sollten, gerade dort wollte mein Vater Bohnen legen, obwohl der halbe Garten bereits voller Bohnen war und sie nur halb so schön aussehen wie Astern. Meine Setzlinge wurden vom Vater herausgerissen und auf dem Kompost entsorgt. Er hätte genug Pflanzen, sagte er. Ich war genau zwei Stunden lang stolze Asternpflanzenbesitzerin gewesen, heulte heimlich und blieb seitdem dem Garten fern, ebenso wie Clara längst dem Garten fernblieb. Nur bis dahin hatte ich nicht gewusst, aus welchem Grund.

Dauernd ließ Clara mich etwas tun, ohne mich zu warnen. Und jedes Mal sagte ich hinterher, das hättest du mir sagen können, und jedes Mal wieder meinte sie: Hättest du auf mich gehört?

Natürlich hätte ich nicht auf sie gehört, aber sie hätte es wenigstens versuchen können, ja, das hätte sie.

Und nun sagte sie mir auch nicht, wie ich ihre Pflanzen im Garten behandeln solle. Clara interessierte sich nicht mehr für ihre Beete und Blumenstauden, es war, als wären sie nie vorhanden gewesen, dabei hatte sie vor allem wegen des Gartens in Omas und Opas Haus gewollt.

Kräuter und Bohnen, Erdbeeren und Süßkirschen wolle sie ernten, hatte sie damals bei unserer ersten Besichtigung gesagt. Im Moment sah ich drei umgegrabene leere Beete sowie ein Beet mit Erdbeerpflanzen aus dem Vorjahr und dahinter den noch kahlen Süßkirschenbaum.

Die Antworten auf meine Fragen suchte ich mir aus den Gartenbüchern, die im Arbeitszimmer ein ganzes Fach im Regal füllten. Hinterher befreite ich die Erdbeerpflanzen von trockenen Blättern und teilte Blumenstauden, ohne zu wissen, ob es Clara recht war.

Und dann, an einem regnerischen Frühlingstag, erklärte sie, sie wolle das Haus nicht mehr verlassen.

Das tust du doch schon längst nicht mehr, antwortete ich, und sie sagte: Ich werde es auch nicht mehr verlassen, um ins Pflegeheim zu fahren.

Ich sagte, das könne sie unserer Mutter nicht antun, und sie erwiderte: Du hast es ihr doch auch angetan!

Da flüchtete ich, aus dem Haus, ins Pflegeheim, zu unserer Mutter und hoffte, dass sie an diesem Tag ihre Worte und ihre Erinnerungen nicht verloren hätte. Wegen dieser verlorenen Worte und Erinnerungen hatte ich sie eine Weile nicht besuchen können. Es war so schrecklich, dass meine Mutter weder etwas sagte, noch mich erkannte, wenn ich sie besuchen kam. Weil sie mich nicht erkannte, fand ich, für sie könnte es nicht schrecklich sein, wenn ich nicht käme. Mir war nicht nach unangenehmen Dingen, weil mein Leben schrecklich genug war, mit Männern, die erst unverheiratet und über Nacht doch verheiratet waren. So war ich eben eine Weile, genauer ein halbes Jahr, nicht im Pflegeheim gewesen, bis Clara mir ins Gewissen redete. Es gäbe eine Menge Tage, an denen unsere Mutter sie erkennen würde und deshalb auch mich. Eines Tages ging ich wieder mit, weil ich dieses dauernde Drängen nicht mehr ertragen konnte. Jetzt konnte Clara das Pflegeheim nicht mehr ertragen.

Auf dem Flur des Heims schlich Lila an mir vorbei. Ich sagte: Hallo, ich suche jemanden zum Reden, und sie sagte: Gerede, wer will schon Gerede, und verschwand hinter ihrer Zimmertür. Meine Mutter fand ich nicht in ihrem Zimmer. Sie lief in der Rotunde des Treppenhauses im Kreis, am Handlauf entlang und an mir vorbei, obwohl ich versuchte sie aufzuhalten. So ging ich ihr hinterher, nahm sie am Arm und unterbrach ihren ruhelosen Ausflug, zog sie hinein in ihr Zimmer und sagte: Ich suche jemanden zum Reden. Aber auch sie wollte heute nicht mit mir reden. Sie hörte mir zu und lächelte oder lächelte nicht, doch plötzlich fragte sie nach Clara, und ich sagte, sie könne im Moment nicht kommen, sie fühle sich nicht.

Weil ich das Nichtredenkönnen nicht ertragen konnte, weil ich Antworten suchte und bei ihr keine fand, ging ich nach einer Weile. Aber ich fand Friedrich, der im Gang am Fenster stand und sich freute, mich zu sehen. Ich schob ihn zum runden Tisch im Aufenthaltsraum, setzte mich neben ihn und erzählte von Hannes' Verschwinden und Claras fast Verschwundensein und dass auch ich mich fühlte, als ob ich verschwinden würde. Und weil niemand mit mir redete, könnte ich auch nicht reden, und wenn man nicht redete, blieben die Gedanken im Kopf stecken, sprangen dort wild umher, weil sie hinauswollten, weil sie wollten, dass zugehört, nachgefragt und geantwortet wurde.

Ich war Friedrich dankbar, dass er mir zuhörte, antwortete und nachfragte. Als ich ihn verließ, wusste Friedrich alles über meine Familie und ich alles über ihn, und ich wusste, wenn Hannes wiederkäme, würde es nie wieder so wie früher werden.

Friedrich musste es wissen, er war auch einmal weggegangen, wenn auch nicht freiwillig, in den Krieg, und erst Jahre später wiedergekommen, fünf Jahre nachdem der Krieg zu Ende war. In der Zwischenzeit war seine Frau weggegangen, weil sie dachte, er käme nicht wieder, denn die Briefe, die er geschrieben hatte, waren nicht angekommen. Danach war er sein Leben lang allein geblieben, hatte höchstens eine Bekanntschaft hier oder dort, aber nichts für länger, und manchmal frage er sich, ob das richtig gewesen wäre. Alle Frauen hatte er mit seiner Emma verglichen und keine gefunden, die wie sie gewesen wäre. Nie hätte ihm an einer alles gepasst, so wie es bei seiner Emma gepasst hatte, die nach dem Krieg nicht mehr seine Emma gewesen war. Aber es passe wohl nie alles, wie er an meiner Familie sehe. Trotzdem frage er sich manchmal, ob er etwas verpasst habe.

Das Telefon klingelte und klingelte. Gerade war ich aus dem Pflegeheim zurückgekommen, stand draußen vor der Haustür und suchte den Schlüssel in meiner Handtasche.

Drinnen stand Clara neben dem klingelnden Telefon und nahm nicht ab.

Was soll das?, fragte ich und griff nach dem Hörer. Es war Fritzi. Neuerdings rief sie nur noch einmal in der Woche an und sagte jedes Mal, sie verstehe das nicht, wo sei er denn. Und dann wiederholte sie denselben Satz: Weshalb rufe ich eigentlich an? Wenn er sich meldet, meldet er sich sicher zuerst bei mir!

Alles das wiederholte sie auch jetzt. Ich zuckte mit den Schultern, obwohl sie es nicht sehen konnte, und sagte: Es muss ihm gutgehen, da wo er ist, ansonsten würde er anrufen.

Auch Hannes' Mutter fragte nur noch einmal wöchentlich, ob er endlich seine Orientierung wiedergefunden hätte. Sie habe damit nichts zu tun, bei ihr könne er doch anrufen.

Tat er aber nicht.

Clara fragte mich bei jedem Klingeln: Ist es Hannes, ist er es?, aber wenn ich den Kopf schüttelte, wenn ich abgenommen hatte, verschwand sie wieder in der Küche. Nie nahm sie selbst den Hörer ab. War ich im Garten, kam sie aus dem Haus gerannt und rief: Das Telefon klingelt, und ich sagte: Nimm ab, aber sie meinte, sie könnte es nicht ertragen, wenn es Hannes wäre, weil sie keine Worte für ihn finden würde.

Also wusch ich mir meine Gartenhände und lief ins Haus, und meist war das Klingeln dann verstummt.

Und Clara sagte: Was, wenn es Hannes war?, und ich sagte: Wenn es wichtig war, ruft er wieder an. Aber es muss nie wichtig gewesen sein.

Jetzt hatte sie neben dem Telefon gestanden, als hätte sie auf mich gewartet.

Am Abend saßen wir vor dem leeren Kamin und spielten Kniffel, weil im Fernsehen immer noch von Verschwundenem, Getötetem und Verlorenem berichtet wurde, und ich fand, es ginge uns ohne diese Informationen besser.

Möchtest du ein Glas Wein?, fragte ich, ohne noch auf eine Antwort zu warten, als Clara sagte: Eine Flasche.

Ich freute mich, weil ich dachte, jetzt endlich ginge es bergauf mit ihr.

Wir würfelten und Clara gewann, wie sie jedes Mal gewann, und hätten wir um Haus und Hof gewürfelt, hätte ich Haus und Hof verloren. Mir fiel ein, dass die Vorväter unseres Vaters einmal ein Von in ihrem Namen gehabt haben sollten, aber irgendein Vater soll dieses Von verspielt haben. Vielleicht hatte er es beim Würfeln verloren. Ich war froh, dass das Von bereits weg war.

Wir tranken ein Glas Wein und noch eins und noch eins, und dann fragte ich sie, was ich bereits wissen wollte, seit Hannes verschwunden war: Wie war eure Ehe eigentlich?

Weshalb war?, sagte sie.

Wie ist sie gewesen?, fragte ich.

So wie eine Ehe eben ist, sagte Clara.

Wie ist eine Ehe?

Clara würfelte, schaffte einen Kniffel und antwortete: Wie Sonne mit Regen.

Warst du eher zufrieden oder eher weniger?

Wie misst man Ehezufriedenheit?

Woher soll ich das wissen?, sagte ich.

Clara trank einen Schluck Wein und noch einen und noch einen und sagte: Unsere Ehe war gut.

Nichts ist nur gut.

Im Durchschnitt war sie gut.

Also mal vier und fünf und mal eins. War eins Sex?, fragte ich und grinste.

Ehe ist eine Menge mehr.

Was mehr?, fragte ich, und sie sagte: Mehr eben.

Ich trank den Wein in kleinen Schlucken und versuchte mir Worte zurechtzulegen, die Clara nicht verletzten, Worte, die meine Neugier befriedigten, die aber nicht Claras Augennerv zucken ließen.

Ich sagte schließlich: Weshalb ahnst du jedes Mal bei mir, dass eine Beziehung zu Ende geht?

Einer meiner Würfel fiel auf den Boden, ich schaute ihm hinterher, entdeckte ihn aber nicht. Hast du noch einen anderen?, fragte ich.

Such du mal den Würfel, ich hole in der Zwischenzeit noch eine Flasche Wein. Ich ahne nicht, dass in deinen Beziehungen etwas nicht stimmt, ich sehe es, meinte sie im Hinausgehen.

Und weshalb hast du es an deiner eigenen nicht gesehen, wollte ich fragen, traute mich aber nicht. So schaute ich noch einmal kurz, wohin der Würfel gefallen war, suchte jedoch nicht, denn durch Suchen hatte ich noch nie etwas gefunden.

Clara kam mit einer neuen Flasche zurück.

Der Würfel ist verschwunden, sagte ich, und dann platzte es doch aus mir heraus, was ich hatte fragen wollen: Weshalb hast du bei dir nicht bemerkt, dass etwas nicht stimmt?

Clara entkorkte den Wein, goss uns beiden ein Glas ein, ehe sie sagte: Es muss bei Hannes etwas nicht gestimmt haben.

April

Das Weintrinken mit Clara war eine Ausnahme geblieben, seitdem war sie keinen Schritt weitergegangen. Sie saß die meiste Zeit des Tages in der Küche am Fenster, auf dem Stuhl, der eigentlich meiner war, und beobachtete die Straße. Aß zu jeder Mahlzeit zwei Häppchen und antwortete auf meine oder Maiks Fragen nur mit einzelnen Worten wie *ja* oder *nein* oder *weiß nicht*.

So sagte ich an einem regnerischen Frühlingstag, an dem selbst ich kurz davorstand, in eine Depression zu fallen, draußen Regen und Clara drinnen: Jetzt ist es genug, entweder du fängst wieder an zu reden und zu essen, oder ich fahre dich zum Arzt.

Clara sah mich an, und es sah aus, als sähe sie durch mich hindurch.

Eine Antwort bekam ich nicht.

Selbst wenn sie mir zugehört hatte, wusste sie, dass ich meine Drohungen nie durchsetzen konnte.

Es wurde Freitag, eine misstrauische Sonne traute sich heraus, wenn auch nur kurzzeitig, und als ich beim Frühstück wie Clara aus dem Fenster blickte, fiel mir etwas ein.

Wir fahren zum Markt, wir brauchen etwas Blühendes für den Garten.

Clara versuchte ihr Brötchen hinunterzuwürgen, gab nach der Hälfte auf, und ich deutete eine Bewegung ihres Kopfes als Nicken und nahm mir vor, dass der Marktbesuch mein letzter Versuch sein würde, die alte Clara hervorzuholen. Vielleicht traf sie auf dem Markt Bekannte, mit denen sie reden müsste, denn wie es aussah, würde sie es weiterhin mit mir nicht tun, egal, womit ich drohte. Bekannte würden ganz einfach fragen, was denn los wäre, mit ihr und ihrer Sprache.

Auf dem Markt trafen wir Rentner mit Zeit und Frauen und Männer ohne Zeit, die vorbeieilten. Am Gärtnereistand stellten sich alle an, die Zeit hatten, wir warteten und warteten, und Clara begegnete einigen bekannten Gesichtern, die mit einem flüchtig gemurmelten Gruß weitergingen. Dort ein Kopfnicken, hier ein Lächeln, aber keiner, der stehenblieb und fragte, wie es ihr gehe. Auch als wir, jede ein Körbchen mit Stiefmütterchen in der Hand, den Markt umrundeten, war Clara immer noch nichts gefragt worden. Sie wollte gehen, ich aber wollte noch Käse und Obst und Gemüse. So kaufte ich ein Stück vom Edamer und vom Emmentaler und vom Grünländer, die ersten einheimischen Radieschen sowie Weintrauben aus Übersee, die es seit der Wende ganzjährig zu kaufen gab.

Clara, die mein Körbchen mit Stiefmütterchen gehalten hatte, fragte: Wer soll das alles essen?

Maik und ich, antwortete ich, denn sie aß ja so wenig, dass sie nicht mehr erkannt wurde. Doch dann lief uns Claras ehemalige Kollegin über den Weg.

Hallo, lange nicht gesehen, sagte sie zu Clara. Wie geht es dir?

Na ja, und dir?, sagte Clara.

Achmirgehtesgut. MeineTochteristschwanger, stelldirvor, unsererstesEnkelkind, meinMannundichsindganzaufgeregt, undsiewillunsnichtverraten, obeseinJungeoderMädchenwird. Warnett, dichmalzutreffen. Tschüss.

Weg war sie. Ich schaute Clara an, musste lachen und sagte: UndClara,wiegehtesdir?

Es war, als hätte ich den Anflug eines Lächelns gesehen.

Als wir den Markt verließen, mit Stiefmütterchen und Käse und Weintrauben und Radieschen, trafen wir eine Nachbarin, die am Ende der Straße wohnte, fünf Häuser weiter. Als so viel Schnee gefallen war, war sie nicht zu Hause gewesen, sondern bei ihrer Tochter, wie sie sagte. Weil sie es in den Beinen gehabt hätte bei dieser Kälte und diesem Schnee. Ebenso wie ihr Vater es in den Beinen gehabt hätte damals, der deshalb nicht in den Krieg musste.

Ich kannte die Geschichte, kannte jede Geschichte aus den Häusern ringsum.

Weil der Vater nicht in den Krieg konnte, musste er zu Hause für den Krieg sorgen, musste im Messingwerk Granaten drehen wie seine Frau und die Nachbarsfrau. Als alle aufgefordert wurden, die Stadt zu verlassen, um vor den Russen zu fliehen, gehörte er zu denen, die der Aufforderung nachkamen. Er packte Federbetten und Kleidung und Kochtöpfe und Fotoalben auf einen Handwagen, und weniger notwendige Dinge wie das gute Porzellan und das Silberbesteck vergrub er im Garten. Dann floh er mit Frau und Tochter Richtung Westen, immer weiter Richtung Westen, so weit, wie er dachte, dass bis dort die Russen nicht kämen, und bis dorthin kamen sie auch nicht. Aber er kam nie wieder zurück. Als er gewollt hätte, wohnten Russen in seinem Haus, und um die Siedlung, in der sein Haus stand, wurde ein Lattenzaun gezogen. Später wurde der Zaun durch eine Mauer ersetzt, und er fand, er sollte dort bleiben, wo er war, weit im Westen, trotz seines Hauses weit im Osten hinter einer Mauer und noch einer.

Aber seine Tochter kehrte zurück, zweiundfünfzig Jahre später.

Die Gesellschaft, die für die Russenhäuser zuständig war, hatte den Hausbesitzer gesucht und die Tochter gefunden. Auch sie fand ein anderes Haus vor, als sie es als Kind verlassen hatte, und das gute Porzellan und das Silberbesteck war nicht mehr dort, wo sie es versteckt hatten. Sie hatte sich all die Jahre die Stelle im Garten gemerkt, direkt neben dem Pflaumenbaum, aber der war auch weg.

Jetzt war sie achtzig und lebte allein, weil ihr Mann im letzten Jahr gestorben war.

Wie geht es Ihnen?, sagte sie und sah dabei Clara an.

Eigentlich, sagte Clara, eigentlich nicht so gut. Mein Mann ist gegangen und bis heute nicht wiedergekommen.

Was ich gehört hatte, konnte nicht aus Claras Mund gekommen sein. Es hörte sich wie eine fremde Stimme an. Ich schaute nach links und nach rechts, aber dort hasteten Leute vorbei, die nicht mit uns redeten. Clara redete. Sie hatte einen Satz wiedergefunden, nur ihre Stimme hatte sich verändert. Sie hatte einen Ton, der sich anhörte, als hätte sie etwas verloren und das Falsche gefunden.

Das, was man denkt zu finden, findet man nie, man findet immer etwas anderes, aber dieses andere ist besser, als verloren zu bleiben. Ich hatte es ihr gesagt, Tag für Tag, aber sie hatte es nicht hören wollen.

Eine halbe Stunde später saßen wir in einer fremden Küche, mit einer fremden Frau und einer Tasse Kaffee, die fremd schmeckte, und Clara heulte. Ich dachte, ihr Kaffee könnte gar nicht schmecken, mit all den Tränen darin, und stellte fest, dass mein Kaffee auch merkwürdig schmeckte, obwohl ich nicht heulte.

Ich verstehe es nicht, heulte Clara.

Es gibt Sachen, die muss man auch nicht verstehen, sagte Frau Heise. Es gibt Sachen, mit denen muss man versuchen zu leben. Sie sind noch jung, vergeuden Sie nicht Ihre Zeit mit Selbstmitleid, tun Sie etwas, was Ihnen guttut.

Mir tut nichts gut, heulte Clara.

Jedem tut etwas gut. Kaufen Sie sich einen Hund.

Ich habe Angst vor Hunden!

Gehen Sie wieder unter Leute.

Ich kann nicht, heulte Clara.

Sie müssen auch nicht können, Sie müssen nur wollen, sagte Frau Heise, und in diesem Moment sah ich, dass der Kaffee merkwürdig schmeckte, lag an einer Taschenflasche

Rum, aus der sie etwas in unsere Tassen kippte. Sie blickte mich an und grinste: Das hilft immer.

Am nächsten Tag hatte ich das Gefühl, dass ein winziges Stück der alten Clara wieder vorhanden war, und ich fragte mich, weshalb Frau Heises Kaffee das geschafft hatte, was mir nicht gelungen war.

Es begann damit, dass wir uns die Gartenarbeit teilten. Dabei benahm sich Clara wie unser Vater, ich durfte nur zugewiesene Unkräutchen herausrupfen, die noch gar nicht richtig zu sehen waren. Ich ertrug es. Ich hätte alles ertragen, wenn nur Clara wieder die wurde, die sie einmal gewesen war.

Sie war sogar mit dem Auto unterwegs gewesen. Hinterher lag ein Geschenk für mich auf dem Küchentisch, und in der Vase leuchtete ein Osterglockenstrauß. Sie hatte den Tisch gedeckt, mit einer Kerze und Servietten, und eine Torte gebacken, eine Erdbeertorte.

Daran erinnerst du dich, sagte ich.

Als Kind hatte ich mir zu jedem Anlass eine Erdbeertorte gewünscht, bei einem gebrochenen Arm, einem verlorenen Zahn und zu allen Feiertagen wie Ostern, Weihnachten und zum Geburtstag. Nur zur Erntezeit waren die Erdbeeren frisch aus dem eigenen Garten, ansonsten war ich auch mit den eingeweckten aus dem Glas zufrieden.

Jetzt stand an meinem Geburtstag eine Torte mit frischen Erdbeeren vor mir. Das Geschenk war ein gelbes Nachthemd mit eingewebten Tulpen, und alles zusammen fand ich fast ein wenig zu viel Frühling auf einmal. Maik hatte mir das *Buch der Antworten* geschenkt, weil er dachte, ich könne das gebrauchen, die Mutter von Helge, seinem Freund, brauche es ständig, weil auch sie auf der Suche sei.

Ich hob eine Augenbraue und fragte: Was soll ich suchen? Aber ich bekam ein Schulterzucken als Antwort, als wüsste ich, was ich suchen sollte. Das Einzige, was mir einfiel, war ein neuer Mann. So fragte ich das Buch, ob eine Liebe in Sicht sei. Auf der Seite, die ich aufschlug, fand ich den Satz: Es könnte außergewöhnlich werden. Ich dachte, so verkehrt hört sich das nicht an.

In der Zeitung stand, es würde ein Tag mit 20 Grad werden, und das hörte sich auch nicht verkehrt an. Seitdem Satelliten uns und das Wetter beobachteten, lag die Zeitung fast immer richtig mit dem, was sie ankündigte. Deshalb stellte ich die beiden Sonnenliegen aus dem Schuppen auf die Terrasse, für die 20 Grad, die heute vorbeikommen wollten.

Am Vormitttag legten Clara und ich ein Kräuterbeet an, mit Schnittlauch und Petersilie und Basilikum. Ich wollte das Basilikum links, wo mehr Sonne hinkam, und Schnittlauch und Petersilie rechts, und weil ich Geburtstag hatte, konnte ich meinen Willen durchsetzen. Ein Vogelmann sang dazu seine Lieder, alle, die er kannte, von vorn nach hinten, und als er fertig war, wieder von vorn nach hinten. Zuerst dachte ich, dass er bei uns falsch wäre, aber dann fand ich ihn doch nicht so falsch, denn Clara und ich, wir hätten beide mitsingen müssen. Ich, weil ich auch einen Partner suchte wie der Vogelmann, und Clara, weil sie ihren Partner wiederfinden wollte.

Wenig später beobachteten wir eine Hausbesichtigung im alten knorrigen Apfelbaum, den Oma Elsa und unsere Mutter gepflanzt hatten. Reinflug in den Nistkasten, Rausflug, von Zweig zu Zweig hüpfen, Abflug. Bald darauf waren sie zu zweit. Reinflug, Rausflug, von Zweig zu Zweig, Abflug.

Aber sie kamen weder mit Blättchen noch mit Zweiglein zurück, bauten sich kein Nest. Das Haus schien ihnen nicht gefallen zu haben. Sicher waren die Elstern daran schuld, die krächzend über den Baum hinwegflogen.

Als am Nachmittag die 20 Grad vorbeikamen, lagen wir auf den Sonnenliegen. Clara döste vor sich hin. Vielleicht suchte sie nach einer Lösung, wie es weitergehen sollte mit ihr. Vielleicht suchte sie keine Lösung, sondern eine Idee, wo Hannes sein könnte. Vielleicht suchte sie auch gar nichts, sondern wartete ab, was passierte.

Ich wartete auch ab, las in einem Buch aus Claras Regal von Liebe und wünschte mir Liebe und wusste nur nicht woher. Zwischendurch aßen wir die Erdbeertorte, die nach Kindheit und Vergangenem und Verlorenem schmeckte.

Gegen Abend ließ ich mir ein Bad ein. Als ich im heißen Wasser lag, das nach Garten und Sommer duftete, fast so wie der Nachmittag auf der Terrasse, fragte ich mich, was noch kommen würde in meinem Leben, was alles bereits gewesen war und ob es gut oder nicht so gut war. Fand, es war beides gewesen, und hoffte, dass sich Maik ohne Ärger durch die Pubertät wuchs, ohne Freunde, die aus meinem Sohn einen machen würden, der nicht mehr mein Sohn war, und hoffte, dass ich einen Mann traf, der zu mir passte, und hoffte, dass Clara wieder die Clara würde, die sie gewesen war. Die mir bei Problemen den Stuhl am Küchentisch anbot und mich ausheulen ließ, sich nicht davon abschrecken ließ, dass unserer Mutter die Wörter abhandenkamen, die mit einem rot geschminkten Mund das Haus putzte und den Garten pflegte.

Im Schlafzimmer nebenan hantierte Clara mit dem Bügeleisen, als ich es hörte, das Haus-Pfffft. Diesen Luftzug, als würde sich das Haus verschieben. Der da war, seitdem die Russen nicht mehr da waren. Der da war, seit zu viele Leute im Haus gewohnt hatten und sich das Haus verzogen hatte.

Clara kannte es und ich kannte es. Jemand schloss die Tür auf.

Kam Maik früher? Eigentlich fuhr er nicht mit dem Bus und lief hinterher zehn Minuten zu Fuß, wenn es anders verabredet war. Maik rief an und ließ sich abholen.

Hannes, dachte ich, Hannes ist zurück!

Clara musste das Haus-Pfffft auch gehört haben. Sie knallte das Bügeleisen auf den Metallrost, lief die Treppe hinunter und schrie unten auf.

Ich dankte allen Göttern, die es gab und an die ich bisher nie geglaubt hatte und trotzdem nie glauben würde, dafür, dass Hannes zurück war, stieg aus der Wanne, schlang mir ein Badetuch um, rannte die Treppe hinunter, nasse Fußspuren hinterlassend, und wäre beinahe ausgerutscht.

Unten im Flur stand unsere Mutter, blickte ängstlich um sich, hatte ihre Handtasche an sich gepresst, den Schlüssel noch in der Hand und fragte: Wo ist Hannes, wo sind meine Rosen?

Ich zitterte, weil mir kalt war, Clara zitterte, weil sie erschrocken war, und unsere Mutter, weil sie Angst hatte. Ich fing mich als Erste, schob unsere Mutter in die Küche, fragte, wie sie um Gottes willen hierhergekommen sei.

Mit dem Taxi, sagte sie, war ganz leicht.

Clara zeigte auf den Schlüssel, den unsere Mutter in der Hand hielt, und auf mich. Ich schüttelte den Kopf, ich wusste nicht, woher sie ihn hatte. Vielleicht hatte sie ihn bei einem ihrer wenigen Besuche vom Schlüsselbrett genommen, so wie sie es früher getan hatte. Clara suchte den Ersatzschlüssel für das Haus bereits seit einer Weile und hatte wie immer mich im Verdacht gehabt.

Unsere Mutter setzte sich an den Küchentisch auf den Stuhl, der eigentlich meiner war, sah die Reste der Erdbeertorte, lächelte und sagte: Herzlichen Glückwunsch zum Geburtstag, mein Kind. Sie stand wieder auf, nahm mich in den Arm, so wie sie mich früher in den Arm genommen hatte, meinen Kopf auf ihre Brust gedrückt, ihr herbfrischer Geruch in meiner Nase.

Clara sagte: Ich koche uns erst einmal Tee, und ich sagte: Ich ziehe mir erst einmal etwas an. Ich löste mich aus der Umarmung und setzte unsere Mutter auf den Stuhl am

Fenster zurück, auf dem Weihnachten der Kater gelegen hatte, auf dem inzwischen meist Clara saß, weil man von dort den besten Überblick über die Straße hatte.

Clara rief im Heim an und sagte, dass unsere Mutter bei uns sei. Die Heimleiterin entschuldigte sich, sie hätten nicht bemerkt, dass sie verschwunden wäre. Sie musste das Taxi genommen haben, das einen Besucher gebracht hatte.

Wir tranken Tee, erklärten, Hannes sei für eine Weile nicht hier, versicherten, er komme bald wieder, sie brauche sich keine Sorgen zu machen. Weil sie nach dem Tee ängstlich um sich blickte und sagte, sie wolle nach Hause, fuhren wir sie zurück ins Heim. Unterwegs hielt ich am Blumenladen, kaufte eine rosa Rose und stellte sie bei unserer Mutter auf dem Nachttisch in die leere Vase. Sie sah auf die Rose, lächelte und sagte: Hannes ist hier gewesen.

Als hätten sie sich abgesprochen, riefen plötzlich Fritzi und Hannes' Mutter nicht mehr nur einmal in der Woche an, sondern jeden zweiten Tag. Fragten, wie es Clara ginge, ob wir etwas von Hannes gehört hätten, ob die Polizei sich gemeldet hätte, ob jemand im Internet Hannes gesehen hätte oder wenigstens einen, der wie Hannes aussah. Er wäre schon zu lange fort, er müsste sich doch jetzt endlich melden.

Nein, sagte ich am Telefon, weil Clara immer noch nicht den Hörer abnahm, wenn es klingelte, alles nein, oder ein winziges Ja. An manchen Tagen sei Clara die alte Clara, mal besser, mal schlechter wie bei einer Kranken.

Krank sah sie auch aus. Fahl im Gesicht von ihrem Herumsitzen in der Küche und dünn vom Nichtessen, schlich sie durch das Haus, und an guten Tagen auch durch den Garten, wobei sie die Gartenarbeit wieder mir überließ. Das Einzige, was sie tat, war, mich darauf hinzuweisen, dass das Unkraut wuchs. Mit jedem Sonnenstrahl breitete es sich mehr aus, auf Beeten und Wegen und in den Ritzen der Terrasse, und ich hatte Mühe, hinterherzukommen, hatte Mühe, es zu beseitigen.

Hanka rief jede zweite Woche an oder kam kurz vorbei, wollte sich mit Clara unterhalten. Doch Clara sagte nur *ja* und *nein* und *nein* und *ja* und *vielleicht*. Über Hannes wollte sie nicht reden und über Felix und seine Firma nichts hören. So blieb nur das Thema Wetter, aber da man sich über das Wetter nicht lange unterhalten konnte, blieb Hanka auch nie lange.

Maik kam und ging. Wenn er aus der Schule zurück war, versuchte ich ihn zu überzeugen, dass es besser wäre, sofort die Hausaufgaben zu erledigen und erst danach Skateboard zu fahren. Er maulte, er murrte, sagte etwas, das sich anhörte wie *Du nervst mich*. Wozu Clara lächelte. Ich freute mich über ihr Lächeln, wenn es auch zum völlig falschen Zeitpunkt kam. So erledigte Maik mal die Hausaufgaben vor dem Skateboardfahren, aber wenn ich nicht fragte, erst am Abend. Ich wollte ihn Vokabeln abfragen, weil er gebrummt hatte, dass sie schon wieder eine Englischarbeit schrieben, aber das wollte er nicht. Und ich wollte nicht, dass er weiter im ehemaligen Essenraum der Russen herumfuhr, denn ich hatte nachgesehen, wo er sich mit seinen Freuden herumtrieb. Das Gebäude hatte doch noch ein halbes Dach, das herunterstürzen konnte, und in den Ecken des Raumes lagen Fensterglasscherben. Aber er versicherte mir, sie hielten sich in der Mitte auf, wo der Boden frei und über ihren Köpfen kein Dach wäre, sondern nur der Himmel.

Als es eines Nachmittags klingelte und ich wusste, dass Maik im Russenessenraum war, dachte ich, nun wäre es passiert. Die Reste des Dachs waren zusammengestürzt, den mit ihren Skateboards herumfahrenden Jungen auf Kopf oder Füße gefallen.

So zuckte ich ebenso zusammen wie Clara, die jedes Mal zusammenzuckte, wenn es an der Tür klingelte, seitdem

Hannes weg war. Aber er konnte es nicht sein, er hatte einen Schlüssel. Das hatte ich ihr mehrere Male gesagt, wenn es klingelte, brauchte sie nicht zusammenzuzucken. Ich öffnete ahnungsvoll die Tür.

Es war Felix. Er hielt Beelitzer Spargel in der Hand und sagte: So wie jedes Jahr, zwei Kilo.

Ich war erleichtert, Clara nahm den Spargel entgegen, bezahlte, und als Felix wieder gegangen war, ohne zu fragen, wie es Clara gehe oder mir oder ob wir etwas von Hannes gehört hätten, öffnete Clara den Mülleimer und warf den Spargel hinein.

Was tust du?, fragte ich.

Nie wieder Spargel, sagte sie.

Hannes wollte von April bis Juni jeden Sonntag Spargel essen. Ich will keinen Spargel mehr, sagte Clara, nie mehr.

Aber vielleicht Maik und ich, sagte ich und suchte die zwei Kilo wieder aus dem Mülleimer.

Ich kochte den Spargel zum Abendbrot, für Maik und für mich und für Clara, aber sie weigerte sich, etwas davon anzurühren.

Ich hasse ihn, sagte sie. Ich hasse ihn dafür, dass er gegangen ist, ohne mir eine Nachricht zu hinterlassen, weshalb und wohin er gegangen ist. Dafür, dass er mich genauso im Ungewissen lässt wie vor zwei Jahren, dafür, dass ich ein zweites Mal versuchen musste zu verbergen, dass Hannes verschwunden ist, und dafür, dass es mir dieses Mal nicht gelungen ist.

Das war die längste Rede, die ich von ihr seit langem gehört hatte, und ich wurde übermütig. Wenn sie gerade so wütend war, wollte sie vielleicht Hannes' Kleidung aus dem Haus räumen, so wie ich stets die Kleidung der Männer aus dem Haus geräumt hatte, die mich verlassen hatten. Vielleicht wollte sie auch dieses wohltuende Gefühl erleben, das ich kannte.

Ich machte Clara zwei Vorschläge: Alles in Päckchen packen wie bei Dieter. Viele, ganz viele, in manchen war nur ein Slip, getragen, oder seine Zahnbürste, oder ein Schuh. Ich musste zweimal mit dem Auto zur Post fahren, um alles wegzubekommen. Und ich habe alles an seine Familienadresse geschickt, unfrei.

Bei Jörg fiel mir glücklicherweise ein Werbezettel aus dem Briefkasten entgegen, an dem Tag, an dem er mich verließ. Für Jörg und seine Anzüge war das weniger glücklich. Große Altkleidersammlung: Es werde gesammelt Ober- und Unterbekleidung aller Art, Schuhe (paarweise zusammengebunden).

Es reichte für einen blauen Müllsack, abgestellt am nächsten Morgen am Straßenrand, und ein Lächeln des Fahrers, der die Kleidung abholte. Es gab mir ein Gefühl von Zufriedenheit. Ich hatte wieder Ordnung geschaffen in meinem Leben.

Aber Clara wollte keine Ordnung und erst recht keine Vorschläge. Ihr wäre es egal, was mit seinen Sachen würde, sie könnten dort bleiben, wo sie wären, bis er wiederkäme und alles mitnähme.

Wenn er wiederkommt, entgegnete ich, und wenn er alles mitnehmen will.

Aber sie hatte ihren eigenen Kopf, so wie sie immer ihren eigenen Kopf gehabt hatte, und so blieben Hannes' Sachen, wo sie waren.

Mai

Über Nacht verwandelte sich die Natur in Frühlingsgrün, Butterblumengelb und Apfelblütenweiß. So hatte es auch ausgesehen, als unsere Mutter ihr Elternhaus wiedersah, nach neunundvierzig Jahren.

Auch wenn ich es nutzlos fand, hatten wir vorher etwas aufgeräumt, Clara, Hannes und ich, wenn man das Aufräumen nennen konnte, was wir getan hatten: den Müll aus allen Ecken in eine Ecke geräumt, die zersplitterten Scheiben und die Prawda-Stapel und den roten Sessel mit der halben Sitzseite, und mehrmals gefegt, so dass die Holzdielen wieder zum Vorschein kamen.

Trotzdem hatte ich die ganze Zeit beim Fegen und In-die-Ecke-Stellen befürchtet, unsere Mutter bekäme einen Schock, wenn sie sähe, was vom Haus noch übrig war.

Aber an diesem Maisonntag, an dem sie ihr Elternhaus wiedersah, war der Apfelbaum, der von ihr gepflanzte Apfelbaum, voller Blüten. Sie wunderte sich, wie groß er geworden war, wunderte sich über die Kiefern hinter dem Grundstück, wie groß sie geworden waren, wunderte sich aber nicht über den Zustand des Hauses. Sie tat, als hätte sie genau das erwartet, eine Ruine. Sie benahm sich wie ein Kind, das seine Welt um sich entdeckt, ging von Zimmer zu Zimmer und sagte zu allem: Ist das schön, und fand kleine Geschichten wieder, die im Haus passiert waren, wie die vom Osterfest, an dem sie einen Tag lang ihre Ostereier gesucht und nicht gefunden hatte. Es regnete, und so hatte ihr Vater sie im Haus versteckt, aber dort, wo er sie versteckt hatte, hätte sie die Eier nie gefunden. Sie lagen in einem kleinen Körbchen, und das hing an einem Haken im Kamin.

Dann suchte unsere Mutter die Striche an der Küchentür, mit denen ihr Vater seine und ihre Größe markiert hatte, weil er behauptete, er bliebe der Größte in seiner Familie. Aber sie rückte Jahr für Jahr näher an ihn heran, und in dem Jahr, in dem er in den Krieg musste, hatte sie ihn eingeholt bis auf wenige Millimeter. Die Striche waren verschwunden, die Türen blau übermalt, wie die Wände im Flur, wie in jedem Haus die Türen und Wände mit blauer Ölfarbe übermalt waren, aus einem Fass, das von Haus zu Haus gerollt worden war.

Unsere Mutter freute sich über alles, was sie sah, herunterhängende Tapeten, zersprungene Fensterscheiben, Löcher in den Wänden und Risse wie Adern, wo einmal Elektroleitungen gewesen waren. Dann blieb sie vor dem Kamin stehen, dem echt englischen mit der umlaufenden Marmorverkleidung, und sagte: Der Kamin ist beschädigt, wie schade!

Sie strich mit den Fingern über die herausgebrochene Stelle, die so groß wie ihr Handteller war, strich darüber, als könnte sie sie heilen, diese Verletzung des Kamins, so wie sie über unsere Verletzungen gestrichen hatte, als Clara und ich Kinder gewesen waren mit ewig aufgeschrammten Knien.

Schade um den schönen Kamin, sagte sie, und das sagte sie wieder und wieder, bis wir sie nach Hause fuhren.

Drei Tage später rief Clara mich an. Das tat sie nur, wenn etwas passiert war oder wenn sie etwas von mir wollte. Ansonsten war ich diejenige, die Clara ständig wegen irgendwelcher Sachen anklingelte.

Am Sonnabend wollten sie anfangen mit dem Entrümpeln und Entkernen des Hauses, ob ich helfen könnte.

Ich hatte zwei Möglichkeiten, ich konnte ihnen dabei helfen, oder ich konnte ihnen nicht helfen und mich mit Clara um das Haus streiten. Wahrscheinlich würden wir uns zerstreiten, weil Clara im Vorteil war, mit unserer Mutter hinter sich, die fand, es wäre genau das Richtige für Clara, obwohl ich fand, es wäre genau richtig für mich. Aber wenn wir uns zerstritten, würde ich das Haus wahrscheinlich nie wiedersehen. Und aus meiner personenarmen Familie würde eine noch personenärmere werden, bestehend nur noch aus Maik und mir.

Ich konnte mich nicht entscheiden: Omas und Opas Haus oder eine Familie. Ich wollte beides und konnte nur eines haben, wie man sein Leben lang immer mehr will, als man bekommt.

Ich überlegte eine Woche, was die klügste Variante wäre, fand aber keine Variante klug. Und wünschte mir, Clara würde sagen, sie wolle nun doch keinen Garten mit Gemüsebeeten und Blumen. Ich wünschte, meine Mutter würde sagen: Kind, das Haus wartet nur auf dich, denn du kennst alle seine Geschichten. Ich wünschte, Hannes würde noch einmal versuchen, Clara das Haus auszureden, wie bei seiner ersten Besichtigung, als er im Obergeschoss mit dem Fuß durch die Decke gebrochen war.

Er hatte neben der provisorischen Toilette gestanden, einem abgetrennten Bretterverschlag, winzig und mit schrägen Wänden, darin nur ein Toilettenbecken mit einem Feuerwehrschlauch als Abfluss, der durch die Wand ins Freie ragte und an der Häuserwand entlang nach unten in die Erde kroch.

Hannes wollte hineinsehen in die Toilettenecke und bemerkte nicht die zerbrochene Diele vor der Bretterwand, trat darauf und hindurch. Hindurch durch Stroh und Lehm und hing in der Decke zwischen Oben und Unten fest, bis er es schaffte, seinen Fuß wieder herauszuziehen. Dabei landeten Stroh und Lehm auf dem Küchenfußboden, eine Etage tiefer.

So wird es in dieser Ruine überall sein, murrte er, während er sich von Strohhalmen und Lehmstaub befreite. Lebensgefährlich!

Aber das fand der Architekt nicht, den Clara beauftragt hatte festzustellen, ob die Lehmdecke noch zu retten wäre.

Hannes hätte ihn nicht geholt, wie er sagte, er hätte diese Ruine abgerissen, der Anfang war ja schon gemacht, die Decke käme ja schon von allein herunter.

Sie wäre nicht von allein gefallen, widersprach Clara, man müsste schon schauen, wohin man träte, bis alles repariert wäre.

Wenn alles zu reparieren geht, hatte Hannes gesagt.

Es ginge alles zu reparieren, erklärte der Architekt. Viel Arbeit, aber es ginge. Der durchgefaulte Balken würde einen Schuh aus Metall bekommen, die Dachbalken wären in Ordnung, kein Schwamm, nur der Holzwurm, aber der wäre sicher schon tot, er könnte jedenfalls keine Löcher entdecken, aus denen frisches Bohrmehl rieselte.

Ich wünschte, der Architekt hätte Löcher in den Dachbalken gefunden, aus denen es rieselte. Ich wünschte, Hannes hätte darauf gesagt, er zöge in kein Haus zusammen mit Holzwürmern, die ihm die Balken über dem Kopf wegfräßen, denn dann hätte ich das Haus bekommen.

Ich wünschte mir das Haus, obwohl ich wusste, dass man mit Wünschen vorsichtig umgehen, sie weder aussprechen noch aufmalen sollte. Das hatte ich im Zeichenunterricht in der 6. Klasse gelernt. Dort war uns die Aufgabe gestellt worden, unsere Welt zu malen, wie sie im Jahr 2000 aussehen könnte. Die meisten hatten Futuristisches zu Papier gebracht wie Autos, die auf unsichtbaren Straßen in Höhe von Hochhäusern schwebten. Ich hatte das Russenhaus gemalt, mit mir darin, in der Ferne Soldaten mit einem roten Stern, denen ich hinterherwinkte. Das hatte mir und meiner Mutter eine Aussprache beim Direktor eingebracht. Wie ich dazu käme, mir die sowjetischen Freunde wegzuwünschen, gerade ich, die ich doch an einer besonderen Schule lernte und in einer besonderen Klasse, einer mit erweitertem Russischunterricht, und dass es besser wäre, ich würde an einer anderen Schule weiterlernen. Es dauerte eine Stunde, bis der Direktor die Erklärung meiner Mutter gelten ließ, dass es ein Kinderwunsch wäre, das Wiedereinziehen in das Haus der Großeltern, und dass sie es gewesen wären, die mir diese Idee in den Kopf gesetzt hätten, und er wisse ja, wie Kinder sind. Und weil der Direktor wusste, wie Kinder sind, ließ er mich gehen, mit einem Tadel und einer Fünf für das gemalte Bild. Seither behielt ich meine Wünsche für mich.

Meinen Wunsch, in Oma Elsas und Opa Richards Haus wohnen zu können, sah ich in der Ferne entschwinden. Ein Wunsch, der sich desto weiter entfernt hatte, je näher ich ihm gekommen war. Ich konnte das Haus besuchen, aber nicht darin wohnen. Es war vergeben, war an Clara vergeben, obwohl sie es nie hatte haben wollen. Obwohl sie es zwar nicht als lästig empfunden hatte wie unser Vater, dass wieder und wieder die Hausgeschichten erzählt wurden, aber als langweilig. Einmal, bei Oma Elsas 60. Geburtstag, als sie gar nicht aufhörte, von ihrem Haus zu erzählen, während sie Schwarzwälder Kirschtorte aß, war Clara, die einen Monat vorher sechzehn geworden war, einfach aufgestanden und aus der kleinen Gaststätte gegangen, so wie damals unser Vater. Nur hatte Clara nicht daran gedacht, dass wir mit dem Auto hingefahren waren und sie nicht zurückkam, weil noch nicht einmal ein Bus fuhr. Und so war sie nach zehn Minuten wieder da, und unsere Mutter fragte, was das denn bitte gerade gewesen wäre. Eine Antwort bekam sie nicht. Ausgerechnet unser Vater hatte hinterher gesagt, das mache man nicht, von einer Geburtstagsfeier zu verschwinden. So schrecklich wären die Hausgeschichten nun auch wieder nicht.

Mir fielen Opa Richards Worte ein: Irgendwann ziehen wir alle zusammen in unser Haus. Und dass er dieses Irgendwann nicht mehr erlebt hatte und dass ich jetzt das Alle-zusammen nicht erleben würde.

Bevor ich Clara mein Kindertraumhaus überließ, wollte ich endlich wissen, weshalb sie es plötzlich haben wollte, wo sie es doch nie hatte haben wollen. Wie unser Vater hatte sie immer gesagt, ein Haus ist nur ein Gegenstand, und man hängt sein Herz nicht an Dinge.

So meldete ich mich mit Maik zum Abendbrot an, um das Helfen abzusprechen.

Bei Bratkartoffeln mit Spiegelei fragte ich Clara und Hannes, wie sie sich den Aufbau des Hauses vorstellten, was sie alles selbst machen wollten und was von Firmen erledigen lassen. Und beim Geschirrabtrocknen, als Hannes in den Keller gegangen war, zwei Stockwerke tiefer, um ein Werkzeug zu suchen, und Maik mitgenommen hatte, fragte ich Clara noch einmal: Weshalb willst du unbedingt Omas und Opas Haus, obwohl du es vorher nie gewollt hast?

Was soll immerzu diese Frage?

Ich muss es wissen, sagte ich.

Clara klapperte weiter mit dem Geschirr, wusch einen Teller ab und den nächsten, eine Gabel, ein Messer …

Der Zeitpunkt ist gerade günstig.

Welcher Zeitpunkt?, fragte ich und legte das Geschirrtuch zur Seite.

Es passe gerade, sagte sie. Die Wohnung sei zu klein geworden, Hannes müsse auf dem Esstisch seine Firmenunterlagen ausbreiten, so gehe es nicht weiter.

Fritzis Zimmer ist frei, hatte ich entgegnet, denn sie war vor einem Vierteljahr wegen ihrer Ausbildung zur Bankkauffrau nach Hamburg gezogen.

Das sei jetzt ihr Bügelzimmer, hatte Clara erklärt. Außerdem wolle sie einen Garten, wie ich längst wisse.

Häuser mit Gärten gibt es auch andere, es muss nicht Omas und Opas sein.

Es ist aber günstiger, ein altes auszubauen, als neu zu bauen.

Das reichte mir nicht als Begründung, aber als ich nachfragen wollte, sagte Clara: Du kannst es dir doch gar nicht leisten, alleinerziehend, wie du bist.

Mir wäre etwas eingefallen, sagte ich.

Doch Clara hatte nur gelacht. Unsere Mutter wusste schon, weshalb sie gesagt hat, es wäre genau das Richtige für uns.

Nach diesem Gespräch wusste ich nicht mehr als vorher, wusste nicht, weshalb Clara das Haus wollte und bekam und ich nicht.

So überlegte ich weiter, ob ich beim Aufräumen helfen sollte oder nicht. Ich käme in Omas und Opas Haus, aber nur für eine kurze Zeit. Ich würde mit mir kämpfen müssen, dass ich Clara nicht die Worte: Warum du, weshalb nicht ich?, entgegenschrie. Ich lief durch unsere Wohnung, redete laut vor mich hin: Es ist eigentlich mein Haus, Oma und Opa hätten gewollt, dass ich es bekomme ...

Bis Maik mich anschaute, als würde etwas mit mir nicht stimmen.

Vielleicht konnte ich ja durch das Helfen etwas von der damaligen Zeit wiederbeleben, konnte Oma Elsas und Opa Richards Geschichten zu den meinigen machen, weil ich mich wenigstens für eine Weile dort aufhalten würde, wo sie ihre schönste Lebenszeit verbracht hatten.

Wir begannen mit den Öfen, und als wir fertig waren, lagen sie Kachel für Kachel auf dem Hof, auf einem Schutthaufen, der so hoch wie ein Rodelberg wurde.

Wir zogen aus Wänden und Balken Unmengen von Nägeln und Haken, die Schränke ersetzt hatten, wie ich von meinem einzigen Besuch wusste. Damals hatte ich es lustig gefunden, dass daran Blusen und Kleider und Hosen wie Wandschmuck hingen.

Ich zählte meine herausgezogenen Nägel und Haken, aber bei einhundertfünfzig hörte ich auf mit Zählen und meinte, so viele Kleider und Blusen und Hosen könne doch niemand besessen haben.

Wir rissen die geblümte Tapete ab, die bereits halb herunterhing von den Wänden. Wir wuschen die Decken mit Bürsten und Wasser ab und fanden die Farbschichten der letzten neunundvierzig Jahre wieder, erst gelb, dann blau, dann grau und zum Schluss weiß. Das Weiß musste aus der Zeit stammen, als Oma Elsa und Opa Richard eingezogen waren. Wir schlugen im Flur den Putz von der Wand, dort wo die Elektroleitungen gewesen waren, dort wo das Blau war.

Unsere Hammerschläge dröhnten durch das Haus, die von Hannes aus dem Flur, meine aus dem Keller, und Clara trug, einen Eimer links und einen Eimer rechts, den Putz auf den Rodelberg. Unsere Haare waren weiß vom Zementstaub, und wir dachten, die Arme würden uns abfallen, der Rücken durchbrechen und die Füße nie wieder in normale Schuhe passen.

Ein Bote brachte Pizza, und nach dem dritten Tag fragte er: Wann soll ich morgen kommen? Wir spülten den Staub mit Wasser, Kaffee, Tee und wieder mit Wasser, Kaffee und Tee weg, Clara, Hannes und ich.

Alle paar Stunden schaute eine schwarze Katze mit nur einem Auge und einem halben Schwanz vorbei. Sie musste eine Russenkatze sein. Die Russen hatten bei ihrem Allesmitnehmen ihre Katzen nicht mitgenommen, von denen es an die hundert gegeben hatte. Hatten sie zurückgelassen, wo sie verhungert wären, wenn die Leute vom Tierheim nicht gekommen wären. Aber diese eine hatten sie vergessen, ich nannte sie Verlierer, wegen des einen Auges und des halben Schwanzes. Ich ließ ihr jeden Tag von der Pizza ein Stück übrig. Sie kam, schaute, ob wir noch im Haus wären, und als wir nicht mehr im Haus waren, muss sie das Pizzastück gefressen haben, weil das am nächsten Tag immer weg war.

An einem Wochenende kam Fritzi aus Hamburg, um beim Aufräumen und Ausräumen zu helfen. Vorher hatte sie behauptet, sie finde es interessant, Omas Elternhaus zu sehen. Das sagte sie hinterher nicht mehr. Das Interesse sei ihr schon auf dem Weg entschwunden. Das sähe ja aus wie nach einem Krieg, das sähe aus, als würde alles in der nächsten Sekunde zusammenfallen, das brauchte ja Jahre, bis alle Häuser bewohnbar wären, das könnte man ja nicht ertragen, aus dem Fenster auf diese Ruinen zu sehen. Davon würde sie Alpträume bekommen. Und dann sagte sie zu mir: So ein Unsinn, diese Ruine wieder aufzubauen. Sie hätten alles abreißen oder verkaufen sollen.

Das hatte Hannes anfangs auch gesagt, und dann eines Tages, wir wollten gerade etwas aufräumen, kündigte er an, dass gleich Leute vorbeischauen würden, die sich für das Haus interessierten.

Als ich fragte, ob er das Interesse geweckt hätte, antwortete er ausweichend.

Nach der Besichtigung sagte das junge Paar, der Kamin habe ihnen besonders gefallen, so etwas finde man selten. Aber sie müssten das Haus Stück für Stück selbst aufbauen, und das würde Jahre dauern, so wie es aussähe.

Hinterher schrie Clara Hannes an, wie er dazu käme, das Haus anzubieten, es wäre das Haus *ihrer* Mutter!

Ich schrie: *Unserer* Mutter, *unserer*! Wenn *das* unsere Mutter und Oma Elsa und Opa Richard wüssten!

Mit unserem Geschrei trieben wir ihn aus dem Haus. Er gehe die Nachbargrundstücke besichtigen, hatte er gesagt.

Zurück kehrte er eine Stunde später, den Arm voll trockener Ästchen. Er machte sich umständlich am Kamin zu schaffen, hockte sich davor, blickte stumm in die züngelnden Flämmchen und legte einen Zweig um den andern nach. Als der letzte verglüht war, stand er auf, klopfte sich Rindenstückchen vom Ärmel, betastete misstrauisch noch einmal die abgesprungene Stelle an der Kamineinfassung, und dann erklärte er, dass man vielleicht wegen dieses Kamins das Haus behalten sollte.

Jetzt sagte ich zu Fritzi: Dieses Haus wird weder verkauft noch abgerissen. Es ist voller Erinnerungen und Geschichten, von deiner Oma und Uroma und vom Uropa!

Alles alte Geschichten, fand sie, sie lebe im Jetzt, Hier und Heute und Morgen, nicht im Gestern.

Im Morgen wäre jedes Haus der Siedlung wieder wie neu, sagte ich, und dazu gehörten nun mal die Geschichten von Gestern.

Eigentlich hätte sie das Morgen nur als Kind interessiert, weil sie gern erfahren hätte, was ihr passieren würde im Leben. Jetzt wüsste sie aber, dass das Leben langweilig wäre, wenn man den Weg schon kennen würde, ehe man ihn ginge.

Man kann Überraschungen ausweichen, sagte ich. Wenn deine Urgroßeltern gewusst hätten, dass neunundvierzig Jahre lang Russen in ihrem Haus wohnen werden, hätten sie an anderer Stelle ein Haus für sich und nicht eins für die Russen gebaut. Fritzi sah mich ungläubig an wie so oft, wenn sie nicht wusste, ob ich es ernst meinte oder nicht.

So sagte ich: Das Gestern bestehe zwar aus alten Geschichten, doch wenn man sie vergaß, überlebte am Ende nur ein Name. Und irgendwann nicht einmal mehr der, es hieß nur noch der Urururopa oder die Ururuроma …

Doch Fritzi wollte weder das Haus von gestern mit seinen alten Geschichten noch das von morgen mit neuen.

Ich sagte: Das hat deine Mutter vor Jahren auch gesagt, und jetzt will sie hier einziehen.

Noch einmal kam Fritzi nicht mit. Das müsse sie sich nicht antun, sagte sie, dieses Kriegsgebiet ringsumher.

Aber ich kam mit, an jedem Wochenende.

In der Zwischenzeit wuchsen aus den Blüten am Baum winzige Äpfel, und das Unkraut stand so hoch wie der

Rodelberg. Das Fußballtor ohne Netz zerbrach, als Maik eines Tages mitkam und ein einziges Mal dagegenschoss. Hinterher versuchte er mit einem Brett auf dem Berg zu rodeln und sah aus, als wäre er zuerst in eine Kohlengrube und anschließend in Schnee gefallen.

Jedes Wochenende schien die Sonne, und Maik zerschoss noch mehr Fußballtore nebenan und gegenüber und kam ohne Schrammen und Blut von seinen Ausflügen zurück, die ich ihm verboten hatte, weil alles ringsum gefährlich und wie kurz vor dem Einsturz aussah.

Es stürzte aber nichts ein bis auf die Fußballtore, und der Bote brachte weiter Pizza, deren eine Ecke Verlierer bekam.

Später ging Verlierer ganz verloren, das war kurz bevor Clara und Hannes einzogen in Omas und Opas Haus, in das Russenhaus, jetzt ihr Haus. Die Maurer hatten erzählt, jeden Tag laufe eine Katze mit nur einem Auge und halbem Schwanz vorbei, und sie würden sie füttern. Am nächsten Morgen wäre das Brot weg, das sie ihr auf die Steintreppe gelegt hätten. Aber näher heran komme sie nicht.

Die Dachdecker fragten: Gehört Ihnen die Katze ohne Auge und ohne Schwanz?, und die Elektriker sagten: Draußen schleicht so ein Rest von Katze umher, aber die Fliesenleger sagten nichts mehr.

Wenn die Russen jetzt zurückgekommen wären, hätten sie das Haus nicht wiedererkannt, nachdem sie bei ihrem Abzug alles mitgenommen hatten, was mitnahmefähig war.

Das hatten sie bereits einmal getan, damals nach dem Krieg. Hatten ganze Betriebe in der Stadt abgebaut und als Kriegsbeute mitgenommen, und diesmal hatten sie zumindest Elektroleitungen und Zählerkästen und Waschbecken aus den Wänden gerissen und mitgenommen, was zu transportieren ging, obwohl kein Krieg gewesen war.

Ich war froh, dass Omas und Opas Haus nicht zu transportieren ging, denn in der Nähe standen Häuser mit einer

Außenhaut aus Kupferblech, die konnte man transportieren. Es waren Häuser, die 1931 in Paris einen Preis gewonnen hatten dafür, dass sie mit Leichtigkeit vergrößert, abgebaut und an anderer Stelle wieder aufgebaut werden konnten. Das aber wussten die Russen nicht, denn hätten sie es gewusst, vielleicht hätten sie dann diese Häuser beschlagnahmt, um sie später mitzunehmen.

So blieben die Häuser aus Kupferblech hier wie ihre Katzen, wie Sessel mit nur einem halben Sitz, Stühle mit weniger als vier Beinen, Tausende Nägel in Wänden und Balken, mit Unrat verstopfte Toiletten, Asche, die im Keller oder in Kammern im Dachgeschoss lagerte, und Stapel russischer Zeitungen. Außer den Katzen und dem, was an Unbrauchbarem in den Häusern blieb, hatten sie noch etwas vergessen.

In einem Haus war der Tisch noch gedeckt. Als sie gingen, oder gehen mussten, sah es aus, als wären sie in diesem Haus überstürzt aufgebrochen. Vielleicht hatten die Bewohner bis zum Schluss geglaubt, sie könnten doch bleiben in dem Haus, das ihnen nicht gehörte, das sie beschlagnahmt hatten nach dem Krieg, so wie das von Oma und Opa und das daneben und gegenüber, die Siedlung am Anfang der Stadt und die am Ende der Stadt und in der Nachbarstadt und überall im Land.

Teller und Besteck und Gläser sahen aus, als wären die Bewohner kurz hinausgegangen und wollten gleich wiederkommen. Die Essensreste auf den Tellern aber zeigten, dass das Kurzrausgegangensein eine Weile her sein musste, und die grünen Fliegen auch, die sich freuten über das, was geblieben war. In der Wanne schwamm noch das Badewasser, grau und trübe, als wäre der Schmutz der letzten neunundvierzig Jahre zurückgeblieben.

Vielleicht hatten sie bis zur letzten Minute gedacht: Wenn wir am Tisch sitzen und essen und in der Wanne baden, werden sie uns zurücklassen, werden sie ohne uns losfliegen, weil wir noch nicht fertig sind. Aber es hat nicht geklappt, sie mussten hungrig mit zurück dorthin, von wo sie hergekommen waren.

An einem der Aufräumtage fand ich etwas im Keller, in einem Kellerraum, der völlig leer war. Keine Regale an den Wänden, der Fußboden schwarz vom Kohlenstaub, schwarz auch die Decke, als hätte es gebrannt und der Brand die Kellerdecke eingefärbt. Vier kahle Wände, ein kahler Fußboden, und doch fand ich etwas.

Ich schlug seit Stunden mit einem Hammer den Putz von der Wand, und nie hatte es sich so angehört wie jetzt. Es hörte sich an wie Metall auf Metall. Ich klopfte und lauschte, legte den Hammer zur Seite und betastete die Wand, klopfte mit den Fingern um die Stelle herum. Sie war quadratisch. Ich klopfte weiter den Putz ab, und zum Vorschein kam eine kleine Metalltür, überzogen mit adrigen Rostflecken. Ein Safe in der Wand.

Ich rief von der Kellertreppe hinauf: Maik, ich habe einen Schatz gefunden, aber Maik war unterwegs, um Tore abzuschießen, und Clara hatte das Radio angestellt, das immer lauter dröhnte, je leerer das Haus wurde, und Hannes war irgendwo unter dem Dach bei den Wolken. Berge ich eben den Schatz allein, dachte ich.

Wie das mit Schätzen ist, sie wollen nicht geborgen werden. Die Tür war zu und blieb zu, trotz Schraubenzieher, Nagel und Draht, bis ich den Hammer nahm und auf sie einschlug. Es dröhnte und hallte, und die adrige Rostfleckentür bekam eine winzige Beule und – sprang auf. Da war er, der Schatz.

Ich weiß nicht, was ich erwartet hatte. Omas Schmuck vielleicht oder Opas Papiere oder Russenschmuck oder Russenpapiere, aber nicht das, was ich sah.

Im mausegrauen Kerker stand ein Glas. Ein Glas Eingewecktes. Ich suchte den Boden und die Decke und alle

Ecken ab und dachte, dass das nur ein Hinweis auf etwas anderes wäre, auf etwas Wertvolles.

Auf dem Glas klebte ein vergilbtes Etikett, auf dem mit ehemals blauer Tinte, teils verwischt, schwer lesbar, mit leicht nach rechts geneigten Buchstaben *Blaubeeren 1938* stand.

Ich hatte ein Glas Blaubeeren gefunden, aus dem Jahr, in dem Oma Elsa und Opa Richard eingezogen waren. Aus dem Jahr, in dem sie fertig geworden waren mit ihrem Haus, das sie Stein für Stein, Zimmer für Zimmer, zwei Jahre lang gebaut hatten. Ich nahm das Glas aus seinem Kerker, drehte es einmal um sich selbst, sah, dass es zu war, und schüttelte es. Es waren tatsächlich Blaubeeren darin, nichts als Blaubeeren. Und es war nicht einmal Schimmel im Glas, nur schwarzblaue verschrumpelte Beeren anno 1938.

Vorsichtig trug ich es die morsche, von Holzwürmern zerfressene Kellertreppe hinauf zu Clara, die das Radio leiser stellte, als sie sah, ich hatte etwas, was sie nicht kannte. Maik war gerade zurück und maulte, als er das Glas sah, er wolle kein Kompott, und ich sagte: Das ist nicht zum Essen, das ist zu wertvoll, um gegessen zu werden, das sind die berühmten Blaubeeren von Oma Elsa.

Clara fand den Fund sensationell. So alt und nicht offen, und wer hatte es dort abgestellt und weshalb, ein Russenkind vielleicht, oder Oma Elsa selbst und es dann vergessen.

Hannes schüttelte den Kopf, als er es sah, und sagte: Sicher sind da Würmer drin, und ich sagte: Wie sollen da Würmer reinkommen, das Glas ist zu, und da schüttelte er wieder den Kopf.

Als wir am Abend zu unserer Mutter fuhren, mit all dem Staub des Tages auf und in uns, und ihr das Blaubeerglas zeigten, drückte sie es an sich, als wäre es ein Neugeborenes, was es in gewissem Sinne auch war, und sagte: Ein Familienerbe, wir haben ein Familienerbe!

Juni

Zwei Kuckucks riefen, irgendwo hinter dem Grundstück, irgendwo in den Kiefern. Mal rief der eine, mal der andere, mal riefen sie zusammen, und dann hörte es sich an wie ein einzelner Kuckuck. Aber wenn man genau hinhörte, rief nicht nur einer.

Genauso war es mit Clara und mir. Wir riefen eine Zeitlang im selben Takt, dann verlor ihn eine von uns beiden, bis der Takt eines Tages wieder für eine Weile übereinstimmte.

Als Kinder hatten wir nie einen gemeinsamen Takt gehabt, waren Wiehundundkatz gewesen, wie unsere Mutter gesagt hatte. Clara, die Katz, die geduldig hoch oben im Baum saß und ab und zu fauchte, eine schlaue Katz. Ich, der Hund, der unten knurrend und zähnefletschend umherrannte und schließlich, vor lauter Bellen heiser, abzog. Die Kindheit war lange her, und die zweieinhalb Tage waren lange her, sie waren fünf Monate her. Seitdem rief ich und bestimmte den Takt.

Aber an einem Mittwochmorgen sagte Clara: Ich habe keine Kleidung mehr, die mir passt, lass uns was kaufen, lass uns nach Berlin zum Ku'damm fahren.

Mit der Bahn oder dem Auto?, fragte ich verblüfft.

Mit deinem Auto, sagte Clara.

Ich hasste es, mit dem Auto durch Berlin zu fahren, weil ich auf falschen Abbiegespuren stand, sofort angehupt wurde und mich jedes Mal erst nach Umwegen an dem Ort wiederfand, an den ich wollte.

Die Bahn fährt jede halbe Stunde, sagte ich, bequemer geht es gar nicht.

Ich sage dir, wie du fahren musst, versprach Clara.

Also fuhren wir, das heißt, ich musste fahren. Zuerst auf die Autobahn, dann hinein nach Berlin. Dort schickte mich Clara nach rechts und links und rechts und geradeaus und links …

Dann sagte sie plötzlich: Wo um Gottes willen willst du hin?

Ich fuhr langsamer, hinter mir hupte es.

Links hatte ich gesagt.

Das ist links, sagte ich.

Das war rechts, sagte Clara.

Und ich wusste wieder einmal, weshalb ich besser mit der Bahn fuhr.

Bei der nächsten Möglichkeit wenden und dann bitte geradeaus, bestimmte Clara. Die nächste Möglichkeit dauerte etwas, und so kam ich wie üblich über Umwege dort an, wo ich hinwollte.

Wo parken wir?, fragte ich, als wir den Ku'damm entlangschlichen, Stoßstange an Stoßstange mit anderen Einkaufswilligen, denn es war ein Sonnentag und an Tagen wie diesen fuhren und liefen eine Menge Einkaufswillige den Ku'damm hoch und runter.

Ins Parkhaus, links in die Straße und dann hundert Meter, bestimmte Clara.

Ich fuhr links, ich fuhr hundert Meter, aber ins Parkhaus fuhr ich nicht.

Ich schaue, ob ich auf der Straße etwas finde, sagte ich und fuhr eine Runde links herum um die Häuserblöcke und eine Runde rechts herum und ein zweites Mal links und fand mich vor dem Parkhaus wieder.

Du lässt mich besser hier raus, sagte Clara, ich gehe einkaufen, und du kannst ja weiter nach einem Parkplatz suchen.

Sei nicht so zynisch, sagte ich und fuhr ins Parkhaus. Die Auffahrt war eng, und ich hatte das Gefühl, sie würde mit jeder Etage enger.

Geht doch, sagte Clara, als wir ausstiegen. Weil ich froh war, dass Clara überhaupt wieder redete, entgegnete ich nichts.

Wir liefen eine Seite den Ku'damm hoch und die andere wieder herunter, drängten uns mit den anderen Kaufwilligen auf dem Gehsteig. Neben und vor und hinter uns wurde Russisch geredet und Englisch und auch Deutsch.

Clara probierte hier eine Hose, stand dort mit einem Shirt vor einer Umkleidekabine an, und weil sie nach der dritten Hose fand, sie brauche eine Verkäuferin zum Holen und Wieder-Wegtragen, ging ich etwas für mich kaufen.

Am Ende des Ku'damm-hoch-und-runter-Laufens besaß Clara wieder etwas zum Anziehen, das ihr passte, und ich zwei Bilderrahmen. Einer war braun wie antik, und einer hatte eine dicke Goldleiste wie für ein Ölgemälde.

Die Ausfahrt im Parkhaus schien nicht so eng wie die Einfahrt zu sein, auch aus Berlin heraus fand ich schneller, als ich hineingefunden hatte.

Wieder zu Hause, packte ich meinen Einkauf aus, zog aus meinem Portemonnaie ein Foto, legte es in den antiken Rahmen, hielt ihn hoch und sagte: Passt hervorragend.

Wer ist das?, fragte Clara.

Keine Ahnung, sagte ich.

Clara sah erst das Foto und dann mich an. Du musst doch wissen, wer diese Frau ist, die aussieht, als wollte sie dem Nächststehenden an die Kehle springen?

Ich streckte meine Hand aus, betrachtete das Foto von weitem und sagte: Sie ist verbittert, enttäuscht von Mann und Sohn, alleingelassen von ihrer Familie.

Ich stellte es auf den Küchentisch und legte ein zweites Foto in den Rahmen mit dem Goldrand.

Dieses mag ich besonders, sagte ich. Onkel Werner. Er war Professor an der Musikakademie in Wien in den fünfziger Jahren. Wie stolz er schaut, in seinem Anzug und mit seinem Geigenkasten.

Ist das der Onkel von einem deiner Ehemaligen?, fragte Clara.

Ich lachte. Von denen würde ich mir doch keine Fotos in die Wohnung stellen. Sie sind vom Trödelmarkt.

Die Rahmen?

Nein, die Leute, sagte ich.

Clara sah mich an, als hätte sie mich nicht verstanden.

Ich sagte: Die Fotos sind vom Trödelmarkt.

Clara schüttelte den Kopf.

Es gibt dort Kartons mit Hunderten Fotos darin, aus denen kann man sich eine Familie zusammenstellen, für fünfzig Cent das Stück.

Aber wir haben doch eine Familie, sagte Clara.

Wir haben eine personenarme Familie. Und meine besteht noch aus ein paar Leuten mehr.

Wer ist dieser Mann wirklich?

Er hat einen Sohn, sein Foto steht bei mir zu Hause im Bücherregal. Hast du das noch nicht bemerkt? Der Vater wollte, dass er auch Musik studiert, aber nein, er ist Eisenbahner geworden. Es ist der in Eisenbahneruniform.

Hör auf zu spinnen, sagte Clara.

Und die dicke Frau, die bei mir in der Küche steht, war berühmt für ihre Vanilletorten, die sie in ihrer Bäckerei im Prenzlauer Berg verkauft hat, bis Mitte der achtziger Jahre …

Das wird mir jetzt zu albern, sagte Clara.

Ich lachte, und Clara schien nicht zu wissen, ob sie mir glauben sollte oder nicht. Sie schaute abwechselnd die Fotos in den Rahmen und mich an und sagte: Das Fahren in Berlin scheint anstrengend gewesen zu sein. Schaute noch einmal die Fotos an: Ja, das muss es gewesen sein!

Am nächsten Morgen sagte Clara beim Frühstück: Ich habe in der Nacht geträumt, dass Leute aus Kisten springen und mich verfolgen und rufen, ich will zu deiner Familie gehören. Unsere personenarme Familie ist kein Grund, sich eine fiktive zuzulegen, und auch noch eine vom Trödelmarkt, aus Kisten. Wer sind die Leute auf den Fotos wirklich?

Du glaubst mir nicht, sagte ich und grinste. Du kannst mir aber glauben.

Doch Clara saß vor mir mit vor der Brust verschränkten Armen und sah mich an, wie man etwas Unerhörtes ansieht.

Wir können in Familienbildern kramen, sagte sie. Ich habe die Fotoalben unserer Eltern. Dort findest du jede Menge Verwandtschaft und kannst dir deine richtige Familie zusammenstellen.

Ich biss von meiner Brötchenhälfte ab, kaute und schluckte und kaute und schluckte und sagte: Ich habe bereits eine Familie, danke. Aber in alten Bildern krame ich gern.

So verbrachten wir den Vormittag auf dem Teppich vor dem Kamin, um uns herum Alben und Schuhkartons mit hineingestopften Fotos.

Alle Leute aus den Alben kannte Clara nicht, aber die, die in etwa zu unserer Familie gehört hatten, konnte sie zuordnen. Bei einer Frau, zierlich und mit einem schüchternen Lächeln, war sie sich nicht sicher, ob es die zweite Frau von Willi, einem Cousin unserer Mutter, war oder eher irgendeine seiner Bekannten. Ich wusste, wer sie war, hatte das Foto fast ebenso oft gesehen, wie ich die Hausgeschichten von Oma Elsa und Opa Richard gehört hatte. Aber ich kramte weitere Fotos aus den Schuhkartons und sagte: Der sieht aus, als wäre er ein reicher, aber verbitterter Mann. Vielleicht hatte er eine Schokoladenfabrik besessen und sein Leben lang gehofft, mit einer neuen Sorte in die Geschichte einzugehen, aber Clara sagte: Das ist Opas Cousin Wilhelm. Der war Maler und hat Oma und Opa beim Hausbau geholfen. Er ist vor Leningrad gefallen.

Oder dieser Mann, sagte ich, der so strahlend lächelt, dass es ansteckend wirkt, der muss glücklich und erfolgreich gewesen sein.

Das war ein Hallodri, sagte Clara, hat seine Familie verlassen und sich nur noch seinen Pferdewetten gewidmet.

Ich wusste, dass es Omas Cousin Fritz war, und er war wirklich glücklich und erfolgreich gewesen, aber nicht bei Pferdewetten, sondern in seiner eigenen kleinen Fleischerei, bis er in den Krieg musste.

Kann es sein, dass du die Leute verwechselst?, fragte ich.

Ich verwechsle keine Leute, sagte sie, du schon eher.

Darauf sagte ich nichts, ich fand meine Geschichten besser als die Tatsachen, die sie durcheinanderbrachte.

Dann fand ich das Foto einer griesgrämig dreinblickenden Frau. Sie stand am Rande einer kleinen Gruppe von Cousins unseres Vaters wie eine Außenseiterin, alle lachten, nur sie nicht. Ihr Mund war ein gerader Strich, zwischen ihren Augenbrauen stand eine Falte. Sie sah aus, als würde sie mit der lachenden Gruppe nichts zu tun haben wollen. Vielleicht hatte ihr Mann sie gerade verlassen, oder sie fand keinen. Aus Omas Erzählungen kannte ich sie nicht.

Ich hätte es gern, sagte ich und legte es beiseite, ohne Claras Antwort abzuwarten. Es passte gut in meine Trödelmarktkistenfamilie. In das Gewürzregal würde ich sie stellen, diese griesgrämig dreinblickende Frau, zu meiner ständigen Erinnerung, dass ich so niemals werden wollte.

Als ich das Album mit den Russenhausfotos in die Hand nahm, fiel ein Foto heraus.

Du hast auch *das* Foto, sagte ich, das Foto von der Küchentür? Ich dachte, es wäre verschwunden!

Ich wusste gar nicht mehr, dass ich es habe, sagte Clara. Ich glaube, unsere Mutter hat es mir gegeben, nachdem wir das Russenhaus zurückhatten, damit ich weiß, wie es vor dem Krieg hier ausgesehen hat.

Ich sah das Foto in meinen Händen an, sah das Damals, als meine Oma und meine Mutter den Apfelbaum gepflanzt hatten, ging in den Flur und zog aus meinem Portemonnaie die Aufnahme, die ich gemacht hatte, ein Jahr nachdem Clara und Hannes eingezogen waren in das wieder aufgebaute Haus.

Ich hatte gestanden, wo einst mein Opa gestanden haben musste, und sah den Apfelbaum, der so riesig geworden war, dass nur noch das halbe Haus zu erkennen war, und Clara und Hannes, die gerade einen Süßkirschenbaum gepflanzt hatten, der eher wie ein Stock als ein Baum ausgesehen hatte, und dachte daran, wie ich gesagt hatte: Stellt euch doch mal an den Baum, zur Erinnerung, für später, und mir ein neues Foto geknipst hatte, das ich in mein Portemonnaie gesteckt hatte, damit ich es überall dabeihätte.

Ich schlug das Album auf, legte die beiden Fotos daneben und sah das Haus, wie es gewesen war, als die Russen abgezogen waren. Sah die halb abgebröckelte Fassade, halbe Fensterscheiben und ein halbes Dach.

Es war so trostlos, dass man sich nicht vorstellen konnte, wie man in diesem Haus wohnen konnte und wollte. Clara konnte und wollte es, nachdem das Haus an die Familie zurückgegeben worden war, dabei hatte sie es vorher nie gewollt. Aber ich hatte es schon immer gewollt, konnte es aber nicht haben. Deshalb lebte ich meist, wenn ich nach zweieinhalb Tagen von Clara nach Hause zurückkehrte, wie in einem Tagtraum, stellte mir vor, wie es wäre, wenn ich in Omas und Opas Haus leben würde, wie ich ihr Grundstück pflegen würde, wie ich dabei an ihre unterschiedlich erzählten Geschichten denken würde.

Clara dagegen plagten manchmal Albträume. In denen waren die Russen wiedergekommen, hatten einen Grund gefunden, sich in den renovierten Häusern noch einmal einzurichten, wie sie es nach Kriegsende getan hatten, um neunundvierzig Jahre zu bleiben, und diesmal für immer.

Als die Russen nach dem Krieg in die Häuser der Siedlung einzogen, hatte jeder gedacht, es wäre nur für eine kurze Zeit. Sogar Opa Richard hatte das geglaubt, als er drei Jahre nach Kriegsende aus Sibirien zurückkehrte. Die Geschichte, die er bei jedem Zusammentreffen erzählte, war natürlich eine andere als Omas Geschichte. Es sei ein schrecklicher Augenblick gewesen, als er in die eineinhalb Zimmer unweit des mit seinen eigenen Händen gebauten Wohnhauses ziehen musste. Er jammerte über sein schönes Haus, das hinter einer hohen Bretterwand verschwunden war, über seinen schönen englischen Kamin und seinen Blaubeerpflücker und darüber, dass Oma und Ursula allen möglichen Unsinn mitgenommen hatten, seinen Blaubeerpflücker aber vergaßen.

An dieser Stelle sagte Oma, sie habe ihn nicht vergessen, nur nicht so schnell gefunden, und außerdem hatte es geheißen, sie müssten nur für zwei Wochen raus, und in den zwei Wochen hätten sie den Blaubeerpflücker nicht gebraucht. Und dann ging das Gezanke los, über die Wichtigkeit von Blaubeerpflückern, Fotoalben und Federbetten. Dabei war der Blaubeerpflücker das Erste, was Opa später ersetzen konnte.

Ich blätterte weiter, fand ein Foto vom Wasserturm und dachte an Omas Geschichte, eine von denen, bei denen mein Vater jedes Mal gesagt hatte, er könne sie nicht mehr hören.

Opa stieg Ende der fünfziger Jahre jeden Sonntagvormittag zweihundertsechzig Stufen auf die Aussichtsplattform des Wasserturms, um den Hals ein Fernglas. Von dort oben sah er sich sein Haus und sein Grundstück an.

Oma meinte, dass Opa übertrieb mit seinen sonntäglichen Hausbetrachtungen. Opa fand das nicht, er fand, er müsste wissen, was ihn erwartete, wenn die Russen wieder abzögen, denn das könnte jeden Tag geschehen. Aber Oma sagte, dass es im Moment nicht nach Abziehen aussah, weil gerade wieder Krieg war, wenn auch ein Kalter.

Eines Sonntagvormittags ging Opa nicht mehr sein Haus anschauen, und Oma dachte, er hätte die Unsinnigkeit seines Tuns eingesehen. Aber dem war nicht so. Der Wasserturm war für Besucher gesperrt worden, weil hinter Opas Haus der Militärflugplatz anfing und die Russen Angst hatten, er wolle den Flugplatz ausspionieren.

Weil Opa von einem Sonntag auf den nächsten nicht mehr sein Haus sehen konnte, zogen sie um, obwohl Oma das keinesfalls wollte.

Sie zogen zwei Straßen weiter, näher an ihr Haus heran. Von dieser Wohnung im zweiten Stock konnte Opa von weitem die Rückseite des von ihm gebauten Hauses sehen und weiter Jahr für Jahr auf eine Heimkehr hoffen. Für Oma war es schrecklich, das Haus jeden Tag sehen zu müssen und nicht dorthin zu können. Doch Opa sagte, irgendwann müssten sie ja wieder abziehen, und bis dahin beobachtete er die russischen Offiziere mit ihren Familien, wie sie in seinem Haus ein- und ausgingen.

Er sah, wie die Kinder in seinem ehemaligen Gemüsegarten Fußball spielten, die Frauen und Männer sich bis in die späte Nacht hinein mit Wodka und Mundharmonika, mit Wodka und Lagerfeuer, mit Wodka und Akkordeon vergnügten.

Es täte ihm in der Seele weh, sagte er, aber sie gingen ja irgendwann.

Zu dieser Zeit wusste er noch nicht, dass er das Irgendwann nicht mehr erleben würde. Er sah seinen Apfelbaum, der Jahr um Jahr mehr blühte und mehr Früchte trug, sah ihn größer und größer werden, kam aber nicht an ihn heran.

Ein paar Jahre später stand er doch davor, weil er weiter gegangen war als bis zum Magasin, der Verkaufsstelle der Russen, die für Deutsche geöffnet wurde, wenn man noch nicht ausreichend Umsatz gemacht hatte oder das Verfallsdatum der Fischdosen vorgestern gewesen war.

Ein Deutscher fragte den Wachposten mit der Kalaschnikow: Magasin? Und wenn der Wächter nickte, konnte man durch das Metalltor mit dem roten Stern bis zum Magasin gehen und einkaufen, weil man dort immer etwas bekam, was es außerhalb der Mauer selten oder nie gab.

Es hieß, die Russen würden Waggons mit Gurkengläsern und Bananen und Radeberger Bier beschlagnahmen, die eigentlich für die Deutschen bestimmt wären. Irgendetwas musste an diesem Gerücht dran sein, da man diese Sachen fast nur dort kaufen konnte.

Wenn der erste Magasineinkäufer mit seinen Bananen und Gurkengläsern und Radeberger Bier, das es nur zusammen mit den überlagerten Fischdosen gab, wieder herauskam aus dem bewachten Gelände, sagte er allen, die er auf dem Weg traf, dass man heute im Magasin einkaufen konnte. Wenig später machten sich die anderen auf und kauften das, was sie woanders selten oder nie bekamen.

So auch Oma Elsa, aber einmal begleitete Opa Richard sie, obwohl einkaufen ansonsten Omas Aufgabe war. Nur wollte Opa nichts kaufen, Opa wollte etwas sehen, sein Haus. Es lag allerdings nicht auf dem Weg zum Magasin, sondern ein Stück weiter die Straße entlang.

So kaufte Oma alles ein, was es außerhalb der Mauer selten oder nie gab, zusammen mit den alten Fischdosen, und Opa ging inzwischen zu seinem Haus.

Es spielten Kinder auf seinem Grundstück, die *dawai, dawai* zu ihm sagten, das verstand er, das hatte er drei Jahre in Gefangenschaft gehört und hatte gedacht, es nie wieder hören zu müssen. Er sah sein Haus und seinen Apfelbaum, der gerade tausendfach blühte, und hatte genug gesehen.

Zu Oma sagte er, das Haus sehe von außen ganz verwohnt aus, sei aber noch zu retten, wenn die Russen bald gingen, und Äpfel könnten sie, Oma und er, eine Unmenge ernten.

Beim nächsten Einkauf im Magasin begleitete er Oma nicht mehr, weil er das, was er vorgefunden hatte, nicht so gut fand, und besser würde der Anblick nicht werden: Der Putz bröckelte, und die Fensterrahmen hätten dringend gestrichen werden müssen, und verzogen schienen sie auch zu sein. Und der schöne Metallzaun war weg, und die Betonpfeiler standen schief, als wäre jemand dagegengefahren.

Seitdem sagte Opa: Hätte ich das Haus mal lieber nicht von nahem gesehen, es sieht so alt aus, viel älter, als es ist.

Und Oma meinte: Habe ich doch gleich gesagt, und Opa erwiderte, sie hätte nur Angst gehabt mitzukommen, ein Stück die Straße weiter hoch, gesehen hätte sie es auch gern, und Oma sagte, dass das so nicht richtig wäre.

Noch einmal zogen sie um, weg aus der Wohnung, von der sie von weitem die Rückseite ihres Hauses sehen konnten, weil Opa fand, er hätte genug gesehen. Dieses Mal war es Oma recht.

Wenig später – es wusste hinterher weder meine Oma noch meine Mutter, was der Auslöser gewesen war – bekam Opa die Mauerkrankheit. Immer wenn er einer Mauer zu nahe kam, überfiel ihn ein Zittern in den Beinen, dass er sich kaum aufrecht halten konnte.

Als er zum Arzt ging, sagte der, die Beine seien es nicht, und der Kreislauf sei es nicht, also müsse es der Kopf sein. Aber Opa widersprach, seinem Kopf gehe es gut, der kriege ja nicht das Zittern. So ging es eine Weile hin und her, Opa sagte, er hätte es in den Beinen, und der Arzt behauptete, er hätte es im Kopf, bis Opa zu einem anderen Arzt ging. Der sagte, er verstehe ihn, ein Leben lang umgeben von Mauern, um das Gefangenenlager, um sein Haus und durch eine Mauer von seinen Eltern getrennt, da würde er auch so eine Krankheit bekommen.

Er verordnete ihm Tabletten, von denen Opa eine Weile herumlief, als wäre er gegen eine Mauer gelaufen, und gab ihm den Rat, so zu tun, als gäbe es keine Mauern. Was nicht klappte.

Aber der Arzt hatte eines Tages so getan, als gäbe es keine Mauern, war nachts nach Berlin gefahren und durch die Spree Richtung Westen geschwommen und hatte alle Mauern hinter sich gelassen.

Einen Tag später berichteten sie im Fernsehen, auf der Seite, wo der Arzt jetzt war, es sei wieder einem die Flucht gelungen, einem Arzt aus E. Um Opa herum sagten sie: So ein Verräter. Das sagte Opa nicht, obwohl er keinen Arzt mehr hatte, der Verständnis für seine Mauerkrankheit aufbrachte, und sein Leben lang auch keinen neuen fand.

Als die Wende kam und alle Mauern fielen, die in Berlin und die um sein Haus, sagte meine Mutter: Ständig hat er behauptet: Die Mauern fallen eines Tages, ihr werdet es sehen. Nie wollten wir es glauben, aber er hat recht gehabt. Es sei schade, dass er das nicht mehr erleben konnte.

Jetzt sah ich auf das Foto von der Küchentür und bedauerte, dass es bei Clara war, so wie alles bei Clara war, das Haus, das Blaubeerglas, Omas Rezeptheft und die Fotoalben.

Hast du Omas grüne Beweishefte auch, fragte ich und dachte: Wenn sie die hat, will ich sie haben, unbedingt. Ich wollte die Geschichten ihres Lebens nachlesen können, wollte wissen, was wann wo passiert oder nicht passiert war.

Aber Clara sagte: Welche Beweishefte?

Die, in denen steht, wer recht hatte und wer nicht, sagte ich.

Können es die gewesen sein, die Oma in ihrem Kachelofen verbrannt hat, kurz nachdem Opa gestorben war, weil sie meinte, sie brauche sie nun nicht mehr?

Ich sagte: Das müssen sie gewesen sein, legte das Foto des Hauses zurück in das Album, in das es gehörte, in die Erinnerungen von gestern, für die Kinder von morgen. Legte es zurück zu den Fotos, die unheimlich aussahen, und ich wusste, es war auch in Wirklichkeit unheimlich gewesen, weil es ringsum aussah, als wäre Krieg, und auf den Fotos hatte es ebenso ausgesehen, als wäre Krieg. Alles das war für immer festgehalten in diesem Album, und wenn die Kinder unserer Kinder hineinschauen würden, würden sie sagen, das war das, was übriggeblieben war, als die Russen abgezogen waren, damals, als die Mauer gefallen war, und dass es wie Krieg aussah, obwohl doch Frieden war.

Juli

Hanka war unangemeldet erschienen, seit einigen Wochen hatte sie sich nicht mehr sehen lassen, nur ab und zu angerufen und gefragt, was es Neues gäbe. Aber es gab nie etwas Neues. Jetzt sagte sie, sie wolle mal sehen, ob es Clara besser ginge, früher hätte sie nicht gekonnt, sie hätte so viele Schichten übernehmen müssen.

Sie drückte Clara, und dabei streifte ihre Tasche Claras nackten Arm. Ich wusste, dass es ihre berühmte Conger-Aaltasche war, und Clara wusste es auch. Das einzige Statussymbol, das sich Hanka geleistet hatte, nachdem aus der kleinen Firma ihres Mannes eine größere geworden war. Nur war es für Clara das falsche Statussymbol, denn Clara hasste Aal, egal, ob geräuchert, gebraten, in Aspik oder in Form einer Handtasche.

Ich sah, wie sie sich schüttelte, wie sich ihre Nervenenden zusammenzogen, sich alle Härchen aufrichteten.

Am Aalhassen war unser Vater schuld. Clara war zwölf gewesen, als er eines Sonntags mit einem Aal nach Hause kam, den er selbst gefangen hatte. Wir standen in der Eingangstür, Mutter, Clara und ich. Unser Vater hielt in der Hand einen Eimer mit Deckel, damit der Aal nicht entschwand. Aber als Vater in den Eimer griff und uns den zappelnden Aal entgegenhielt, entschwand er dann doch. Clara stand am nächsten, und das war ihr Verhängnis. Der Aal entwand sich den Händen unseres Vaters, rutschte in ihren Pullover und glitt ihren nackten Rücken hinunter auf den Fußboden. Sie schrie und schrie, sie schrie so lange, dass die Nachbarin aus der Wohnung gegenüber, eine Krankenschwester, Clara ohrfeigte, damit ihr Schreien aufhörte.

Hankas Tasche sah exquisit aus, mit ihren deutlich sichtbaren Mittelrippen. Ich versuchte die Mittelrippen in Gedanken aneinanderzureihen, um die Anzahl der Aale zu ermitteln, die für diese Tasche ihr Leben hatten lassen müssen. Kam auf drei und einen halben und fragte mich, ob es Aale in der ehemaligen Tongrube hinter den Häusern gab, in der Clara schwimmen ging an heißen Sommertagen. Aber sie hatte sich gewiss bei den angelnden Kindern erkundigt, was sie aus dem See fischten. Sie wusste, wie ich wusste, dass man aus dem größeren, der hinter dem kleinen lag, nichts fischen sollte, weil die Russen direkt neben dem See Öltanks in der Erde vergraben hatten, und es war bekannt, dass sie auch Öl in den See geleitet hatten und dass auch heute noch Öl in den See sickerte, denn es roch am See nach Öl.

Das Schild *Angeln verboten* stand stets nur einen Tag an der Stelle, an der die Angler saßen. Vielleicht wäre ein Schild *See verseucht* abschreckender gewesen. Aber ein *See-Verseucht*-Schild war noch nicht erfunden worden. Und so angelten die Männer Ölfische aus dem See, und ihre Frauen servierten diese Ölfische zum Abendbrot. Ölaale sicher nicht.

Trotz der Aaltasche bot Clara Hanka eine Tasse Kaffee an. Wir saßen in der Küche und hatten das Gefühl, dass uns der Gesprächsstoff abhandengekommen war. Wir hatten die Worte verloren, nicht so wie Mutter, sondern die Worte für die Situation verloren. Ein paar Höflichkeitsfloskeln: Wie es Clara gehe – gut – wie es im Garten wachse – auch gut. Warum Clara nicht wieder zu leben anfange.

Ich lebe, sagte Clara.

Sehr gut, sagte Hanka. Sonnabendabend ist eine Gartenparty bei mir.

Ich wusste, es war ihr Geburtstag, und sagte schnell: Ich komme gern, weil ich ahnte, dass Clara keine Lust hatte zum Feiern, wie sie auf nichts Lust hatte, seitdem Hannes gegangen war. Ich wollte mich nicht hinterher wieder ärgern, dass ich Hankas Party verpasst hatte, so wie Silvester. Und weil Clara nicht absagen konnte, weil ich bereits zugesagt hatte, musste sie die Einladung annehmen.

Ich freute mich auf die Party. Es war an der Zeit, einen neuen Mann kennenzulernen, und eine Gartenparty war dazu wesentlich besser geeignet als ein Sportfest, bei dem sich unsere Eltern kennengelernt hatten, deren Ehe bis zum Schluss ein Zusammenprall geblieben war, ebenso wie ihr Kennenlernen.

Beide hatten bei der Post gearbeitet, die Mutter am Schalter bei den Briefmarken, der Vater in Schichten bei den Päckchen. Bis zu dem Tag, als das Betriebssportfest stattfand, waren sie noch nicht aufeinandergetroffen.

Weil sie von einer Wespe in die Hand gestochen worden war und weil das der kürzeste Weg zum Wasserhahn war, rannte unsere zukünftige Mutter quer über die Aschenbahn mitten in den Hundertmeter-Endlauf der Männer. Auf der Hälfte der Strecke kam es zum Zusammenprall. Unseren zukünftigen Vater warf es aus der Bahn, unsere Mutter in die Bahn. Der Wespenstich war vergessen, weil jetzt das Gesicht unserer Mutter blutete, eine Platzwunde oberhalb der rechten Augenbraue. Unser Vater kam mit einem blauen Auge davon und einer Ehefrau, die eine winzige Narbe behielt, die sie als Kennenlernnarbe bezeichnete. Beide wurden von den herbeieilenden Sanitätern verarztet, dabei soll der Vater getobt haben, weil er Chancen gehabt hätte, Erster zu werden. Als Entschuldigung lud unsere Mutter ihn zu einer Tasse Kaffee ein.

Leider war dieser Zusammenprall zum Vorzeichen ihrer Ehe geworden. Sie prallten jeden Tag zusammen, weil der Vater nicht das richtig fand, was die Mutter richtig fand, und so fanden sie nie richtig zueinander. Es gab viele kleine und große Kämpfe außerhalb der Aschenbahn, die meist der Vater gewann. Nur bei Dingen, die Clara und mich betrafen, kämpfte unsere Mutter, und sie, die ansonsten ruhig war, wurde dabei laut und lauter, und dass jemand lauter wurde als er selbst, konnte unser Vater nicht ertragen. An diesem Punkt verschwand er, und die Tür flog krachend ins Schloss. Als Kind hatte ich Angst, dass er nicht wiederkäme, weil unsere Mutter jedes Mal sagte: Bestimmt kommt er jetzt nicht mehr heim. Aber er kam immer wieder zurück, und unsere Mutter sagte danach eine Weile nichts mehr, bis es erneut um uns Kinder ging. Diese Kämpfe dauerten bis zu dem Tag, als unseren Vater der Schlag traf, einen Tag nach dem Fall der Mauer. Ihre Ehe war dreiunddreißig Jahre lang so anstrengend gewesen wie ihr Kennenlernen auf der Aschenbahn.

Aber so etwas konnte mir auf einer Gartenparty nicht passieren.

Ich hatte in der Schule Russisch gelernt. Das mussten alle, ich aber wollte es. Wenn wir noch einmal in unser Haus kämen, wollte ich zu den Kindern auf Russisch sagen können: *Spassibo dlja Matrjoschki*. Als in der zweiten Klasse eine Lehrerin in die Schule kam, die mich wegen meiner Einsen für eine Russischsonderklasse aussuchte und meine Eltern diese Idee absurd fanden, bettelte und heulte ich. Ich bettelte und heulte so lange, bis sie ihre Zustimmung gaben. Also lernte ich ab der dritten Klasse Russisch, nicht erst ab der fünften wie Clara, die Russisch hasste, weil ihr die Buchstaben fremd waren und blieben und dieses rollende R auch, das ihr nie gelang. Clara wollte ja auch nicht in das Russenhaus, damals.

Als ich russisch schreiben konnte, hatte ich eine Brieffreundin, eine Natascha aus Baku, so wie damals alle aus meiner Klasse Brieffreundinnen und Brieffreunde hatten. Wir schrieben uns: Wie heißt du, wo wohnst du, wie gefällt dir deine Schule, wie heißen deine Freunde – die Fragen, die wir im Unterricht lernten. Als ich alles wusste, hatten wir uns nichts mehr zu sagen, Natascha aus Baku und ich.

Ich suchte mir eine neue Brieffreundin, Irina aus Moskau. Wieder flogen eine Weile blau-weiß-rot gestreifte Luftpostbriefe hin und her, bis wir wussten, wie die andere hieß, wo sie wohnte, wie ihr die Schule gefiel, wie die Freunde hießen, und als alles gesagt war, suchte ich mir Larissa aus Murmansk. Schließlich hatte ich keine Brieffreundschaft mehr, weil ich Fotos über Fotos mit Mädchen, die geflochtene Zöpfe und Schuluniformen trugen, in meiner Schublade liegen hatte, ohne noch einmal die Möglichkeit bekommen zu haben, in unser Haus zu gelangen, um mit den Russenkindern dort reden zu können.

Aber dann konnte ich doch noch mein Russisch anwenden. Wir wohnten in einer Plattenbausiedlung, die in den siebziger und achtziger Jahren gebaut und für die ein Kiefernwald gerodet worden war. Dort lebten auch Russen, Offiziere mit ihren Frauen und Kindern, weil zusammen mit neuen Raketen jetzt so viele im Land stationiert wurden, dass die Häuser, die sie schon besaßen, die hinter der Mauer, wie das von Opa und Oma, nicht ausreichten.

Weil trotz des gerodeten Kiefernwaldes und wegen der gekommenen Russen Wohnungen fehlten, bekam ich keine Wohnung, weder in einem Plattenbau noch sonst irgendwo. Deshalb wohnte ich noch bei meinen Eltern.

Die Russen und wir, Block an Block, was Ärgernisse mit sich brachte, denn die Russen lebten anders als wir. Wenn wir ins Bett gingen, wachten sie auf und sangen am Lagerfeuer bei Akkordeonmusik schwermütige Lieder, die um so schwermütiger wurden, je mehr Wodka sie tranken. Die Schwermut hallte wunderbar bei vier Blocks im Quadrat. Meine Mutter schloss vor dem Zubettgehen die Fenster, aber das half nicht, drinnen war es so schwermütig wie draußen, und die Schwermut war erst weg, wenn wir aufstanden.

Ich musste morgens um sechs Uhr mit dem Bus zur Arbeit fahren. Und weil ich jeden Morgen müde war und daran keine Schuld hatte, fiel mir mein Russisch wieder ein. Eines Nachts um drei ging ich hinunter in den Innenhof zu den singenden und tanzenden und trinkenden Männern und Frauen und den spielenden Kindern. Ich begann in meiner Russischwortschatzkiste zu kramen, fand freundliche Worte. Ich sei müde, jeden Morgen, weil es laut sei, jede Nacht. Ich musste in der Schule ein anderes Russisch gelernt haben als das, welches die Russen sprachen, die bei uns wohnten. Es blieb die Nacht hindurch laut und lustig und schwermütig. Danach versuchte ich es mit meinem Russisch beim Kommandanten, der für unseren Innenhof zuständig war. Aber es blieb laut jede Nacht, und ich blieb müde jeden Morgen. Und ich fragte mich, weshalb ich all die Jahre Russisch gelernt hatte, wenn es doch nicht bei der Verständigung half.

Seitdem hatte ich nie wieder Russisch gesprochen, nur einmal gelesen. Das war kurz nachdem Clara und Hannes eingezogen waren in das Russenhaus.

Aus der Nähe von Moskau war ein Brief gekommen, von den letzten Bewohnern aus Omas und Opas Haus. Sie hätten jetzt eine winzige Wohnung in einem ebenso winzigen Dorf, übersetzte ich, und es wäre ihnen in unserem Land, unserer Stadt und unserem Haus viel, viel besser gegangen als dort, wo sie jetzt wohnten.

Auf diesen Brief sollte ich nicht antworten, denn Clara hatte Angst, sie würden es schaffen, zurückzukommen in ihr Haus, das jetzt neu und nicht mehr wiederzuerkennen war, außer an der löchrigen Betonstraße davor und dem Apfelbaum dahinter.

Das war mein letzter Kontakt mit der russischen Sprache, und ich war mir sicher, dass mein Russischlernen vergeblich gewesen war, war mir sicher, ich würde es nie wieder brauchen.

Es wurde Sonnabend, und Clara gab mir mit jeder Geste zu verstehen, dass sie auf Hankas Geburtstagsfeier überhaupt keine Lust hatte. Ich jedoch wollte wieder mit jemandem ausgiebig reden können, was ich weder mit Clara konnte noch mit Maik, die nur einzelne Wörter oder ein paar Sätze mit mir sprachen. Bei Hanka würde ich, wie bei ihren Feiern üblich, viele Leute treffen, die unkompliziert miteinander umgingen.

Heute waren es etwa zwanzig. Sie standen in Grüppchen im Garten, ein Glas Sekt in der Hand oder ein Bier, und unterhielten sich. Clara trat zu einer Gruppe, in der ein etwa fünfzigjähriger rotgesichtiger Mann stand, dessen Name mir nicht mehr einfiel. Aber als er zu mir sagte, er freue sich, mich zu sehen, ob er mich kurz sprechen könne, und zum Zaun am Rhododendronbusch deutete, wusste ich wieder, wer er war: Manne, Dachdeckermeister mit eigener Firma in Berlin.

Hanka hat mir erzählt, dass du einen Job suchst, sagte er.

Ich bejahte und nippte an meinem Sekt.

Meine Sachbearbeiterin ist schwanger, ich brauche jemanden, bis sie wiederkommt, falls sie wiederkommt.

Ohne Bewerbung?, fragte ich.

Du müsstest Material bestellen und Rechnungen schreiben, traust du dir das zu?

Natürlich, sagte ich, das ist das, was ich all die Jahre getan habe.

Ohne dass ich gefragt hatte, nannte er das Monatsgehalt.

Ich fand es okay, wiederholte aber: Du kennst mich doch gar nicht.

Hanka hat dich empfohlen, versuchen wir es.

Was sollte ich darauf antworten? Ich hatte vierzig Bewerbungen geschrieben und zweiundvierzig Absagen erhalten, und nun kam ich, ohne mich zu bewerben, zu einem Job!

Ab wann?, fragte ich, unsicher, ob er es ernst gemeint hatte.

Montag um acht kannst du den Vertrag unterschreiben, den Montag darauf anfangen. Er drückte mir seine Visitenkarte in die Hand.

Ich bedankte mich, schaute auf die Visitenkarte und ihm dann erstaunt hinterher, als er zu seiner Gruppe zurückging. Da hatte ich zu Hankas Feier gewollt, um einen Mann kennenzulernen, und hatte stattdessen einen Job gefunden!

In der einen Hand ein halbleeres Sektglas und in der anderen die Visitenkarte, suchte ich mit den Augen Hanka. Sie stellte Schüsseln mit Salat auf das Terrassenbuffet. Sie nickte und ich nickte. Darauf ging ich zu ihr hinüber.

Ganz herzlichen Dank.

Bedanke dich nicht bei mir, sondern bei Manne.

Ich prostete erst Manne zu, was er nicht sehen konnte, weil er mir den Rücken zudrehte, und danach Hanka, die bereits wieder vom Buffet verschwunden war. Als mein Glas leer war, schaute ich nach, wo Clara abgeblieben war.

Ich fand sie im Haus. Sie stand in der Küche und stapelte Geschirr auf ein Tablett.

Mir ist etwas Wunderbares passiert, platzte es aus mir heraus.

Ach ja, sagte Clara.

Ich habe einen Job, sagte ich.

Ach, sagte sie, und wo?

Erschrocken dachte ich: Meint sie, ich hätte einen Job bei Felix?, schaute auf ihr Auge, wartete auf das Zucken und sagte: Bei Manne, und zeigte durch die Terrassentür nach draußen. In seiner Dachdeckerfirma.

Schön, sagte sie, es hörte sich ein klein wenig neidisch an. Sie stapelte weiter Teller auf das Tablett, und ich hatte das Gefühl, dass das Abstellen lauter geworden war. Weil draußen die Sonne schien und hier drinnen eine Wolke war, ging ich wieder hinaus.

Ich schlenderte im Garten umher, sah mir an, was wuchs, und fand eine rote und eine weiße Rose, die Wasser brauchten. Ich nahm eine Gießkanne aus der Geräteecke und wässerte erst die rote und danach die weiße Rose.

Ich mag auch Blumen, sagte jemand.

Neben mir stand ein riesiger Mann, zwei Meter groß, schätzte ich, er musste gerade gekommen sein, denn er überragte alle, und er wäre mir aufgefallen.

Karl, sagte er, ich bin Karl. Und du bist sicher Claras Schwester.

Er blickte mich an, und ich hatte den Eindruck, dass ihm gefiel, was er sah. Mir gefiel auch, was ich sah. Raspelkurze braune Haare, die sich oben zwar bereits etwas lichteten, aber Augen, die lachten.

Schade, dass du Silvester nicht kommen konntest, sagte er. Aber ich hatte gehofft, dich heute zu treffen.

Und da fiel mir auf, dass er ein wenig gebrochen Deutsch sprach, mit etwas, was ich gut kannte, dem rollenden russischen R.

Es stellte sich heraus, dass er nicht zwei Meter groß war, sondern nur eins zweiundneunzig, dass er Wladimir Karl hieß vor dem Fall der Mauer und nun Karl Wladimir. Karl nach Karl Marx und Wladimir nach Lenin, das hatte seine Großmutter Anna bestimmt. Wie sie auch bestimmt hatte, dass ihre gesamte Familie in ihr Heimatland zurückzog, das sie zwar noch nie gesehen hatte, aber als ihr Heimatland betrachtete, weil ihre Ururururgroßeltern in Deutschland gelebt hatten, bevor sie dem Aufruf von Katharina der Großen gefolgt waren. Aber die Geschichte könne seine Großmutter besser erzählen, meinte er.

Karl hatte in Russland Textildesign studiert, nach dem Studium jedoch keine Arbeit gefunden, weder in Russland noch in Deutschland. Inzwischen war er Verkäufer in einem Herrenmodegeschäft am Ku'damm. Statt Stoffe zu entwerfen, verkaufte er sie, fertig verarbeitet. Er habe herausgefunden, dass das auch spannend sei, denn zu jedem Mann passte ein bestimmter Stoff, und wenn er herausfand, welcher es war, und diesen den Kunden vorschlug, würden sie zufrieden den Laden verlassen, und er wäre es auch.

Du sprichst ein gutes Deutsch, sagte ich.

Vom Singen deutscher Kinderlieder, meinte Karl, und vom Lesen von Grimms Märchen und der Gedichte von Heine.

Ich lachte und sagte: Ich kenne russische Kinderlieder und Gedichte.

Ich kann die deutsche Nationalhymne singen, sagte er.

Welche?, fragte ich.

Auferstanden aus Ruinen und der Zukunft zugewandt, sang er, und ich erklärte, die könne er jetzt vergessen.

Wir schlenderten von den Rosen zum Buffet, beluden jeder einen Teller und stellten uns an eine Art Stehtisch, der aus einem Pfahl und einer Holzplatte bestand. Im letzten Winter hatte darauf ein Vogelhäuschen gestanden. Nur wir zwei hatten dort mit unseren Tellern Platz. Wir aßen gegrillte Würstchen mit Nudelsalat und redeten über Karls personenreiche Familie. Wir aßen Baguette mit Kräuterbutter und Tomaten mit Mozzarella und redeten über meine personenarme Familie. Als Karl unsere leeren Teller wegbrachte, wurde er von einem blonden Mann angesprochen. Inzwischen suchte ich Clara, fand sie aber nicht. Stattdessen traf ich Hanka, die in der Küche eine weitere Flasche Sekt öffnete, indem sie ein Geschirrtuch über den Korken gelegt hatte und ihn vorsichtig lockerte.

Clara ist bereits gegangen, sagte sie. Es scheint ihr aber ein wenig besser zu gehen.

Ein wenig, sagte ich. Es wird. Und dann sagte ich: Karl Wladimir ist interessant.

In diesem Moment kam Felix herein. Er sah verändert aus, als ob er ein paar Jahre übersprungen hätte, von gestern auf heute, er wirkte nicht mehr groß und rundlich, sondern schmaler und gebeugt.

Nachdem er die Küche mit zwei Flaschen Bier verlassen hatte, ohne etwas zu sagen, bemerkte Hanka: Es ist schwierig im Moment, die Aufträge sind weniger geworden, und deshalb schläft er kaum. Leider redet er mit mir nicht darüber, so wenig, wie er mit mir geredet hat, bevor er den Firmenanteil von Hannes gekauft hat.

Der Sektkorken ploppte leise unter dem Geschirrtuch. Hanka legte Korken und Tuch beiseite und sagte: Das Riesenrad Leben, im Moment ist es unten.

Ich hielt ihr mein leeres Glas entgegen, betrachtete Hanka und stellte fest, dass sie wie Felix etwas weniger rundlich war. Das wird wieder, sagte ich, selbst mit Clara geht es gerade bergauf.

Und dann ging ich zurück in den Garten, um Karl zu suchen. Er redete immer noch mit dem Blonden. Aber weil ein paar weitere Leute hinzugekommen waren, zwinkerte ich Karl zu und ging nachsehen, ob die Rosen, die ich gegossen hatte, sich erholt hatten. Das hatten sie getan. Vorsichtshalber goss ich sie noch einmal, und plötzlich war Karl wieder an meiner Seite. Später schlenderten wir über den Rasen vom Rosenbusch zum Rhododendronbusch, vom Flieder zurück zum Rosenbusch. Über uns hinweg flogen mehrere Sportflugzeuge, die auf dem ehemaligen Militärflugplatz hinter der Siedlung landen würden. Und ich war froh, dass es den Lärm, der Jahrzehnte in der Luft gewesen war, nicht mehr gab. Die sowjetischen Militärmaschinen hatten mehrmals am Tag die Schallmauer durchbrochen, besonders wenn wir abends Fernsehen wollten. Obwohl wir das Fenster schlossen, war das Fernsehhören nicht möglich gewesen, wenn die Flugzeuge über das Wohngebiet donnerten. Es hörte sich an, als wäre Krieg.

Dennoch gab es Leute, die träumten davon, dass der Lärm wiederkäme, weil sie sich Geld davon versprachen, obwohl es schon einmal nicht geklappt hatte, nicht mit dem Geld und mit den versprochenen Arbeitsplätzen auch nicht.

Nur für den Investor hatte es geklappt, der war mit mehreren Millionen nach Österreich entschwunden. Seitdem glaubten die meisten nicht mehr an viel Geld und auch nicht an Arbeitsplätze.

Nachdem das Feuer in der Schale verglüht war, um das die letzten Gäste gesessen hatten, fragte Karl beim Abschied nachts um halb zwei am Gartenzaun: Kann ich dich morgen, nein heute, korrigierte er, zum Essen einladen?

So schnell war noch niemand mit einer Einladung gewesen.

Ich wohne im Moment auch hier in der Straße Zum Samithsee, sagte ich und zeigte zum Straßenende und dachte, dass ich auch hätte sagen können: ehemals August-Bebel-Straße, ehemals Adolf-Hitler-Straße, ehemals Straße der Freundschaft. Ich war froh, dass heute für die Straße, in der erst Omas und Opas und jetzt Claras Haus stand, ein Name verwendet wurde, der nur auf den Samithsee verwies und kein Abbild politischer Verhältnisse sein sollte.

Und dann spazierte ich lächelnd die Straße August-BebelAdolfHitlerderFreundschaftZumSamithsee entlang, mit dem Gefühl, als ginge ich einen halben Meter über der löchrigen Betonstraße.

Ich lächelte noch am nächsten Morgen.

Was ist passiert?, fragte Clara. Hast du jemanden kennengelernt?

Nicht jemanden, sondern Wladimir Karl.

Einen Russen, sagte sie und sah mich misstrauisch an.

Karl Wladimir aus Berlin, sagte ich, und er hat mich heute zum Essen eingeladen. Heute, nicht morgen oder übermorgen oder demnächst, sondern heute!

Aha, sagte Clara, und das hörte sich immer noch misstrauisch an. Und dann fügte sie hinzu: Ich habe auch einen Job gefunden.

Aha, sagte ich und spazierte weiter lächelnd durch das Haus und die Treppe hinauf.

Willst du gar nicht wissen, wo?, fragte Clara, die mir gefolgt war.

Ich blieb mitten auf der Treppe stehen. Doch, sagte ich.

Auf Sylt, sagte sie.

Auf Sylt, wiederholte ich.

In einem Hotel in Westerland als Hilfsköchin.

Als Hilfsköchin?

Ich ging die Treppe weiter hinauf, setzte mich jedoch auf die oberste Treppenstufe, sah Clara an und sagte: Aber du kochst doch gar nicht gern.

Ich muss auch nicht kochen, nur Hilfsarbeiten verrichten, das kann ich gut, das musst du zugegeben.

Doch, doch, sagte ich. Niemand kann so schnell Kartoffeln schälen wie du. Aber meinst du, das ist das Richtige für dich? Und wie kommst du von Sonnabend auf Sonntag zu einem Job?

Übers Internet, sagte sie. In einer Woche kann ich anfangen.

In einer Woche, sagte ich und erschrak bei dem Gedanken, dass nun die Zeit gekommen wäre, aus Omas und Opas Haus auszuziehen. Und ich beschloss im selben Augenblick: Dieses Mal würde ich nicht gehen! Dieses Mal würde ich versuchen zu bleiben!

Ich muss dringend hier raus, sagte Clara und beschrieb dabei mit dem Zeigefinger einen Kreis um sich.

Liegt es an mir, fragte ich, oder an Maik?, obwohl ich es nicht fragen wollte.

Es liegt weder an dir noch an Maik, es liegt am Haus. Ich habe das Gefühl, dass dieses Haus mich nicht mehr will.

Wie soll ein Haus dich nicht mehr wollen?

Seit Hannes weg ist, kommen mir hier die Wände entgegen.

Na ja, sagte ich, wenn mir die Wände entgegenkämen, würde ich auch für eine Weile woandershin gehen. Und was wird mit dem Haus und dem Garten?, fragte ich.

Ich habe gerade Hannes' Eltern angerufen, sagte sie.

In diesem Moment dachte ich, ich würde nicht die Kraft haben, von der Treppenstufe wieder aufzustehen. Sie hatte nicht einmal in Erwägung gezogen, dass ich mich um Haus und Garten kümmern könnte! Ich hatte es doch bereits über ein halbes Jahr getan!

Sie würden am Montag kommen. Ihr Schwiegervater freue sich schon auf die Gartenarbeit, denn seinen Garten habe er im Januar auf Drängen seiner Frau abgeben müssen, weil es jetzt alles zu kaufen gebe. Was brauche man da einen eigenen Garten? Und ihre Schwiegermutter freue sich auch, weil sie hoffe, im Haus einen Hinweis auf Hannes' Verschwinden zu finden.

Es wäre schön, setzte Clara hinzu, wenn du noch eine Woche bleibst und schaust, dass meine Schwiegermutter mit ihrer Suche und ihren Verbesserungsvorschlägen nicht meinen Haushalt durcheinanderbringt.

Ich starrte Clara an und versuchte die richtigen Worte zu finden.

Das kannst du nicht machen!

Was kann ich nicht machen?

Deine Schwiegereltern brauchen nicht zu kommen. Ich kann genauso gut auf das Haus und den Garten aufpassen.

Ihre Stirn zog sich in Falten, ich sah, wie sie überlegte. Du willst das Haus immer noch!

Ich will nicht dein Haus, widersprach ich, ich will darauf nur aufpassen, solange du auf Sylt bist.

Das können meine Schwiegereltern ebenso, und bei ihnen bin ich mir sicher, dass sie wieder abreisen.

Ich reise auch jedes Mal wieder ab.

Weil ich es so will, weil ich nach zweieinhalb Tagen das Gefühl habe, dass du Stück um Stück das Haus in Besitz nimmst. Hier liegt was von dir und dort und überall. Und bevor deine Sachen neben meinen in meinen Schränken stehen oder liegen, bitte ich dich zu gehen.

Setzt du mich heraus, betonte ich.

Zu unser beider Wohl!

Es wäre zu unser beider Wohl, wenn du mich jetzt das Haus hüten ließest.

Sie sah mich an, ihre Augen blitzten, sie würde darum kämpfen, dass ich ging. Ich würde darum kämpfen, dass ich blieb. Diesmal würde ich kämpfen.

Ich stand auf von der Treppenstufe, es ging ganz leicht, stemmte beide Hände in die Hüften und sagte: Ich habe bereits einmal auf das Haus verzichtet. Kampflos, dachte ich. Und setzte hinzu: Dafür kannst du mich jetzt darauf aufpassen lassen.

Du willst es besetzen! Und Besetzer bleiben nach der Besetzung.

Das traf mich, denn Hannes hatte, wenn ich mit meinem Kummer erschien, jedes Mal gesagt: Die Hausbesetzerin ist wieder da!

Und nun warf Clara mir diese Beleidigung vor die Füße.

Ich hob sie nicht auf.

Ich habe dein Haus gar nicht nötig, ich fahre noch heute, sagte ich, drehte mich um und ging ins Bad.

Es waren mindestens fünf Minuten vergangen, so kam es mir vor, als ich die oberste Treppenstufe knarren hörte. Clara erschien in der Badtür. Ich saß auf dem Badewannenrand, meine bereits gepackte Waschtasche auf dem Schoß.

Clara hatte mich in den letzten Monaten gebraucht, und nun brauchte sie mich nicht mehr. Wie damals, als sie Hannes kennengelernt hatte. Es war Zeit, zu gehen.

Doch Clara sagte: Vielleicht, vielleicht sollten wir es versuchen.

Ich hatte nicht vor, ihr eine Antwort zu geben.

Ist vielleicht die bessere Variante, sagte sie, meine Schwiegermutter bringt sicher noch mehr durcheinander als du.

Und dann fügte sie hinzu: Als Erstes sind im August die Äpfel reif.

Ich schob mich an ihr vorbei aus dem Bad. Nachdem Clara die Treppe wieder hinuntergegangen war, wobei die oberste Treppenstufe geknarrt hatte, wie sie im letzten halben Jahr jede Nacht geknarrt hatte, als Clara durch das Haus gewandert war, und die jetzt nicht mehr nachts knarren würde, dachte ich: Ich kümmere mich um Omas und Mutters Äpfel, nicht um Claras. Ich stellte meine Zahnbürste und Creme und meine Schminksachen zurück auf die Ablage über dem Waschbecken und folgte ihr in die Küche.

Wie lange bleibst du weg?, fragte ich.

Sie begann zu lachen. Es war zu etwas Fremdartigem geworden, ihr Lachen, deshalb erschrak ich. Sie lachte und konnte nicht aufhören. Ich wurde ärgerlich. Da ich kein zuckendes Augenlid hatte, mit dem ich ihr das zeigen konnte, sagte ich: Was ist daran so lustig, Clärchen?

Ich habe dir drei Minuten Zeit gegeben, bis du diese Frage stellen würdest, und zwei sind um. Sie lachte und lachte, und ich ging.

Als ich die knarrende Treppenstufe erreicht hatte, rief Clara aus der Küche: Bis Ende August, und sag nicht Clärchen zu mir, ich hasse das.

Karl klingelte am Abend genau um sechs Uhr, als hätte er bis zur letzten Sekunde gewartet. Später sagte mir Clara, dass er zehn Minuten im Auto gesessen hatte.

Er brachte mir eine rosa Rose mit, und ich musste an unsere Mutter denken, die jetzt von Clara und mir rosa Rosen bekam anstatt von Hannes.

Hallo, ich bin Karl, sagte er zu Clara, und sie sagte: Ich habe euch gestern Abend gesehen, kurz bevor ich gegangen bin. Es sah aus, als wolltet ihr allein sein. Dabei lachte sie, so wie sie plötzlich oft lachte.

So auffällig war das?, fragte ich.

Mehr als nur auffällig, sagte sie und wünschte uns viel Spaß.

Den hatten wir. Karl war mit mir zu einem Griechen gefahren, dort hatten wir einen Zweiertisch in einer Ecke gefunden. Wir redeten und redeten, und zwischendurch aßen wir auch etwas, wobei ich hinterher nicht mehr sagen konnte, was es gewesen war.

Karl erzählte von Großmutter Anna. Wie sie darauf bestanden hatte, dass alle mitkamen nach Deutschland, in ihr fremdes Heimatland. Ihre zwei Kinder mit Familien und ihre Schwester mit Familie.

Als ich wissen wollte, woher genau die Familie in Deutschland stammte, sagte Karl: Die Geschichte kann ich Großmutter Anna nicht wegnehmen, die will sie dir selbst erzählen, am nächsten Sonnabend zum Kaffee.

Du hast ihr von mir erzählt?, fragte ich. Wir sind uns doch gestern das erste Mal begegnet.

Er lachte. Ich kenne dich schon etwas länger, du bist die kleine Schwester, die im Moment ihrer großen Schwester Gesellschaft leistet. Das hat mir Hanka erzählt. Und dass Felix wohl einen Teil dazu beigetragen hat, dass es jetzt so ist, wie es ist.

Beim Abschied auf der löchrigen Betonstraße gab er mir einen Kuss auf die Wange, sagte: Ich freue mich auf nächsten Sonnabend bei Großmutter Anna, stieg in sein Auto und fuhr winkend davon.

Weil es kurz vor Mitternacht war und ich dachte, Clara schliefe, schlich ich ins Haus. Aber Clara schlief nicht. Sie trat aus dem Kaminzimmer, in der Hand ein Buch, und fragte, wie es gewesen sei.

Anders, so ganz anders, sagte ich, mit nichts zu vergleichen. Und dachte, dass Vergleichen überhaupt unsinnig war, weil sich nichts vergleichen ließ, weil Vergleichen nie etwas Gleiches ergab.

Ich tänzelte die Treppe hinauf und ins Bett und dachte an diesen merkwürdigen Zufall, dass mein Leben wieder und wieder mit etwas Russischem in Berührung kam, wo ich doch gedacht hatte, jetzt wäre die Mauer weg und alles Russische auch.

Und mir fiel ein, dass es eine Zeit gegeben hatte, in der meine Mutter gegen alles Russische gewesen war. Sie war dagegen, dass ich ab der dritten Klasse Russisch lernte. Dagegen, dass ich in der achten in die DSF eintrat, obwohl man ein Außenseiter war, wenn man es nicht tat. Ich wollte kein Außenseiter sein, und meine Mutter wollte keine Deutsch-Sowjetische Freundschaft, wegen Omas und Opas Haus, wegen der abendlichen Flugzeuge, die das Fernsehhören unmöglich machten, und wegen der Russenfrauen, die das Besondere in den Geschäften wegkauften, und deshalb sagte sie: DSF? Nein!

Aber Clara durfte, sagte ich heulend, und meine Mutter entgegnete, vor fünf Jahren wäre es besser gewesen, und meinte damit, dass es mehr in den Geschäften zu kaufen gegeben hätte.

Ich heulte, weil es mir egal war, was es in den Geschäften zu kaufen gab oder nicht, ich heulte, weil ich nicht als Einzige aus der Reihe tanzen wollte.

Ich muss, sagte ich, und dass alles ganz harmlos wäre, ein paar Pfennige Mitgliedsbeitrag und ein paar Treffen mit den Freunden, und Russisch hätte ich bereits seit der dritten Klasse, und jetzt könnte ich die Sprache endlich anwenden.

Ich heulte, bis Clara zu unserer Mutter sagte, das könne sie mir nicht antun, damit mache sie mir das Leben schwer. Mir das Leben schwermachen wollte meine Mutter nicht, und so durfte ich doch ein Freund der Russen sein und in die DSF eintreten.

Am Montag fuhr ich nach Berlin, zu Manne, meinem neuen Arbeitgeber. Ich war froh, dass Clara mich vor ein paar Wochen gezwungen hatte, mit dem Auto zum Ku'damm zu fahren. Auch jetzt fand ich zwar nicht auf Anhieb die Straße, in die ich wollte, hatte aber das Gefühl, weniger Umwege gefahren zu sein als üblich. Ich kam sogar früher als vorgesehen an. Da ich zu früh kommen genauso unpünktlich fand wie zu spät kommen, stellte ich mein Auto auf einem Parkplatz im Gewerbegebiet ab und schlenderte durch eine alte Villenkolonie. Ging einen Hohen Weg und einen Neuen Weg und einen Weg zu Quelle entlang und fragte mich, ob diese Straßennamen ebenso ein Abbild der Verhältnisse gewesen waren wie bei der Straße, in der Clara jetzt wohnte. Aber vielleicht hatten die Straßen, die ich entlangspazierte, auch von Anfang an diese unverfänglichen Namen getragen.

Am Ende des Neuen Weges kehrte ich um.

Nachdem ich an der Tür der Firma geklingelt hatte, trat mir eine schwangere Frau von Anfang dreißig entgegen.

Sie sei Kira.

Als ich ihre Aussprache hörte, fragte ich, ob sie aus Russland sei.

Eine Cousine von Karl, antwortete sie mir, und sie habe gehört, wir würden uns am Sonnabend bei Großmutter Anna treffen.

Ach, sagte ich.

Es kommen alle, sagte sie.

Als ich nachfragen wollte, wer *alle* waren, bat mich Manne in sein Büro.

Nächsten Montag könne ich anfangen, sagte er noch einmal und schob mir den Arbeitsvertrag über den Schreibtisch. Kira werde mich einarbeiten.

Ich las den Arbeitsvertrag von vorn bis hinten, versicherte mich zweimal, dass auch mein Name auf dem Papier stand, ehe ich unterschrieb, immer noch ungläubig darüber, dass ich einen Job gefunden hatte, ohne zu suchen.

Als die Bürotür leise hinter mir zugeschnappt war, warf ich den Arbeitsvertrag in die Luft und wollte ihn wieder auffangen. Das oberste Blatt segelte auf den Boden. Ich hob es auf, legte es sorgfältig auf die übrigen Seiten und verließ das Gebäude. Ich stieg ins Auto, legte meinen Vertrag auf den Beifahrersitz und fuhr weiter, vom Berliner Stadtrand in eines seiner Zentren, zum Ku'damm, zum Herrenmodegeschäft, zu Karl.

Nachdem ich mein Auto diesmal sofort im Parkhaus untergestellt hatte, wobei mir die Kurven der Auffahrt etwas geräumiger erschienen, lief ich über den Ku'damm, vorbei an Einkaufenden mit großen und kleinen Tüten, die heute mehr Deutsch als Englisch oder Russisch sprachen.

Karl hatte mir erklärt, wo er arbeitete, genau gegenüber von einem ehemals berühmten Café.

Ich fand das Geschäft sofort, stellte mich vors Schaufenster und sah hinein. Ich erblickte einen Karl in einem dunklen Anzug, weißen Hemd und mit dezenter Krawatte, einen Karl, den ich so bisher nicht kannte und fast nicht erkannt hätte. Er wirkte elegant, fast ein wenig zu fein, und natürlich passte der Anzugstoff wirklich zu ihm.

Ich trug weiße Jeans und ein rotes ärmelloses Top. Als ich den Ku'damm entlanggelaufen war, hatte ich überlegt, ob ich in das Geschäft hineingehen sollte. Eintreten in eine für mich fremde Welt, in Karls Anzugswelt. Ich hatte bereits einmal Bekanntschaft mit dieser Welt gemacht. Leider keine gute. Jörg war Abteilungsleiter in einer Bank gewesen. Er hätte über zwanzig Leute zu bestimmen, hatte er behauptet. Was ich ihm glaubte, weil er kurz nach unserem Kennenlernen auch über mich bestimmt hatte. Was ich anzuziehen hätte, was ich wie zu kochen hätte, wo ich besser nicht einkaufte. Als ich anfing mich dagegen zu wehren, besaß er plötzlich eine Frau und zwei Kinder.

Er war gegangen, jedoch ohne seine Anzüge. Die hole er ein paar Tage später ab, hatte er gesagt. Aber nachdem er die Tür zugeschlagen hatte, fand ich den Zettel mit dem Aufruf für die Altkleidersammlung in meinem Briefkasten.

Jetzt beobachtete ich Karl mit seinen Anzügen, er trug seinem Kunden einen in eine Kabine, blieb unweit davor stehen und wartete. Der Mann trat heraus, der Anzug aus seinem zu ihm passenden Stoff, einem hellen Grau, stand ihm hervorragend. Auch dem Kunden schien er zu gefallen, denn er ließ sich Sekunden später die Hosenbeine abstecken, die zu lang waren.

Ich wandte mich von der Schaufensterscheibe ab, holte mein Auto aus dem Parkhaus und fuhr ins Russenhaus zurück, das jetzt kein Russenhaus mehr war. Das jetzt das Haus von Clara und Hannes war. Und weil Hannes noch nicht zurück war, von wo auch immer, war es im Moment das Haus von Clara und mir. Und in ein paar Tagen wäre es mein Haus, wenigstens vorübergehend, weil ich aufpassen durfte auf Blaubeerglas, Rezeptheft, Foto und Haus. Das Haus, dessen Geschichte Oma und Opa unterschiedlich erzählt hatten, so unterschiedlich erzählt, dass sie sich zankten, wer recht hätte, und Oma ihre Beweishefte aus der Schublade des Wohnzimmerbuffets suchte, manchmal den Beweis trotzdem nicht fand in all den fortlaufenden Heften, in die sie Tag für Tag und Jahr für Jahr hineingeschrieben hatte, was passiert war in der Familie. So dass Opa sagen konnte: Wusste ich es doch, ich habe recht. Was Oma die halbe Nacht schlecht schlafen ließ, weil sie in ihren Träumen das Beweisjahr und den Beweistag suchte und auch fand. Aber Opa sagte: Wer weiß, ob du es richtig hineingeschrieben hast. Denn als Oma anfing, ihre Beweishefte zu führen, Anfang der fünfziger Jahre, hatte sie die wichtigsten Begebenheiten aus den Vorjahren aus dem Gedächtnis auf den ersten Seiten eingetragen. Dabei waren ihr in der Tat ein paar Daten durcheinandergeraten.

Den Rest der Woche bis zu Claras Abreise verbrachte ich singend und durch das Haus tanzend, so dass Maik bemerkte, ich wäre nicht ganz normal, was ich auch fand, und das wunderte ihn noch mehr. Clara lief im Haus umher, als wollte sie die ganze tatenlos versessene Zeit des letzten halben Jahres aufholen. Sie ordnete Unterlagen, packte Taschen und Koffer, als hätte sie vor, für immer auszuziehen, und schrieb eine Liste, die ich erschreckend lang fand, besonders weil sie für mich bestimmt war. Es war beinahe eine ganze Schreibblockseite, und sie war noch nicht fertig, wie Clara sagte, aber ich schaute doch darauf.

Punkt eins: *Mutter besuchen, am ersten Mittwoch im Monat Mensch-ärgere-dich-nicht-Runde*.

Ich musste sie ja nun allein besuchen, deshalb fragte ich: Was soll ich ihr antworten, wenn sie nach dir fragt und nicht versteht, wo du bist, so wie sie immer nach Hannes fragt und nicht versteht, wo er ist?

Du wirst ihr jedes Mal aufs Neue sagen, dass ich auf Sylt bin und dort arbeite.

Nur wird sie das nicht verstehen, sagte ich.

Glaubst du, sagte Clara.

Das weiß ich!

Worauf hatte ich mich nur eingelassen, mit der Mensch-ärgere-dich-nicht-Runde ohne Clara und dieser langen Liste, auf der noch wer weiß was stehen konnte.

Aber da hatte sie mir Clara bereits aus der Hand gerissen mit der Bemerkung: Das erkläre ich dir Sonnabend, bevor ich fahre.

Schon am Sonnabend?, fragte ich. Du musst doch erst Montag anfangen zu arbeiten.

Wenn du dich allein fühlst, kannst du meine Schwiegereltern anrufen. Sie kommen sofort.

Am Mittwoch fuhren wir ein letztes Mal zusammen ins Pflegeheim. Unterwegs kauften wir die rosa Rose.

Im Aufenthaltsraum fanden wir die Mensch-ärgere-dich-nicht-Runde bereits am runden Tisch, als hätten sie schon länger dort gesessen und auf uns gewartet, unsere Mutter und Lila und Friedrich im Rollstuhl. Das Spielbrett war aufgebaut. Und nachdem wir sie begrüßt und uns gesetzt hatten, schob Lila mir ihre blauen Spielfiguren entgegen und unsere Mutter Clara ihre grünen. Ich stutzte und blickte Clara an. Als würden sie ahnen, dass sich etwas änderte, für sie und für uns.

Und dann bemerkte ich, dass sich bereits etwas geändert hatte, Lila hatte ihre Augenlider blau und die Lippen dunkelrot geschminkt, und dazu trug sie Ohrringe, in denen ein blauer Stein glitzerte.

Sie erinnerte mich an die Russenfrauen beim Anstehen vor den Geschäften. Stark geschminkt und mit Schmuck behängt, die Haare frisiert, als wollten sie sofort nach dem Einkaufen tanzen gehen. Dazu umgab sie eine süßlich schwere Parfümwolke. Wenn man die Russenfrauen nicht sofort sah, roch man sie.

Ich war froh, dass Lila sich nicht auch noch parfümiert hatte. Weil ich sie länger ansah als gewöhnlich, sagte sie: Ich bekomme Besuch, meine Tochter aus München.

Wie schön, sagte ich.

Aber statt zu antworten, begann sie zu würfeln.

Lila und unsere Mutter teilten sich nun die roten Spielsteine, mit denen Clara und ich bisher gespielt hatten, und aus irgendeinem Grund spielten alle, ohne zu schummeln, aber trotzdem unter viel Gelächter, und Clara gewann. Clara hatte noch nie gewonnen, nicht beim Mensch-ärgere-dich-nicht-Spielen im Pflegeheim.

Ich hatte unsere Mutter lange nicht mehr so glücklich gesehen wie an diesem Nachmittag. Ihre Augen leuchteten und ihre Wangen waren gerötet, als sie Clara beim Abschied drückte.

Vielleicht verstand sie doch mehr, als wir alle dachten, vielleicht hatte das Verstehen vielerlei Gesichter. Eines, das man sieht, eines, das man fühlt, und eines, das man ahnt.

Am Sonnabend, beim vorerst letzten gemeinsamen Frühstück, lag neben meiner Kaffeetasse Claras lange Liste, die noch länger geworden war, eine Schreibblockseite mit zwölf Punkten.

Punkt eins der Liste kannte ich, die anderen überflog ich ... Äpfel ernten ... Post nachschicken ... Pflanzen im Haus gießen ...

Als Letztes stand: *Nach dem Blaubeerglas sehen*.

Mache ich gern, sagte ich und tippte auf den letzten Punkt. Den Rest kriege ich auch hin.

Bevor sie fuhr, rief Clara Fritzi an. Sie habe mir eine lange Liste hinterlassen, nein, Hannes habe sich noch nicht gemeldet, und sie werde anrufen, wenn sie angekommen sei.

Danach rief sie ihre Schwiegereltern an. Den Garten würde ich allein schaffen, versicherte sie ihrem Schwiegervater, er brauche nicht zu kommen. Nein, Hannes habe sich noch nicht gemeldet, nein, sie brauchten sich keine Gedanken zu machen, ihm sei wirklich nichts passiert. Woher sie das wüsste? Das hätte sie im Gefühl.

Ach, dachte ich, das hat sie mir gar nicht erzählt. Wie viel hat sie mir noch nicht erzählt, und was würde sie mir überhaupt noch erzählen?

Sie erzählte mir nichts mehr, bis sie abfuhr mit einem Gepäck, als würde sie für immer fortgehen.

Dann war ich allein, allein mit Haus und Garten und langer Liste.

Clara war auf dem Weg nach Sylt, Maik bei einem Freund, und auch ich verließ das Haus, um einen Blumenstrauß für Großmutter Anna zu kaufen und eine rosa Rose, die ich ins Pflegeheim brachte. Meine Mutter schlief, und ich wollte sie nicht wecken. Sie würde die Rose finden, nach dem Aufwachen, und sagen: Hannes ist hier gewesen.

Karl klingelte wie beim letzten Mal pünktlich auf die Minute, und ich war mir sicher, dass er wieder im Auto gewartet hatte.

Hallo, sagte er und küsste mich auf die Wange.

Ich hatte zu Maik gesagt, er müsse nicht zur Tür rennen, wenn es klingele, und außerdem hatte ich mir uncoole Bemerkungen, wie er es nannte, verbeten. Aber Karl sagte: Ich würde gern deinen Sohn kennenlernen, vielleicht will er ja mitkommen.

So rief ich: Maik, komm doch mal bitte. Er war so schnell bei uns, als hätte er hinter der nächsten Tür gestanden, sagte: Hallo, und: Mann, sind Sie riesig, und zu mir: Scheint ganz cool zu sein.

Karl lachte und sagte: Pfiffiges Bürschchen. Möchtest du mitkommen zu Großmutter Anna?

Maiks und meine Blicke trafen sich.

Ich habe heute schon eine Verabredung, sagte er, aber das nächste Mal gern.

Die Autofahrt kam mir kurz vor, weil Karl mich so viel fragte, weil ich so viel erzählen musste, von Maik und seinen Ausflügen in den einsturzgefährdeten Baracken und Häusern.

Wie groß die Wohnung im Prenzlauer Berg war, habe ich nicht erfasst, es waren zu viele Leute darin. Es schienen alle da zu sein, die zur Familie gehörten. Ich sah Kira, die mich aufmunternd anlächelte, und dann wurde ich zu Großmutter Anna durchgeschoben.

Ich wollte in meiner Russischwortschatzkiste wühlen, die ich jedoch verschlossen und eingestaubt vorfand, und als ich sie geöffnet hatte, war alles zusammengeschrumpft wie Oma Elsas Blaubeeren im Kellerregal.

Eine kleine gedrungene Frau lächelte mich an. Auffälligstes Merkmal waren ihre blauen Augen. Sie strahlten vor lauter Blau. Kein kühles, durchdringendes, sondern ein warmes. Oma Elsa hatte auch so blaue Augen gehabt, die zwinkerten, wenn sie mich in den Arm nahm, so wie jetzt Großmutter Anna, die sagte: Guten Tag, und ich sagte: *Dobry den*, und sie sagte: Willkommen, und ich sagte: *Spassibo*, und suchte in meiner Russischwortschatzkiste, um zu sagen, dass ich mich über die Einladung gefreut habe, fand Fragmente, aber Großmutter Anna sagte: Lass uns deutsch reden.

Ich überreichte ihr den Blumenstrauß, wofür ich noch einmal umarmt wurde.

Als Karl mich weiter zu seinen Eltern zog, sah ich auf einer Kommode Fotos über Fotos stehen, in kleinen Rahmen und großen und mittleren, vergoldeten, braunen, holzfarbenen. Darin kleinere Mädchen mit langen geflochtenen Zöpfen, größere mit um den Kopf gelegten, kleine Jungen kurz geschoren. Viel mehr Fotos, als bei mir zu Hause in Rahmen standen und dort auf mich warteten.

Sind das alles Familienmitglieder?, fragte ich Karl.

Ganze Familie, antwortete mir Großmutter Anna. Sie zeigte auf eine verblichene Aufnahme, ein kahlköpfiges Baby auf dem Schoß der Mutter, der Vater stehend daneben. *Mamotschka*, sagte sie liebevoll und: *otjez*.

Karls Vater war ein großer schlanker Mann, der Pfeife rauchte und wortkarg war und es auch blieb und von dem Karl mir gesagt hatte, dass er mit dem neuen Land Probleme habe. Es sei alles so anders als in Russland, und eigentlich hätte er gedacht, das würde nie was mit der Ausreise, und dann wurde es doch was, und jetzt fand er sich schlecht zurecht.

Karls Mutter war eine kleine runde Frau, die mich den gesamten Nachmittag lang beobachtete. Ich spürte ihren Blick, doch jedes Mal, wenn ich zu ihr hinsah, sah sie an mir vorbei.

Dann wurde ich den großen Nataschas und Wolodjas und Ljudmilas und den kleinen Nataschas und Wolodjas und Ljudmilas vorgestellt, und anschließend aßen wir süßen Kuchen und tranken Tee, der mit Wasser aus einem goldfarbenen Samowar gebrüht wurde, wie ich ihn vor Jahren auf der Holzkiste im Russenhaus gesehen hatte und bei Treffen mit sowjetischen Kindern und später als Erwachsene bei Treffen mit sowjetischen Soldaten. Die Soldaten schienen damals froh zu sein, einmal herauszukönnen aus der Kaserne, hatten schwermütige Lieder zur Balalaika gesungen, und zusammen hatten wir süßen Tee getrunken so wie jetzt. Damals hatte es sich Deutsch-Sowjetische Freundschaft genannt.

Ich fragte Karl leise, wie viele Leute in dieser Wohnung wohnten, weil ich gehört hatte, dass russische Familien alle zusammenlebten, und weil in unserem Russenhaus zwei Familien gewohnt hatten, obwohl eigentlich nur Platz für eine gewesen war. Aber ich hatte nicht leise genug gefragt.

Drei Leute, sagte Großmutter Anna, mein Sohn, seine Frau und ich, dabei sah sie zu Karls Eltern, obwohl es Platzverschwendung wäre, in Russland hätten alle, die heute hier wären, in diese Wohnung gepasst.

Karl lachte. Gepasst ja, aber wie? Nein, nein, sagte er, jetzt ist es viel besser.

Großmutter Anna widersprach ihm. Alle wären über die ganze Stadt verteilt, nicht in ihrer Nähe.

Karl flüsterte mir ins Ohr: Glaube ihr kein Wort, wir wohnen alle nur ein paar Minuten Fußweg entfernt, aber das ist ihr nicht nah genug.

Nach dem süßem Kuchen und Tee begann mir Großmutter Anna ihre Familiengeschichte zu erzählen, ohne dass es um mich herum ruhiger wurde. Ich verstand sie so schlecht, dass ich leise zu Karl sagte, sie könne mir die Geschichte auch später erzählen.

Sie erzählt sie gern, sagte Karl, spätestens nach dem dritten Satz wird es still.

Karl hatte recht. Großmutter Anna warf einen mahnenden Blick über ihre Verwandtschaft, und nun konnte ich sie verstehen.

Großmutter Annas Ururururgroßvater war der dritte Sohn einer Bauernfamilie in der Pfalz gewesen, Paul Meier hieß er. Paul wollte gern Bauer sein, aber da er der Drittgeborene war, konnte er den Hof nicht erben. Da kam ihm der Zufall zu Hilfe in Gestalt von Katharina der Großen, die Zar Peter III. von Russland geheiratet hatte. Katharinas neue Heimat besaß jede Menge Land, das nicht bewirtschaftet wurde, und sie wusste, dass es in ihrer alten Heimat den dritten Söhnen daran fehlte. So begann sie ihre Landsleute anzuwerben, übernahm die Reisekosten, finanzierte den Start, versprach Steuererleichterungen, Religions- und Wehrdienstfreiheit.

So siedelte sich Ururururgroßvater Paul mit seiner Frau Marie am linken Wolgaufer an, an der Wiesenseite. Er gehörte zu einer Kolonie von Ackerbauern, die jeder ein Stückchen Land urbar machten und bewirtschafteten. Man sprach Deutsch, sang Deutsch und hörte sonntags in der Kirche deutsche Predigten. Es ging ihm gut unter Katharina der Großen. Er bekam drei Söhne, die auch alle Land erhielten.

Es ging ihnen gut und ihren Kindern ebenso, bis die Deutschen die Sowjetunion überfielen und alles Deutsche verboten wurde, Museen, Theater, Zeitungen und ebenso das Deutschsprechen. Aus Großmutter Annas Vater Peter Meier wurde Pjotr Meierow, und wie die anderen Männer mit ehemals deutschen Namen wurde er in eine Arbeitsarmee verpflichtet, und Stalin verbannte die deutschen Kolonisten »auf ewig« von ihren Höfen und der Wolga.

In ihrer Familie war jeder Vierte gestorben, sagte Großmutter Anna, als hätte man abgezählt. *Urod, urod, urod,* fluchte sie.

Die, die ankamen in Sibirien, vergaßen ihre Höfe nie, und es ging ihnen auch nie mehr gut. Wie gern wären sie jetzt zurückgekehrt nach Deutschland und in die Pfalz, aber das ging wegen des Krieges nicht, weil die Deutschen zu Feinden geworden waren.

Als ein Teil der Deutschen keine Feinde mehr waren, ging es auch nicht, weil sie jetzt Freunde waren. Erst Anfang der siebziger Jahre wurde den Russlanddeutschen zugesagt, dass sie ihren Wohnsitz frei wählen und Anträge zur Ausreise stellen könnten.

Das tat Großmutter Anna, denn ihr Mann Igor war gerade gestorben, und sie meinte, es würde ihr und ihren Kindern in der Heimat ihrer Vorfahren bessergehen. Einen Tag nachdem sie den Antrag gestellt hatte, fand sie sich am Schwarzen Brett ihres Dorfes und der Kolchose, in der sie arbeitete, wieder.

Anna Petrowna Romanowa will mit ihren Kindern Marija und Andrej unsere siegreiche Sowjetunion verlassen.

Danach traf sie in der Kolchose und im Dorf auf vernichtende Blicke, Raunen und Neidgeflüster. Und weil sie das alles nicht ertragen konnte, weil sie bereits das Leid der Trauer tragen musste, zog sie ihren Antrag zurück.

Aber Mitte der achtziger Jahre verkündete ein neuer Mann neue Ideen und der Kalte Krieg endete.

Und jetzt sind wir alle hier, sagte sie. Wir sind nicht in die Pfalz zurückgekehrt, das geht nicht, wurde uns erklärt, doch dann lächelte sie und sagte: Aber wir sind ja auch keine Bauern mehr.

Nach ihrem Umzug in das Land ihrer Vorfahren hatte sie als Erstes beantragt, ihren Vaternamen streichen und ihren Familiennamen eindeutschen zu lassen. Aus Anna Petrowna Romanowa wurde Anna Roman. Aber damit war sie noch nicht zufrieden. Sie wollte den Namen ihrer Vorfahren tragen, hatte einen weiteren Antrag gestellt. Sie wollte Anna Meier heißen. Es sei ein so schöner Name, sagte sie, A n n a M e i e r.

Sie sprach jeden Buchstaben einzeln aus, als wollte sie ihn kosten und genießen. Danach zwinkerte sie mir zu: Und jetzt werde ich dir unser Familienerbe zeigen. Sie ging aus dem Zimmer, ich hörte eine Schranktür klappen, dachte an das Erbe meiner Familie, an Oma Elsas Blaubeerglas im Keller, und dass das nicht vorzeigbar wäre, und fragte mich, was es sein könnte, und da war es eine Bibel. Sie war größer als eine normale Bibel und mit einer Goldprägung auf dem Buchdeckel, leicht verblasst, aber noch gut lesbar.

Eine besondere Bibel, sagte Großmutter Anna. Sie ist von meinen Ururururgroßeltern. Wurde vom Vater an den ältesten Sohn weitergegeben. Aber ihr Vater hatte keine Söhne, also bekam sie die Bibel, die älteste Tochter.

Großmutter Anna schlug das Buch von hinten auf, entfaltete einen Bogen und sagte: Unsere Ahnentafel. Sie fuhr mit dem Finger liebevoll über *Paul* und *Marie Meier*, über *Peter (Pjotr Meierow)*, über *Anna Petrowna Romanowa (Anna Roman)*, und sagte: Bald wird hier *Anna Meier* stehen.

Ein paar Zeilen darunter fand ich *Wladimir Karl Romanow (Karl Wladimir Roman)*.

Großmutter Anna faltete die Ahnentafel vorsichtig wieder zusammen, schlug die Bibel zu und brachte sie in das Nebenzimmer zurück.

Im Laufe des Nachmittags blickte sie immer wieder freundlich zu mir hinüber. Karls Mutter beobachtete mich, wie man etwas sehr Fremdes mustert, was ich auch war. Ich war eine Fremde zwischen ihnen, aus ehemals Feindesland, aus ehemals Freundesland, und jetzt? Eine Fremde, die man erst kennenlernen musste, bevor man entschied: Freund oder Feind?

Mir gegenüber am Tisch saß Oleg, ein Cousin von Karl, der viel und Russisch redete und viel und laut lachte. Ich verstand Fragmente und merkte, dass Karl mir einen Teil nicht übersetzte, und ich hatte den Verdacht, das Nichtübersetzte hätte mit mir zu tun.

Großmutter Anna hatte behauptet, ihre Familie hätte seit Jahrzehnten zurückgewollt in ihr Land, aus dem sie einmal weggegangen waren wegen etwas Eigenem, wegen eines Stückchens Land. Hatten wirklich alle Familienmitglieder zurückgewollt in das Land ihrer Vorväter? Karls Vater schaute mürrisch, ohne jemanden anzusehen. In Russland hatte er in der kleinen Dorfschule seines Ortes Mathematik unterrichtet, zwar schlecht bezahlt, aber in Deutschland wurde sein Abschluss als Lehrer gar nicht anerkannt. Dabei wurde überall auf der Welt gleich gerechnet. Er hatte es geahnt, sagte er, dass ihn in Deutschland keiner brauche und haben wolle. Jetzt war er Rentner, was ihn auch nicht zufriedener machte.

Karls Mutter hatte nach Deutschland gewollt, hatte gehofft, dass es ihnen dort besser gehen würde als in Sibirien, wo sie, ebenso wie meine Eltern, bei der Post gearbeitet hatte. Doch sie hatte nicht wie meine Mutter am Schalter Briefmarken verkauft oder wie mein Vater Päckchen sortiert, sondern Briefe und Päckchen ausgetragen. Jetzt putzte sie stundenweise, um etwas zu ihrer Rente hinzuzuverdienen, am Morgen in einer Arztpraxis und am Abend in einem Friseursalon. Den Rest des Tages sah sie sich einem mürrischen Mann gegenüber, der fand, er hätte dort bleiben sollen, wo er gewesen war.

Karl war, wie er mir erzählt hatte, gern nach Deutschland übergesiedelt. Es mache ihm Freude, Anzüge zu verkaufen. Und vielleicht entwerfe er ja doch noch eines Tages Stoffe, Anzugstoffe.

Auf der Rückfahrt fragte ich Karl, wie alt Großmutter Anna sei, denn Oma Elsa und Opa Ernst waren schon vor Jahren gestorben.

Karl lachte. Das hättest du selbst fragen sollen, darüber hätte sie sich gefreut, denn sie ist vierundneunzig.

Nach dem Abschiedskuss, im Auto, auf der löchrigen Betonstraße, vor Omas und Opas Haus, dem ehemaligen Russenhaus, Claras und Hannes' Haus und im Moment meinem, sagte ich: Du hast eine sehr große Familie, im Gegensatz zu meiner. Ich dachte dabei an die Fotos, die verteilt in meiner Wohnung standen. Selbst wenn ich meine Trödelmarktkistenfamilie mitzählen würde, wären es nicht so viele, wie ich bei Karl getroffen hatte.

So groß ist meine Familie nicht, sagte er, ganz normal.

Aber das fand ich nicht.

Am nächsten Morgen rief Clara an. Sie sei gut angekommen, das Hotel größer, als sie gedacht habe, sie müsse sicher Unmengen Kartoffeln schälen.

Ich lachte. Das kann ja kein Problem sein, das kannst du doch super. Und sie lachte auch und sagte: Ich habe ein schönes Hotelzimmer, zwar unter dem Dach, aber schön, mit Fernseher und Doppelbett und Kühlschrank.

Das Doppelbett würde sie nicht brauchen, sagte ich. Da lachte sie wieder und meinte: Wer weiß!

Sie sei bereits am Strand gewesen, sei das ein Trubel dort, aber die meiste Zeit werde sie ja in der Küche bei den Kartoffeln sein. Und dann fragte sie: Was macht die Liste, wie kommst du damit zurecht?

Gut, sagte ich. Punkt eins und Punkt zwölf, Mutter und den Blaubeeren, geht es prima.

Mutter wusste ich sicher aufbewahrt im Heim. Das Blaubeerglas wusste ich sicher aufbewahrt auf seinem weißen

Tüchlein im Kellerregal, wo es allein in einem Fach stand, weitab von Mehl- und Zuckertüten, Ketchupflaschen und Mandarinendosen, die Clara im Keller hortete.

Ich hatte dem Blaubeerglas diesen freien Platz verschafft, nachdem Clara es achtlos zwischen allerlei leere Einweckgläser gestellt hatte.

So bewahrt man kein Familienerbe auf, hatte ich zu Clara gesagt. Deshalb hatte ich ein weißes Tüchlein aus einer Tischdecke geschnitten. Aus einer alten weißen Tischdecke mit vergilbten Bruchkanten, die Oma Elsa jahrzehntelang für etwas Besonderes in ihrem Schlafzimmerschrank aufbewahrt hatte, die ihre Tochter Ursula, meine Mutter, jahrzehntelang für etwas Besonderes in ihrem Schlafzimmerschrank aufbewahrt hatte, die letztlich bei mir gewartet hatte, um tatsächlich zu etwas Besonderem zu werden, zum Aufbewahrungstüchlein für das Familienerbe.

Warum legst du ein weißes Tuch unter das Blaubeerglas?, hatte Clara mich gefragt. Es sieht aus, als hätte es sich seinem Schicksal ergeben.

Es hatte sich seinem Schicksal ergeben. Es hatte sich aufs Warten eingerichtet und aufs Überdauern. Hatte Oma Elsa und Opa Richard überdauert, hatte die Russen neunundvierzig Jahre überdauert, hatte den Wiederaufbau des Hauses überdauert und würde, wie ich hoffte, noch weitere Jahre überdauern. Ohne Schimmelpilze, die die Oberfläche der schwarzblauen Flüssigkeit überwucherten, weißliche Pilzfäden, die verdarben, ungenießbar machten, töteten, weil sich der Weckring gelöst hatte und Luft eingedrungen war.

Ich hatte aufgepasst, dass das nicht geschähe, hatte jedes Mal nach dem Blaubeerglas auf seinem weißem Tüchlein gesehen, wenn ich bei Clara war. Und in der Zwischenzeit hoffte ich, Clara täte es auch. Aber sicher war ich mir nicht gewesen, nicht so sicher wie jetzt, wo ich jeden Tag in den Keller gehen konnte.

Unserer Mutter und den Blaubeeren ging es im Moment prima, die anderen Punkte von Claras Liste hatte ich noch nicht gelesen, doch das sagte ich ihr nicht.

Als ich den Hörer aufgelegt hatte, beschloss ich, meine heutige Kontrolle jetzt vorzunehmen.

Ich stieg die Treppe hinab in den Keller, stellte die Waschmaschine an, suchte aus Claras Tiefkühltruhe etwas, das ich für Maik und mich kochen konnte. Und sah mich wieder einmal ihrer reichhaltigen Vorratswirtschaft gegenüber, die anscheinend ihr Überleben in schlechten Zeiten sichern sollte und jetzt mein Überleben hier im Haus sichern würde, hatte die Auswahl zwischen Fischstäbchen, Fischfilet, Fisch mit Kräuterhaube und nahm wegen Maik die Fischstäbchen aus dem übervollen Eisfach. Dann stellte ich den Kartoffelkorb an die Treppe, legte die Fischstäbchen obenauf und wählte aus dem Kellerregal eine Flasche Ketchup und widmete mich dem Blaubeerglas. Es stand nicht genau in der Mitte des weißen Tüchleins. Und so rückte ich es zurecht und fand, vielleicht sollte ich es einmal drehen, das Hintere nach vorn, das Vordere nach hinten. Ich drehte das Etikett mit Oma Elsas leicht nach rechts geneigter Beschriftung zur Wand. Und da sah ich es.

Das konnte nicht sein, nicht jetzt, nicht nachdem Clara nicht mehr im Haus war. Ich drehte das Glas zurück, schaute auf das Etikett und dachte: Hätte ich es nicht umgedreht, wäre es mir nicht aufgefallen. Das Blaubeerglas hatte einen Sprung! Ein Strich, der sich vom Glasboden bis zum Deckel zog, ein winziger, feiner Haarriss. Ich drehte es auf seinem weißen Tüchlein, drehte und drehte und wünschte mir, der Riss würde verschwinden, würde unsichtbar werden, nicht sichtbar, wie vor meiner Entdeckung. Ich starrte den Riss an und dachte, Clara überließ mir das Blaubeerglas zum Aufpassen, und kaum war sie einen Tag aus dem Haus, hatte das Familienerbe einen Sprung.

Ich strich mit den Fingern über die Stelle, ertastete die winzige Unebenheit, fragte mich, wie es hatte passieren können, dieser Riss vom Boden bis zum Deckel. Ein Stoß von außen oder eine Kraft von innen? Und wie lange stand es schon beschädigt, von niemandem entdeckt, von niemandem wahrgenommen, eine Woche, einen Monat, ein Jahr? War bereits Luft in das Glas gedrungen, hatten sich die ersten winzigen Schimmelpilzfäden gebildet? Würden sie jetzt in Tagesschnelle die Oberfläche der schwarzblauen Flüssigkeit überwuchern, eine weiße undurchdringliche Masse bilden, die Beeren ungenießbar machen?

Ich nahm das Glas vorsichtig in beide Hände und hielt es gegen das grelle Neonlicht der Kellerleuchte. Ich fand nur zusammengeschrumpelte schwarzblaue Beeren, die in einer ebenso dunklen Flüssigkeit schwammen. Ich konnte keinen Schimmel entdecken. Noch nicht.

Maik fragte eine halbe Stunde später bei Fischstäbchen mit Tomatensoße: Du bist so komisch, ist was passiert?

Was soll passiert sein?, fragte ich zurück.

Du schaust immer so, wenn irgendetwas Unvorhergesehenes passiert ist, sagte er.

Es war etwas passiert, was vorhersehbar war, mit dem Blaubeerglas, das ein Alter hatte, das normalerweise Blaubeeren nie erreichten. Genauso wie mit Hannes etwas passiert war, der das Haus nicht gewollt hatte. Kamin hin oder her, er wäre aus dieser Situation nicht herausgekommen, zwei Schwestern, die unbedingt das Haus wollten, von denen eine es sich nicht leisten konnte. Wir hätten ihm das Leben schwergemacht, wenn er nein gesagt hätte. Aber viel lieber wäre er verreist, als im Sommer täglich den Rasen zu sprengen und danach jede Woche neu die Folgen des Sprengens mit dem Rasenmäher zu beseitigen. Und verreist wäre er am liebsten nur mit dem Flugzeug.

Mit Omas und Opas Haus war ein Riss in Claras Ehe geraten, der größer geworden zu sein schien, der Hannes hatte gehen lassen vor zwei Jahren, der ihn ein weiteres Mal hatte gehen lassen vor Weihnachten. Und Clara schien ihn nicht gesehen zu haben. So wenig wie sie den Riss im Blaubeerglas entdeckt hatte, so wenig wie ich ihn entdeckt hatte.

Bevor ich am Nachmittag ins Pflegeheim fuhr, fragte ich Maik, ob er mitkäme. Er bejahte, und ich hoffte, wenigstens meiner Mutter ginge es gut. Etwas anderes hätte ich heute nicht mehr ertragen.

Doch es ging ihr nicht gut. Sie saß in ihrem Sessel am Fenster, sah uns feindselig an, erkannte weder mich noch Maik. Fragte, wer wir wären, ob wir sie zum Arzt bringen wollten, ihr fehle nichts, wir sollten wieder verschwinden.

Ich hob ein Foto auf, das vor ihren Füßen lag. Es schien ihr aus den Händen gefallen zu sein. Es zeigte ihr Elternhaus, die Ruine, als die Russen gerade abgezogen waren. Meine Mutter nahm es mir aus der Hand: Das ist unser Haus, unser Haus im Krieg, sagte sie.

Im Auto sagte Maik: Wird jeder alte Mensch so?

Ich hoffe nicht, sagte ich, wohl wissend, dass er mich damit meinte.

Es war schrecklich, sagte er, Oma so zu sehen, hättest du mich mal lieber nicht mitgenommen. So schlimm hätte er sie noch nie bisher erlebt.

Ich weiß, sagte ich, denn mir war es ebenso ergangen.

Helges Oma ist … Maik suchte nach einem passenden Wort.

Gesund, sagte ich, aber das Alter könne auch anders sein.

Als ich das Haus aufschloss, klingelte das Telefon. Wenn es jetzt Clara war, würde sie hoffentlich ihre Frage vom Morgen nicht noch einmal stellen, denn Punkt eins und Punkt zwölf von ihrer Liste, unserer Mutter und den Blaubeeren, ging es nicht gut. Und ich war mir nicht sicher, ob ich ihr die richtige Antwort geben würde. Doch als ich am Telefon ankam, hatte das Klingeln bereits aufgehört.

Am Montag fuhr ich das erste Mal zu meiner neuen Arbeit nach Berlin, und hinterher war ich mit Karl verabredet. Er würde Überstunden abbummeln, wir könnten uns gleich nach meiner Arbeit treffen, hatte er gesagt. Verabredet hatten wir uns vor seiner Wohnung. Ich fand zwar seine Straße auf Anhieb, aber keinen Parkplatz. Fuhr dreimal um dasselbe Karree, hielt dabei Ausschau nach einem Auto, das seinen Parkplatz verließ. Fuhr ein viertes Mal alle Seitenstraßen ab, bis ich am Ende der Straße ein Auto bemerkte, das gerade aus einer Lücke fuhr. Ich trat aufs Gas, damit mir nicht ein anderer den Parkplatz wegnahm. Als ich zu Karls Haus zurückging, kam er mir entgegen. Er habe mich die Straße entlangrasen sehen, obwohl hier nur 30 erlaubt seien.

Mutig, sagte er.

Parklücke, sagte ich.

Karl trug diesmal einen dunkelblauen Anzug mit feinen weißen Streifen, der edel und weich aussah. Und es auch war, wie ich merkte, als er mich in den Arm nahm. Karl in seinem Anzugstoff, dem, der zu ihm passte. Ich vom Sitzen am Schreibtisch im zerknitterten bunten Sommerkleid. Wie ich uns so stehen sah, passten wir nicht zusammen, nicht in diesem Moment.

Wie war dein erster Tag?, fragte Karl.

Neu und fremd, sagte ich, wie immer an einem ersten Tag.

Karl zeigte auf einen Eingang zwei Häuser weiter, da wohne er. Wir wichen einem Vater mit Kinderwagen aus, wir wichen einer Mutter mit zwei kleinen Mädchen aus und betraten das Haus. Der Linoleumfußboden war abgewetzt ebenso wie das Treppengeländer. Aber die Wände sahen frisch aus mit ihrer gelben Farbe.

Das gleiche Gelb fand ich in Karls Flur wieder. Ich fragte mich, ob es aus demselben Eimer stammte wie das im Treppenflur. Und mir fiel das Blau ein, das Clara und ich in jedem Haus an den Wänden vorgefunden hatten, als die Russen gegangen waren. Aus dem Fass, das von Haus zu Haus gerollt worden war. Und ich fragte mich, ob es hier so ähnlich gewesen war.

Das fragte ich mich in der Zeit, in der ich auf Karl wartete. Eigentlich wollte er nur heraus aus seinem Anzug und dem weißen Hemd und rein in Jeans und T-Shirt, und dann wollte er mir eine kleine Restauration zeigen, in der man wunderbar Abendbrot essen könnte, gleich bei ihm um die Ecke. Aber bis dahin kamen wir an diesem Abend nicht mehr.

Während ich wartete, schaute ich mich in seiner kleinen Zweizimmerwohnung um. Im Wohnzimmer stand eine braune Ledercouch, davor ein viereckiger Holztisch auf einem bunten Orientteppich, der aus Taschkent stammte, wie ich später erfuhr, neben dem Fenster Fernseher, CD-Player und Stereoanlage und an der gegenüberliegenden Wand ein Bücherregal, in dem ich zwischen russischer Literatur ein deutsches Liederbuch fand.

Ich grinste, weil ich an die Deutsch-Sowjetische-Freundschafts-Zeit denken musste, als wir uns erst mit den Kindern der sowjetischen Offiziere getroffen hatten und später mit den Soldaten, bei Tee aus dem Samowar und süßem Gebäck und russischen Volksliedern und deutschen.

Nun stand bei Karl im Regal ein deutsches Liederbuch, als wäre er damals auch bei diesen Treffen gewesen. Was nicht sein konnte, wie ich wusste, weil er in Sibirien lebte und nicht hierher konnte, nicht einmal wegen der Freundschaft zwischen den Deutschen und den Russen.

Ich bin gleich wieder da, hatte Karl gesagt. Und da *gleich* bereits eine Weile her war, ging ich ihm hinterher.

Die Schlafzimmertür stand offen, und als ich hineinsah in das Zimmer, musste ich lachen. Karl suchte sich an der Wand etwas zum Anziehen aus.

Da waren sie wieder, die Haken und Nägel, die ich als Kind im Russenhaus gesehen und später zu Hunderten aus Wänden und Balken gezogen hatte, an denen Hemden und Hosen und auf Bügeln zwei Anzüge hingen wie Wandschmuck.

Ich lachte und lachte und sagte: Ich lache wegen des Kleiderschranks, es sehe so lustig aus, und dann küssten wir uns, und Karl brauchte sich aus seinem Kleiderschrank an der Wand nichts mehr auszusuchen zum Anziehen, weil wir uns jetzt auszogen.

Zwei Zentimeter neben seinem Bauchnabel fand ich Leberflecke, die aussahen wie ein Gesicht, das lachte.

Schön, sagte ich, und dann sagte ich nichts mehr, weil wir keine Zeit mehr hatten zum Reden, und weil es auch nicht nötig war.

Es tat gut, wieder einen Mann zu spüren, und weil es einer wie Karl war, tat es doppelt gut, weil er genauso ausgehungert war wie ich. Es dauerte eine Weile, bis wir satt waren, satt und erschöpft. Und es dauerte noch eine weitere Weile, bis ich sagte: Ich muss zurück nach Hause. Aber weil wir uns nicht trennen wollten und konnten, weil der Hunger wiederkam, blieb ich noch eine halbe Stunde und noch eine und noch eine. Mein zerknittertes Sommerkleid lag auf Karls feinem Anzug neben uns auf dem Stuhl, ohne Kleider passten wir wunderbar zusammen.

Ich ließ es eine weitere halbe Stunde dort liegen, dann verabschiedete ich mich von Karl, obwohl ich gern geblieben wäre. Aber ich hatte zu Maik gesagt, ich käme etwas später, und das Etwas war bereits lange überschritten. So brachte Karl mich zum Auto am Ende der Straße, das, wie ich erst jetzt sah, vor einer Mauer stand, die über und über mit Graffiti besprüht war.

Ich sagte, wenn hier jetzt mein Opa Richard stehen würde, könnte er sich kaum auf seinen Beinen halten. Weil Karl mich fragend anschaute, erklärte ich: Wegen der Mauer, Opa Richard hatte eine Mauerkrankheit. Er fühlte sich zeit seines Lebens eingesperrt, Mauern in russischer Gefangenschaft, sein Haus verschwunden hinter einer Mauer und von seinen Eltern auch durch eine Mauer getrennt.

Mauern kenne er auch, sagte Karl, aus seiner Zeit als Russlanddeutscher in Sibirien, wenn auch unsichtbare. Und jetzt, fügte er hinzu, brach dann aber den Satz ab.

Ich ahnte, was er hatte sagen wollen.

Er komme mich morgen nach der Arbeit besuchen, sagte er, als wir uns verabschiedeten. Diesmal gehen wir wirklich essen, und wenn du und Maik möchten, beim Griechen.

Griechisch mag Maik nicht besonders, sagte ich.

Dann irgendwo anders, sagte Karl.

Ich nickte und fuhr winkend davon.

Wir gingen am nächsten Abend dann doch zum Griechen. Könne ihm ja vielleicht schmecken, hatte Maik gesagt, als Karl uns abholte.

Hinterher, nachdem wir noch eine Tasse Kaffee in der Küche getrunken hatten und Karl sich verabschiedet hatte, meinte Maik, das Essen sei okay gewesen, aber Karl wäre cool, so groß und dazu echt russisch. Ist ja witzig, sagte er, wieder ein Russe in diesem Haus, war das nicht Tante Claras Albtraum, dass die Russen zurückkommen?

Ich fragte: Wie meinst du das?

Aber da war er schon aus der Tür, er gehe zu Helge, müsse ihm noch kurz etwas vorbeibringen. So spät?, hatte ich hinterhergerufen. Es sei nicht spät, hatte er zurückgerufen.

Meine Tage waren jetzt zu kurz, zu kurz für den neuen Job und um das Haus zu hüten und Unkraut zu jäten und den Rasen zu sprengen und für die Treffen mit Karl, abwechselnd bei ihm oder mir.

Wenn ich mit Karl verabredet war, meist zweimal in der Woche, kam er erst abends nach neun zu mir, weil das Geschäft lange geöffnet hatte und hinterher noch eine Stunde Autofahrt hinzukam, oder ich fuhr zu ihm. Weil wir beide merkten, dass uns durch dieses Hin und Her eine Menge Zeit fehlte, beschränkten wir die gegenseitigen Besuche auf das Wochenende. Karl war es recht, weil er mindestens einmal in der Woche bei Großmutter Anna und damit auch seinen Eltern vorbeischauen musste, und mir, weil ich mich mehr um Maik kümmern konnte, auch wenn er das nicht wollte.

Clara rief mehrmals in der Woche an, fragte, ob sich Hannes in der Zwischenzeit zu Hause gemeldet hätte, ob ich mit Haus und Garten klarkäme, wie es unserer Mutter ginge. Nein, sagte ich, und ja und gut.

Ich verschwieg ihr, dass es unserer Mutter im Moment gar nicht gutging. Und da sie nicht nach dem Blaubeerglas fragte, erzählte ich ihr auch nichts vom Haarriss, wobei ich es ihr, um ehrlich zu sein, auch nicht gesagt hätte, wenn sie gefragt hätte. Ich tat, als wäre alles in Ordnung mit Omas Blaubeerglas. Ich tat, als stände es unversehrt wie seit Jahren und wartete auf das, wozu es bestimmt war.

Seit ich entdeckt hatte, dass es einen Sprung hatte, ging ich jeden Morgen vor dem Frühstück in den Keller, drehte das Glas einmal um sich selbst, hob es anschließend ins Licht. Das nächste Mal schaute ich am Abend, wenn ich von der Arbeit kam, ob sich etwas verändert hatte seit dem Morgen. Innen schien es noch in Ordnung zu sein, im Gegensatz zu außen. Aber ich fragte mich, wie lange die Beeren halten würden.

Als Maik am letzten Schultag vor den Sommerferien mit seinem Zeugnis nach Hause kam, erschrak ich darüber, dass er in Mathe nicht gut stand und noch schlechter in Physik. Es war ihm wieder einmal gelungen, mir Zensuren zu verschweigen. Normalerweise folgten jetzt meine Fragen *Warum?* und *Weshalb?* und eine längere Rede über den Sinn des Lernens, aber weil mein Tag jetzt so kurz war, war auch mein Kommentar kurz.

Ich sagte: Da lässt sich sicher noch etwas ändern.

Er schien erstaunt zu sein und verschwand flink, ehe ich noch mehr dazu sagen konnte.

Sein Vater hatte wie üblich den versprochenen gemeinsamen Urlaub abgesagt. Ich hatte nichts anderes erwartet. Maik aber war enttäuscht. Er knallte mit den Türen. Mir kam es so vor, als täte er es bei jeder einzelnen und hintereinander. Seinem Vater hätte er die Tür zuknallen sollen, nicht mir, die ich mein Versprechen gegenüber Clara einlöste oder versuchte einzulösen.

Seit einem Unfall im halb überdachten einsturzgefährdeten Essenraum, bei dem Helge, einem Freund von Maik, beim Skateboardfahren zwar nicht die Decke, dafür jedoch die letzte Fensterscheibe entgegengefallen war und ihm den rechten Unterarm aufgeschlitzt hatte, waren Maik und seine Freunde auf Fahrräder umgestiegen. Sie fuhren jetzt draußen zwischen den baufälligen Gebäuden umher, was ich etwas sicherer fand, denn die Baracken konnten nur in sich zusammenfallen. Und sie fuhren mit dem Fahrrad zum Schwärzesee zum Baden.

So badete Maik an jener Stelle, wo bereits seine Oma geschwommen war in den heißen Sommern vor dem Krieg. Im Samithsee, wo seine Oma auch gebadet hatte, ein Stück weiter durch den Wald, was zu Fuß zu weit war, aber auf der Fahrradstange des Vaters etwas Besonderes, hatte man fast ein halbes Jahrhundert nicht baden können. Dort hatten die Russen ein Munitionslager errichtet und Schilder am See aufgestellt: *Es wird ohne Warnung scharf geschossen.*

Wenn man in die Nähe kam, krachten wirklich Schüsse in den See, und keiner traute sich mehr heran. Später hieß es, in dem Munitionslager würden Atomraketen gelagert, und von diesem Zeitpunkt ab traute sich erst recht keiner in die Nähe.

Ich war froh, dass Maik im Schwärzesee badete und nicht fragte, wie man eigentlich zu diesem Samithsee käme, nach dem die Straße, in der wir jetzt wohnten, benannt wäre.

Heute war der See zwar zugewachsen und man konnte ihn zum Baden nicht mehr nutzen, aber sicher hatten die Russen auch Munition vergessen, so wie sie ihre Katzen und das Öl in den Tanks am Tongrubensee vergessen hatten.

Am Mittwoch der ersten Ferienwoche klingelte das Telefon, obwohl Clara bereits am Tag zuvor angerufen hatte, Fritzi und Hannes' Mutter am Sonntag gefragt hatten, was es Neues gäbe. Ich war gerade von der Arbeit nach Hause gekommen, hatte Maik begrüßt, der mürrisch vom Fernseher aufgesehen und gesagt hatte, eigentlich sollte er jetzt am Strand liegen.

Es war noch einmal Clara.

Ob ich mit der Liste zurechtkäme?

Super, log ich, obwohl ich immer noch nur Punkt eins und Punkt zwölf kannte, weil ich bisher keine Zeit zum Lesen gehabt hatte, denn die Tage waren so kurz geworden.

Ob ich mich weiter mit Karl treffen würde?

Nur noch an den Wochenenden, sagte ich, in der Woche wären die Tage zu kurz. Sie lachte. Bei ihr seien die Tage auch kurz, vormittags Kartoffeln und nachmittags Strand, sie sei bereits dunkelbraun nach den paar Tagen. Und dann sagte sie, sie habe einen Job für Maik, ob er kommen wolle, ihm sei sicher langweilig jetzt in den Ferien.

Ihm ist unheimlich langweilig, sagte ich. Was ist das für ein Job?

Kartoffeln schälen, sagte sie, und diesmal lachte ich.

Maik und Kartoffeln schälen, Maik weiß gar nicht, wie Kartoffeln mit Schale aussehen.

Es gibt auch noch Möhren und Zwiebeln, sagte Clara, und Brokkoli und Pfifferlinge.

Ich frage Maik, sagte ich zweifelnd. Ob er zu dir und deinen Kartoffeln will.

Ich hatte die Frage, ob er zu Clara nach Sylt wolle, noch gar nicht beendet, als er schon sagte, er fahre gern zu Clara. Und das möglichst schnell.

So schälte er für das Abendessen Kartoffeln, obwohl es eigentlich Nudeln geben sollte, denn er sagte, er müsse es ja lernen. Er schien das gleiche Gen wie Clara geerbt zu haben, er schälte so schnell wie sie. Ich konnte ihn mit ruhigem Gewissen nach Sylt schicken.

Bereits am nächsten Morgen nahm ich ihn mit nach Berlin und setzte ihn dort in den Zug, nachdem ich ihm eine ebenso lange Liste geschrieben hatte wie Clara mir. Nur hatte er sie achtlos in den Rucksack geschmissen, und ich war mir sicher, dass er sie ebenso wenig lesen würde wie ich Claras Liste. Also las ich sie aus dem Gedächtnis während der Autofahrt hoch und runter vor: Benimm dich ordentlich, dusche täglich, sei höflich zu allen Leuten, besonders zu Clara, treibe keinen Unfug …

Er sagte zu allem jaja, und als er im Zug saß, hoffte ich, es würde alles gutgehen mit seinem Ferienjob und mit Clara.

Jetzt blieb ich allein im Haus zurück und nahm mir vor, endlich die Punkte von Claras Liste zu erledigen, die ich bisher noch nicht kannte.

Kam aber nicht dazu. Karl rief an, ob ich Zeit hätte, er würde gern mit mir ins Kino gehen oder essen. Ich freute mich, obwohl ich eigentlich keine Zeit hatte, weil ich fast jeden Tag länger arbeiten musste, weil danach der Rasen gesprengt werden musste und gemäht auch, und das Unkraut wuchs bereits aus den Ritzen zwischen den Gehwegplatten, die zum Haus führten. Ich versuchte Claras Blumen- und Gemüsebeete unkrautfrei zu halten, was mir aber nicht gelang, das Unkraut war schneller als ich. Außerdem fegte ich die Straße, unterhielt mich mit den Nachbarn links und rechts am Gartenzaun, wurde gefragt, wo Clara wäre. Ach, auf Sylt, zum Arbeiten! Wie gut, dass sie eine Schwester hat, die auf das Haus achtgibt!

Und ich lauschte den Geräuschen im Haus, die mich erst nicht einschlafen ließen und dann mitten in der Nacht aus dem Schlaf rissen. Ein Knacken, ein Knistern, ein Brummen, und über mir auf dem Boden hörte es sich an, als würde dort jemand laufen! Nur wer? Hatte es ein Marder geschafft, einzudringen? Mäuse oder gar Ratten?

Ich hatte mehrere Wespennester gefunden, als ich nach der ersten schlaflosen Nacht die Falttreppe entfaltet und auf den Kriechboden geklettert war. Sie hingen nebeneinander an einem Dachbalken, drei fußballgroße erdbeerförmige Gebilde aus einer grauen papierartigen Masse. Ich wusste, dass Wespen ihr Nest nur einmal benutzten. Und hoffte, alle drei wären unbewohnt. Aber als ich näher herankroch, vernahm ich ein Brummen, das anschwoll. Es knackte jede Nacht weiter im Dach, es brummte weiter, es knisterte weiter. Vielleicht war der Holzwurm zurückgekehrt, der dort bereits zusammen mit den Russen eine Weile gewohnt hatte. Vielleicht fraß er sich jetzt durch die übrigen Balken, in denen er noch nicht gewesen war. Ich musste noch einmal auf dem Dachboden herumkriechen, schauen, ob ich frisches Sägemehl fand. Und eigenartigerweise knackte auch die Treppe, obwohl Clara nicht da war.

Wie etwas Fremdes kam mir das Haus in der Nacht vor, laut, unheimlich und als wollte es nicht, dass ich zur Ruhe käme.

August

Im August sah ich das erste Mal auf die Liste, die Clara mir geschrieben hatte. Unter Punkt sechs stand: *Anfang August, wenn die Äpfel reif sind, versuchen, sie bei den Nachbarn loszuwerden, den Rest zu Apfelmus kochen und einwecken.*

Es war Anfang August, die Äpfel waren reif und fielen von jenem Baum, den Oma Elsa und unsere Mutter gepflanzt hatten, damals, bevor ihr Haus ein Russenhaus geworden war. Das war über sechzig Jahre her, und aus dem Bäumchen mit zwei mickrigen Seitenästchen, das ich vom Foto kannte, von dem Foto, das an unserer Küchentür gehangen hatte und das jetzt in Claras Album lag, war ein drei Meter hoher und ebenso breiter Baum geworden und aus den unzählbaren Blüten im Mai Hunderte Äpfel. Sämtliche Nachbarn waren innerhalb einer Woche eimerweise mit Äpfeln versorgt und Karls Großmutter Anna auch und alle Wolodjas und Nataschas und Ljudmilas, und auf dem Baum und unter dem Baum waren immer noch Hunderte Äpfel.

Es musste ein Apfeljahr sein, so wie es auf dem Baum und unter dem Baum aussah, wurmstichige Äpfel unten, die ohne Wurm oben. Ein Apfeljahr gab es, wie ich wusste, jedes zweite Jahr, es musste ein zweites Jahr sein. Was hatte Clara geschrieben: Aus dem Rest Apfelmus kochen und einwecken?

Ich suchte in Omas Rezeptsammlung. Apfelmus hatte ich noch nie gekocht, ich hatte bisher keine Äpfel gehabt, die es nötig gehabt hätten, gekocht zu werden. Aber irgendwo mussten sie ja hin.

Apfelmus kochen und einwecken, stand in Omas leicht nach rechts geneigter Handschrift in ihrem Heft. Ich sah sie vor mir, Oma Elsa, wie sie es aufgeschrieben hatte, die Zunge zwischen den Zähnen, dass man Angst haben musste, sie beißt sie sich ab.

Äpfel vierteln, entkernen, kochen und in die Flotte Lotte tun …

Was war eine Flotte Lotte?

Ich schlug Omas Heft wieder zu und suchte in Claras Kochbüchern, wie ich es machen musste, das Apfelmuskochen.

Danach sammelte ich die Äpfel, die überreif und wurmstichig waren, vom Boden auf, und hinterher pflückte ich drei Zehnlitereimer von denen, die reif am Baum hingen und vorhatten, bei der nächsten Gelegenheit runterzufallen. Saß Stunden auf der Terrasse und schälte und entkernte und schälte und entkernte, und hinterher kochte ich die Apfelschnitze und stampfte sie zu Brei. Das Apfelmus nach Rezept sah so wunderbar aus wie das Bild im Kochbuch, und es schmeckte, wie es aussah.

Im Kellerregal, im Fach unter dem Blaubeerglas, stand ein Glas Apfelmus mit Etikett aus dem Vorjahr und daneben eines aus dem Jahr davor und aus dem vorvorigen Jahr wie bei Oma Elsas Blaubeeren und im Fach darunter jede Menge Apfelmusgläser ohne Etikett, die Clara hortete, wie sie Mehl und Zucker lagerte und im Tiefkühlschrank halbe Brote, Fleisch und Wurst … Trotzdem fand ich noch unzählige leere Schraubgläser. Ich füllte sie mit meinem gekochten Apfelmus, schraubte sie zu, versah eines mit einem Etikett – wegen des Überdauerungsrituals – und stellte es ins Kellerregal unter das Blaubeerglas, die übrigen ohne Etikett ein Bord tiefer zu den anderen und fragte mich, wie lange mein Apfelmus überdauern würde, auch siebenundsechzig Jahre oder nur siebenundsechzig Tage.

Das Blaubeerglas auf seinem weißen Tüchlein kontrollierte ich an manchen Tagen viermal. Noch ging es ihm gut. Noch war es nicht verdorben. Noch schwammen schwarzblaue verschrumpelte Beeren darin herum.

Innerhalb einer Woche reihte ich dreißig Apfelmusgläser im Regal auf, obwohl ich nicht sicher war, wer das alles einmal essen sollte. Ein Großteil der Äpfel hing immer noch am Baum. Ich wusste nicht, wohin ich mit dem Rest sollte, kein Nachbar links oder rechts oder gegenüber wollte mehr Äpfel, weder Großmutter Anna noch die vielen Wolodjas und Nataschas und Ljudmilas.

In der Nacht begann ich von Äpfeln zu träumen, die mir hinterherliefen, wurmstichige und überreife, und nach mir riefen und mich überrollen wollten. Als ich davon aufwachte und nicht wieder einschlafen konnte, fiel mir ein, was Clara erzählt hatte vom ersten Sommer im ehemaligen Russenhaus, als sie noch keinen Zaun um das Grundstück gezogen hatten. Sie bekamen Besuch, jede Nacht, Wildschweinbesuch. Wildschweine lieben Äpfel, besonders, wenn sie etwas gärig sind, überreif oder mit Maden darin. Und weil sie Äpfel lieben, kamen sie jede Nacht zu dem Baum in Claras Garten. Nur leider verwüsteten sie dabei auch die gerade angelegten Gemüsebeete und die Blumen und den Rasen.

Weil jetzt ein Zaun um das Grundstück gezogen war und die Wildschweine nicht mehr herankamen an die Äpfel, musste ich mit den Äpfeln zu den Wildschweinen.

Ich ließ sie vom Baum fallen, die mit den Maden und die überreifen, sammelte sie in zwei Zehnlitereimer und trug sie in den Wald. In der Nähe des Sees schüttete ich sie in eine Senke.

Am nächsten Tag waren die Äpfel vom Vortag verschwunden, die Wildschweine hatten sie gefunden. So wurde ich die Äpfel los, die zu Hunderten auf dem Baum wuchsen, den Oma Elsa und unsere Mutter gepflanzt hatten, nicht wissend, welch eine Plage er einmal werden würde. Im Mai wunderbar anzusehen mit seinen Tausenden Blüten wie ein Riesenschneeball, danach eine grüngelbe Landschaft aus Blättern und Äpfeln und zum Schluss eine Last, die ich in zwei Eimern in den Wald trug.

Zwei Tage nachdem ich das Apfelproblem geklärt hatte, rief Clara an, wie es mir ginge und ob ich mit den Äpfeln zurechtkäme.

Wunderbar, sagte ich und dachte an die dreißig Gläser im Kellerregal und die Wildschweine im Wald.

Alle weg, sagte ich, und Clara sagte: Ach ja? Und die Süßkirschen und Erbsen?

Bei Ersteren waren bereits zwei Wochen zuvor die Vögel schneller gewesen als ich. Gerade einmal blassrot, hatten die Elstern und Amseln sie, samt büschelweise Blättern, vom Baum gerupft. Die Blätter hatten sie fallen lassen, bevor sie mit ihrer Beute entkommen waren. Ich hatte gerufen und in die Hände geklatscht, wenn ich sah, dass Elster und Amsel im Anflug waren. Geholfen hatte es nicht.

Als ich dazu gekommen war, die Erbsenschoten zu ernten, war mir nach dem Aufbrechen aus jeder eine kleine weiße Made entgegengekrochen. Noch jemand, der schneller gewesen war als ich. Ich hatte gerettet, was zu retten ging, und die Erbsen ohne Maden eingefroren. Viele waren es nicht mehr gewesen.

Die Kirschen haben geschmeckt, sagte ich, wenn auch nicht mir.

Ach, sagte Clara, waren die Vögel wieder da!

Das beruhigte mich, schien es doch normal zu sein.

Zu den Erbsen sagte ich aber besser nichts. Und Clara fragte nicht noch einmal nach, sondern: Wie läuft es mit dir und Karl?

Gut, sagte ich.

Nichts ist nur gut, hast du zu mir gesagt.

Doch, es läuft gut, bestätigte ich.

Nicht verheiratet?

Dieses Mal nicht, betonte ich.

Ich hatte in Großmutter Annas Familienerbe, in ihrer Bibel mit dem Familienstammbaum, gesehen, dass rechts neben Karl noch niemand stand oder gestanden hatte.

Hört sich gut an, sagte Clara, bevor sie sich verabschiedete.

Eine halbe Stunde später rief Maik an, es gehe ihm gut, er habe jetzt einen anderen Job, er bringe den Hotelgästen die Koffer aufs Zimmer.

Bist du mit den Kartoffeln nicht klargekommen?, fragte ich.

Doch, sagte er, nur waren zu wenige da oder Tante Clara und ich zu schnell mit dem Schälen. Und dann sagte er, er habe mir ein Foto von Clara gemailt, das sehr lustig aussehe. Das *sehr* betonte er.

Also schaute ich sofort im Computer nach. Vom Bildschirm blickte mich eine Clara an, die einen Strohhut aufhatte, an dem sich ein blaues Band bis zu ihrem Kinn hinunterschlängelte, eine Clara, die eine Sonnenbrille trug, hinter der sie zwar ihre Augen versteckte, aber es war eine Clara, die mit offenem Mund lachte, mit einem wieder rot geschminkten Mund. Die Falte, die Jahre zu früh erschienen war, sah ich nicht mehr. Die Clara, die Monate verschwunden gewesen war, die Clara, die ich kannte, war wieder zum Vorschein gekommen.

Karl kam nicht am Wochenende, er müsse familiäre Probleme klären, hatte er am Telefon gemeint. Welcher Art sie waren, hatte er nicht gesagt. Und ich hatte wie üblich nicht nachgefragt. Ich war mit etwas anderem beschäftigt, denn nachdem ich das Apfelproblem geklärt hatte, fing es an zu regnen. Mit dem Regen kamen die Schnecken.

Punkt neun von Claras Liste: *Achtung, jedes Jahr Schneckeninvasion, sie kommen im Juli oder August, meist zuhauf nach Regen.*

Die Schnecken hatten sich in diesem Jahr den August für ihre Invasion gewählt. Ich hasste Schnecken, besonders die braunen ohne Haus. Es kamen die braunen ohne Haus. Zu Hunderten krochen sie von den Nachbargrundstücken herbei, und ich hatte den Verdacht, dass alle zu mir kamen. Ihre Schleimspur zog sich über die Gemüse- und Blumenbeete und Wege bis zur Terrassentür. Wenn ich die Tür offen ließe, würden sie weiterkriechen, hinein ins Kaminzimmer, in den Flur, die Küche, die Treppe hinauf ... Ich schüttelte mich.

Auf Claras Liste stand: *Es hilft nur einsammeln und in den Wald bringen. Bitte kein Gift anwenden!*

Ich hätte gern Gift angewendet. Stattdessen nahm ich wieder einen Zehnlitereimer und eine Schaufel und sammelte jetzt anstelle der Äpfel Schnecken, brachte sie ebenso wie die Äpfel in die Senke am See und hoffte, dass Wildschweine auch Schnecken fräßen.

Mit den Schnecken waren auch die Scherben gekommen. Ich fand sie unter Punkt zehn: *Nach Regen die Scherben einsammeln.*

Sie wuchsen aus den Gemüsebeeten und den Blumenbeeten und den Wegen, als hätte jemand Scherben gesät. Die Russen hatten sie eingegraben, aber nicht damit sie wachsen sollten, sondern um sie zu entsorgen wie viele andere Dinge auch.

Als Clara und Hannes eingezogen waren in das wieder aufgebaute Haus und anfingen, den Garten umzugraben, wünschten sie sich bald, dass sie nie angefangen hätten. Denn anstelle eines Goldschatzes, wie er 1913 ein Stückchen weiter beim Bau der Messingwerksiedlung gefunden worden war, einen Meter unter der Erde, versteckt in einem bauchigen Tongefäß mit Deckel, ein Schatz, der seit der Bronzezeit darauf wartete, entdeckt zu werden, fanden Clara und Hannes Dinge, die sie nicht entdecken wollten, einen Fahrradrahmen, verbeulte Konservendosen, zerbrochene Teller, verbogene Gabeln, Spritzen und Scherben über Scherben. Der Goldschatz mit Armreifen und Hals- und Fingerringen, die in Schalen lagen, sowie einem Goldbarren in Form eines Marzipanbrotes war bereits ein zweites Mal gefunden worden, nach dem Krieg, von den Russen. Und dann war dieser Schatz über fünfzig Jahre verschwunden, bis er eines Tages, ein paar Jahre nach dem Fall der Mauer, im Keller des Puschkinmuseums in Moskau in Kisten liegend gefunden wurde. Er nannte sich jetzt Kriegsbeute und war für die Stadt doch wieder verschwunden.

Nur die Scherben in Claras Garten waren nicht verschwunden und kamen hervor bei jedem Regen.

Clara rief wieder an, sagte, die Arbeit mache ihr Spaß, die Tage vergingen rasend schnell, sie habe sich bereits die Insel angesehen, und tanzen sei sie auch gewesen.

Ich kam nicht dazu zu fragen, mit wem, weil sie sagte: Maik hat ein Mädchen kennengelernt, eine Maria, so alt wie er. Sie sehe ihn kaum noch, ja, sie werde ihm sagen, er solle mich anrufen.

Er rief mich an, viel Zeit habe er nicht, er wolle zum Strand.

Kommst du mit dem Geld klar?

Super, sagte er.

Das machte mich misstrauisch, er kam nie mit Geld klar.

Tante Clara bezahlt alles.

Was alles?, fragte ich.

Alles. Disko, Cola, eine neue Badehose auch.

Das war nicht die Clara, die ich kannte. Die Clara, die ich kannte, war so sparsam wie Oma Elsa, die immer Geld zurückgelegt und zwei Monate vor Kriegsende die letzte Rate des Hauskredits abbezahlt hatte, weil sie fand, dass es schön wäre, wenn Opa zurückkäme aus dem Krieg und das Haus ganz und gar ihnen gehörte. Nur dass das ganz und gar nicht klappte, weil die Russen kamen und das Haus wegnahmen und bis zu Omas und Opas Lebensende nicht mehr hergaben. Das ganze Sparsamsein hatte nichts genützt.

Und Clara versteckte ihr Geld in rosa Sparschweinen, bis sie platzten.

Ich solle mir ein Beispiel an Clara nehmen, hatte meine Mutter fast täglich in meiner Kinderzeit gesagt, ich solle so sparsam sein wie sie.

Ich fand, Clara war nicht sparsam, Clara war geizig. Geldgeschenke von Oma Elsa, die es zu Weihnachten und zum Geburtstag und zu jedem Besuch gab, wanderten in eines von Claras rosa Sparschweinen. Mit zwölf verdiente sie sich Geld. Ich war sieben und bekam nur ein wenig Taschengeld, als Clara mit ihren Freundinnen auf unserem Hof gegen Eintritt Kasperle-Theater spielte. Ich durfte nicht mitspielen, ich durfte zuschauen, für zehn Pfennig, die ich nicht hatte.

Clara fütterte in diesem Sommer mit dem Kasperle-Hof-Theater täglich ihre Sparschweine. Wenn ich die beiden rosa Schweine aus Plastik, mit einem Kleeblatt im Maul und einer dicken Naht auf dem Rücken, schüttelte, hörte ich das Geld klappern, viel Geld. Mir kam die Idee, in den Schlitz, wo Geld hineinpasst, passte es auch wieder heraus. Dazu brauchte ich Fingerfertigkeit und Geduld, das Erste hatte ich, das Zweite nicht, aber trotzdem angelte ich mir das Geld für Eis und Schokolade heraus, obwohl ich manchmal dachte, mir bleibt ein Finger im Schlitz stecken und das ergäbe erst ein Theater.

Eines Nachts hatte ich einen wunderbaren Traum. Bei einem dieser fetten rosa Schweine hatte sich die Naht geöffnet, es lag in zwei Hälften vor mir und zeigte mir seinen vollen Geldbauch.

Das blieb natürlich ein Traum, ich musste immer nachhelfen.

Die Clara, die ich kannte, verschenkte kein Geld, die Clara, die ich kannte, versteckte ihr Geld in rosa Sparschweinen, bis sie platzten. Die Clara, die ich kannte, hortete Mittel zum Leben, essbare und in Geldstücken.

Aber nun sah es aus, als wäre eine Änderung eingetreten.

Karl hatte von den Schnecken und den Scherben nichts mitbekommen, und als er auch in der zweiten Woche sagte, er könne am Wochenende nicht kommen, wusste ich es. Mein Leben bestand aus Wiederholungen, sie schienen mein Schicksal zu sein.

Sicher hatte deshalb sein Vater mürrisch geschaut, seine Mutter mich beobachtet, sicher war ich deshalb betrachtet worden wie eine Fremde. Ich war eine Fremde, eine Fremde, die sich in eine Beziehung gedrängt hatte, in Karls Beziehung.

Er würde mich verlassen, jeden Tag ein kleines Stückchen mehr, er würde immer seltener kommen und dann gar nicht mehr. Ich würde ihn nicht ansprechen auf sein Späterkommen, genauso wie ich die Männer vor ihm nicht darauf angesprochen hatte. Ich würde ihn beobachten, würde abwägen, was er sagte, ob es Hinweise enthielte, wann er wegginge, würde darauf warten, dass er wegbliebe, von einem Tag zum nächsten. Und ich würde nicht erfahren, weshalb Karl gegangen war, was nicht gepasst hatte zwischen uns, so wie ich nie erfahren hatte, was nicht gepasst hatte bei den anderen. Und dieses Mal würde ich nicht zu Clara fliehen können, denn Clara war selbst geflohen. Sie war nach Sylt geflohen, und wohin ich dieses Mal gehen sollte, wusste ich nicht. In ihrem Haus war ich bereits, das half mir dieses Mal nicht.

Ich drehte das Foto mit der griesgrämig dreinblickenden Frau, das ich bei Clara im Album gefunden hatte, um, so dass sie mich jetzt wieder ansah aus dem Küchenregal.

Wer die Frau in der lachenden Gruppe sei, hatte mich Karl bei einem Besuch gefragt. Eine Warnung, hatte ich gesagt, für mich, aber im Moment brauche ich sie nicht, und hatte den Rahmen umgedreht, so dass nur die Pappe der Rückseite zu sehen gewesen war.

Statt den Sonnabendabend mit Karl zu verbringen, suchte ich mir einen Roman aus Claras Bücherregal. Ich griff einen heraus mit einem Schienenweg auf dem Cover, der sich in der Mitte trennte, eine Schiene verlor sich nach links und eine nach rechts. Es schien mir das passende Buch zum Warten zu sein, zum Warten auf Karl. Ich setzte mich in den Sessel am immer noch leeren Kamin und begann die Geschichte von Sophie zu lesen, einer Frau Mitte vierzig, die auf ihren Liebhaber wartet. Zehn Seiten, zwanzig ließ ich mich mitreißen von Sophie und Tom und ihrer Liebe. Von ihren Treffen, immer verabredet, immer mit der Zeit im Rücken, Zeit zum Gehen für Tom. Dann eine Geburtstagsfeier, zweimal sieben Kerzen auf einer Erdbeertorte, die innerhalb von Minuten in plappernden Mündern verschwindet. Und ein verbotener Telefonanruf von Sophie: Sie warte auf ihn. Eine halbe Stunde später ein nächster Anruf: Sie warte noch immer.

Ich wartete und las, ich wartete wie Sophie. Ich versuchte den Weg von Sophie und Tom mitzugehen, verglich ihn mit Karls und meinem Weg, ein kurzes Stück zusammen wie auf dem Cover, dann nahm Karl einen anderen Weg, einen, der weg von mir führte.

Ich kam nur langsam vorwärts mit Sophie und mit Tom, der sie länger und länger warten ließ auf seine Liebe. Ich sah auf die Uhr an der Wand, fragte mich, was Karl gerade tat, und vor allem wo. Ging in die Küche, sah aus dem Fenster in die Dunkelheit, die jetzt wegen einer Straßenlaterne vor dem Haus nur noch eine halbe Dunkelheit war. Als Clara und Hannes eingezogen waren, hatten sie bald Licht im Haus, aber kein Licht auf der Straße. Wenn sie heraustraten, traten sie in die Schwärze. Die Straßenlaternen, die zu der Zeit, als Russen im Haus gewohnt hatten, vielleicht noch funktionierten, gaben kein Licht. Betonmasten mit toten Augen, so wie alles ringsherum wie tot ausgesehen hatte, fast ein Jahr lang, nachdem Clara und Hannes eingezogen waren, bis die Siedlung wieder erwachte.

Licht sieht auch Sophie, Licht für sich, sie lenkt sich mit Tagträumen ab, jeden Tag neu, jede Stunde des Tages neu. Bis sie den Blick für die Wirklichkeit verliert. Sie träumt sich in Toms Welt, die Frau an seiner Seite ist sie, die Kinder sind die ihren.

Ich konnte mich nicht in Karls Welt träumen. Ich wusste nicht, mit wem er zusammen war. Ich kannte bisher nur den Teil seiner Welt, der aus Anzügen und Hemden und Krawatten bestand, einer kleinen Zweizimmerwohnung mit einem deutschen Liederbuch und einer russischen Großfamilie mit Großmutter Anna als Oberhaupt. Es war wenig, was ich bisher aus Karls Leben wusste, zu wenig, um mich in seine Welt zu träumen.

Am Sonntag versuchte ich das leere Haus mit Leben zu füllen, indem ich alles stehen und liegen ließ, Wäsche und Geschirr und das angefangene Buch. Ich versuchte eine Unordnung in die Ordnung des Hauses zu bringen. Und hinterher füllte ich diese Unordnung mit Geräuschen aus Küche, Kaminzimmer, Arbeitszimmer, Schlafzimmer. Zwei Fernseher liefen mit unterschiedlichen Programmen, ein Radiosprecher redete in der Küche in einem Tonfall, als wollte er etwas verkaufen. Im Arbeitszimmer hatte ich eine CD mit Kantaten von Bach gefunden: »Tönet, ihr Pauken! Erschallet, Trompeten«. Es schien mir die passende Musik, um Räume zu füllen. Nachdem ich sie laut und noch lauter gestellt hatte, sang donnernd ein Chor. Trotzdem fühlte ich mich einsam in dem Haus, das ich hatte haben wollen und jetzt hatte. Und ich begann mich zu fragen, ob es das gewesen war, was ich gewollt hatte.

Am Nachmittag fuhr ich ins Pflegeheim zu meiner Mutter. Die Fernseher und auch das Radio in der Küche ließ ich an, außerdem stellte ich die Stereoanlage im Arbeitszimmer von CD auf Radio um. Musik und Gerede und Gelächter und Geschrei, alles, damit ich nicht in ein stilles Haus zurückkäme.

Im Pflegeheim war es wie gewöhnlich ruhig, so ruhig, wie es bei mir im Haus gewesen war, bevor ich Radio und Fernseher eingeschaltet hatte.

Bei meinen letzten Besuchen hatte mich meine Mutter selten erkannt. Und wenn, hatte sie nach Clara gefragt, ich hatte das gesagt, was sie mir aufgetragen hatte: Sie sei im Moment arbeiten, sei auf Sylt.

Auch der heutige Versuch, aus ihrer Welt in meine zu treten, gelang ihr nicht. Sie saß in ihrem Sessel am Fenster, angekleidet, als würde sie jede Minute das Heim verlassen wollen. Sie trug die braunen Halbschuhe und den Wintermantel, obwohl es Sommer war. Mit den Händen umklammerte sie die Bügel ihrer Handtasche. Sie saß wie auf dem Sprung.

Wo willst du hin?, fragte ich sie. Keine Antwort erwartend, versuchte ich ihr die Tasche zu entziehen. Sie gab sie nicht her, auch ihren Mantel nicht, als ich sie bat, ihn doch auszuziehen. Sie blickte mich an wie eine Fremde, und sie sah aus, als würde sie auf etwas oder irgendwen warten. Vielleicht vermisste sie Clara oder Hannes, vielleicht auch nicht. Karl hatte ich ihr bisher noch nicht vorgestellt. Ich wollte warten, bis es ihr besserginge. So verabschiedete ich mich schnell wieder und ließ eine Frau zurück, die mich nicht kannte und die ich nicht kannte, nicht heute.

Da ich weder Lila noch Friedrich in ihren Zimmern oder auf den Gängen fand, ging ich ebenso nach Hause, wie ich gekommen war. Ohne mit jemandem geredet zu haben.

Ein lautes Haus empfing mich, ein lautes, leeres. Ich flüchtete in den Garten, obwohl ich heute keine Lust auf Gartenarbeit hatte. Mussten die grünen und gelben Bohnen sofort geerntet werden oder konnten sie ein paar Tage weiterwachsen? Ich entschied, sie noch nicht abzunehmen. Ging zurück ins Haus, schaute nach dem Blaubeerglas, zum vierten Mal an diesem Tag. Unversehrte Blaubeeren in einem versehrten Glas. Ich fragte mich, wie lange das noch so blieb. Und ich fragte mich auch, wo Karl war, weshalb er nicht bei mir war, weshalb mir mit ihm passierte, was mir mit jedem davor geschehen war. Hatten wir von Anfang an nicht zusammengepasst, der Anzug und das zerknitterte Sommerkleid?

Am Abend nahm ich wieder die Geschichte von Sophie und Tom zur Hand. Ich zerlegte nicht wie in meiner Kindheit die Wartewochen in Stunden und die Tage in Minuten. Ich wartete, indem ich von Sophies Warten las, wie sie sich hineinträumte in Toms Welt. Und dann rief er an: Er komme, jetzt, sofort. Sie warte auf ihn, sagte sie. Sie freue sich auf ihn, sagte sie. Sie verließ ihre imaginäre Welt, stand auf von der Wohnzimmercouch, auf der sie wartete und träumte, ging hinüber in die Küche. Schob das Alpenveilchen auf dem Tisch beiseite, das Tom ihr geschenkt hatte, wie er ihr oft etwas schenkte, helllila, wie ausgeblichen, aber mit einer Menge Blüten, die am Topfrand hinunterhingen. Wasser, dachte sie, sie brauchen dringend Wasser. Schob ihr Kleid über die Hüften, zog den Slip herunter und aus, warf ihn auf den Küchenstuhl. Und setzte sich auf den Tisch, blickte durch die offene Küchentür auf die Eingangstür und wartete.

Zehn Zeilen weiter lag der helllila Alpenveilchentopf auf dem Fliesenboden.

Bei mir stand eine kleine Sonnenblume im Topf auf dem Küchentisch. Karl hatte sie mir an unserem letzten gemeinsamen Wochenende, vor zwei Wochen, mitgebracht. Damit auch im Haus die Sonne scheint, hatte er gesagt, nicht nur im Garten. Aber bei mir schien keine Sonne, nicht mehr, seit Karl nicht mehr kam.

Er werde nicht mehr kommen können, hatte Tom gesagt, hinterher. Seine Frau und die Kinder, sie müsse das verstehen, aber so sei das Leben, alles komme und gehe, und für ihn sei das Gehen jetzt gekommen.

Ich legte das Buch zur Seite, schob die Geschichte von Tom und Sophie zurück in Claras Bücherregal, wollte die letzten dreißig Seiten nicht lesen, wollte nicht wissen, wie es endete. Ich wollte auch nicht wissen, wie die Geschichte mit mir und Karl enden würde. Doch goss ich die Sonnenblume auf dem Küchentisch.

Am nächsten Tag kam draußen die Sonne zurück. So legte ich mich am späten Nachmittag, nachdem ich von der Arbeit gekommen war, im Garten auf die Liege, mit dem Gesicht in die Sonne. Hoffte auf ihre wohltuende Wirkung.

Eine halbe Stunde später wachte ich auf, ohne dass mir wohler war. Im Gegenteil. Mein Gesicht brannte, und ich fühlte mich wie betäubt. Ich hatte geträumt, einen Albtraum, etwas mit einem Kamin, der qualmte und qualmte. Ich schüttelte mich, ich wollte mich nicht daran erinnern und flüchtete aus der Sonne ins Haus, ins leere Haus.

Ich konnte es nicht füllen, nicht mit meinen Habseligkeiten, die ich überall verteilt hatte. Hier eine Strickjacke auf dem Stuhl im Arbeitszimmer, dort eine Hose im Korbsessel am Telefon, ein paar Sandalen in der Küche unter dem Fenster, mein Geschirr vom Frühstück nicht unsichtbar im Geschirrspüler, sondern noch auf dem Küchentisch. In den Geschichten von Oma Elsa und Opa Richard hatte das Haus gelebt. Hatte durch die Menschen gelebt. Hatte neunundvierzig Jahre durch die verschiedensten sowjetischen Offiziersfamilien gelebt, die das Haus gefüllt und überfüllt hatten, hatte durch Clara und Hannes gelebt. Und jetzt?

Ich stellte wieder das Radio in der Küche an und den Fernseher im Kaminzimmer und die Stereoanlage im Arbeitszimmer und die Waschmaschine im Keller und ließ die Kellertür auf, so dass die summenden Geräusche der Schleuder in mein Ohr drangen. Das Haus blieb tot, ich konnte es nicht füllen, nicht zum Leben erwecken.

In der Nacht lief der, die oder das oben auf dem Boden umher, erwachte zum Leben, wenn ich schlafen wollte. Ein Knacken, ein Knistern, ein Brummen …

Am nächsten Morgen fuhr ich sogar eine halbe Stunde eher zur Arbeit, flüchtete.

Der Sonnabend kam viel zu schnell. Kurz nach meinem Frühstück allein, das mir, wie Clara die Monate davor, nicht geschmeckt hatte, so dass ich den angebissenen Toast von links nach rechts geschoben hatte, rief Maik an: Es gehe ihm gut, der Job sei so, dass er noch genügend Zeit für den Strand habe, es sei alles wunderbar. Er habe sogar die Liste gelesen, er habe sich an alles gehalten.

Und dann sagte er: Ich glaube, hier bahnt sich etwas an.

Wo bahnt sich etwas an?, fragte ich.

Tante Clara und ein Grauhaariger, sagte er.

Ach, sagte ich.

Er hat ein Haus in Kampen mit Pool.

Das ist ja interessant, sagte ich, und er sagte: Ich beobachte weiter, und dann hatte er es eilig.

Zwei Stunden später rief Clara an, es gehe ihr gut, es bleibe ihr neben der Arbeit nicht mehr so viel Zeit, aber für den Strand reiche es immer noch. Ich würde sie nicht wiedererkennen, sie sei dunkelbraun, und die Haare seien ausgeblichen, sie müsse sie dringend nachfärben lassen.

Und dann sagte sie: Ich glaube, hier bahnt sich etwas an.

Ach, sagte ich.

Ja, sagte sie, zwischen Maik und der langhaarigen Maria. Sie sehe ihn kaum noch.

Ach, sagte ich, und dann hatte sie es eilig.

Ich stand im Flur, den Telefonhörer in der Hand, und freute mich für Clara und für Maik.

Und dann klingelte es an der Haustür. Es war Karl, unangemeldet und unerwartet stand er vor mir, einen Strauß rote Rosen in der Hand.

Aha, dachte ich, ein Versuch, sein schlechtes Gewissen zu beruhigen. Ich nahm sie trotzdem entgegen, sie konnten nichts dafür, stellte sie in eine Vase und neben die Topfsonnenblume auf den Küchentisch.

Dann kochte ich uns einen Tee aus Pfefferminz- und Zitronenmelisseblättchen aus dem Garten, während Karl mir erklärte, wo er gewesen war. Ich hätte ihn nicht danach gefragt, so froh war ich, dass er gekommen war, so froh, dass ich nicht allein im Haus war.

Sein Vater habe den Koffer gepackt, mit dem er vor fünfzehn Jahren aus Russland gekommen war, weil er beschlossen hatte zurückzugehen. Als Großmutter Anna morgens den Frühstückstisch für ihn und sich gedeckt hatte, weil Karls Mutter bereits in der Arztpraxis zum Putzen war, hatte er den Koffer in den Flur gestellt.

Wo willst du hin?, hatte Großmutter Anna gefragt.

In sein altes Leben, hatte er gesagt.

Großmutter Anna hatte anfangs nicht verstanden, was er meinte, und weiter mit dem Geschirr geklappert. Erst als er sie gedrückt und gefragt hatte, wen er alles grüßen solle, war ihr aufgefallen, dass er nicht so mürrisch wie in den Wochen vorher gewesen war. Sein Flug ginge in zwei Stunden, er würde jetzt aufbrechen.

Großmutter Anna hatte plötzlich zu zittern angefangen, hatte dann gefragt, ob seine Frau das guthieße, dass er zurückkehrte nach Russland.

Sie glaube, er fahre nur seinen alten Freund Aljoscha besuchen.

Da hatte Großmutter Anna auch noch zu weinen angefangen, war auf einen Küchenstuhl gesunken und hatte gefragt, weshalb er ihr das antue. Nach all dem, was sie zusammen durchgemacht hatten. Zuerst der Vater gestorben, dann diese Demütigung auf der Kolchose und im Dorf, und jetzt wollte er wieder dorthin zurück!

Er fühle sich so einsam, seine Freunde seien alle in Russland.

Einsam, hatte Großmutter Anna ungläubig gefragt, wie kann man in seiner Familie einsam sein? Und dann hatte Großmutter Anna gesagt, ihm würden wohl seine Trinkkumpane fehlen. Sie wäre froh gewesen, dass das mit dem Sto-Gramm-Wodkatrinken ein Ende gehabt hätte! Das würde ihm fehlen, nur das, sto Gramm Wodka morgens und mittags und abends! Und dann hatte sie so laut geweint, dass sein Vater es mit der Angst zu tun bekommen hatte.

Nach zwei Tassen Kaffee und ausnahmsweise sto Gramm Wodka dazu und der Versicherung, er würde zurückkehren, war er gegangen.

Karl trank seine Tasse Tee leer, ich goss nach und fragte: Und, ist er wieder zurückgekehrt?

Er ist nicht geflogen, antwortete Karl, kam am Nachmittag zurück mit seinem Koffer. Großmutter Anna war ihm weinend um den Hals gefallen, und nachdem er seine Sachen ausgepackt hatte, hatte sie ihm sto Gramm Wodka eingegossen und noch einmal und noch einmal. Und seitdem trank er jeden Nachmittag, und Großmutter Anna hielt ihn nicht davon ab und Karls Mutter ebenso wenig. Sie hatten Angst, er würde sonst ins Flugzeug steigen und für immer fortbleiben.

Nur mir gelingt es, dass er nicht zu viel trinkt, sagte Karl, deshalb habe ich mich in den letzten Wochen bei ihm aufgehalten.

Und nun?, sagte ich.

Nun hoffen wir alle, er hat sich wieder gefangen.

Ich war froh, dass das Problem Karls Vater und seine Familie betraf, war froh, dass es nicht um Karl und mich ging, und sagte: Das wird sicher wieder mit deinem Vater. Und dachte, sein Vater fühlte sich trotz seiner Familie allein, weil es ein fremdes Land für ihn geblieben war, in dem er jetzt lebte. Und ich fühlte mich trotz Omas und Opas Haus allein, das ich immer hatte haben wollen. Bis jetzt hatte es mir kein Zuhause gegeben. Irgendwie konnte ich Karls Vater verstehen.

Nach dem Tee sagte ich zu Karl, um ihn abzulenken von seinem Vater und dessen Problem, ich wolle ihm den Garten zeigen, wolle ihm zeigen, was heranwuchs, dieses Feuerwerk aus Farben in Bohnengrün, Dillgrün, Sonnenblumengelb, Kornblumenblau, Radieschenrot.

Wir scheuchten fette Spatzen auf, die die Beete bevölkerten, und Elstern, die über den Rasen hüpften. Es roch nach Sommer, süß und saftig und berauschend, und es schmeckte nach Sommer und Karl. Ich fand noch mehr Ansammlungen von Leberflecken, die dem Gesicht ähnlich waren, das neben seinem Bauchnabel lachte. Ein Gesicht unterhalb des linken Schulterblattes, das nicht lachte, sondern ernst schaute, ein Gesicht oberhalb der rechten Pobacke, das laut lachte, und eines im dichten Gewirr seiner Schamhaare. Aber das sah eher aus wie zwei Gesichter, die sich küssen, ich küsste sie auch, es war die kuscheligste Stelle an Karls Körper, und er mochte es nicht, weil es dort kitzelte, und ich tat es doch immer wieder, weil es so lustig war, mit den beiden Küssenden und Karl, der lachte.

Am Sonntagmorgen war Karl immer noch da und blieb zum Frühstück, und danach meinte er: Es muss Pilze im Wald geben. So bequem habe er es in Sibirien auch gehabt, den Wald gleich hinter den Häusern. Ob wir jetzt sofort losgehen könnten?

Können konnte ich, doch wollen wollte ich nicht, aber ging trotzdem mit in den Wald.

Als Karl sagte: Vorsicht, tritt nicht auf die Pilze, antwortete ich: Deshalb wollte ich eigentlich nicht mit. Ich erinnerte mich an den Tag, als Frank, ein Freund, den ich lange vor Karl gehabt hatte, unbedingt mit mir an einem Sonntagmorgen Ende September in die Pilze wollte. Ich hatte gedacht, er wollte was anderes, aber dann wollte er doch nur Pilze.

Als wir mit unseren Körben durch den Wald gingen, kam uns ein Trupp Russen entgegengelaufen. Soldaten, die hier ihren Armeedienst von zwei Jahren ableisteten, weil er bei uns leichter wäre als in ihrem Land. Es waren die Soldaten, von denen man des Öfteren hörte, es wäre wieder einer davongelaufen, weil es so schrecklich in den Kasernen wäre, aber noch schrecklicher wurde es, wenn sie ihn fanden.

In Armeehosen und Stiefeln und mit nackten Oberkörpern rannten sie durch den Wald. Ich fröstelte, nicht nur, weil es kalt war an jenem Morgen, sondern auch, weil ich ihre Rippen sehen konnte, über denen sich ihre Haut spannte, und dazu die kahl geschorenen Köpfe sah und an Kriegsbilder denken musste und Lagerbilder, dabei war der Krieg lange vorbei.

Aber diese Soldaten würden wir im Wald hinter der Siedlung heute nicht mehr treffen. Zurückgeblieben waren ihre Baracken und Häuser, die jetzt zusammenfielen, jeden Tag ein Stück mehr, und die von Maik und seinen Freunden durchstreift wurden, und Pilze, von denen ich allerdings keine fand, wie ich nie welche gefunden hatte. Dafür fand Karl sie, und er meinte auch, wir sollten jeden Tag in die Pilze gehen. Ich war nicht seiner Meinung.

Und ich war zuerst auch nicht seiner Meinung, zu Großmutter Anna zum Kaffeetrinken zu fahren.

Er habe uns bereits angemeldet, sagte er.

Ich sah ihn an. Ohne mich zu fragen?

Er lachte. Ich dachte, es wäre dir lieber, sie einmal allein zu treffen, ohne die gesamte andere Familie.

Jaja, sagte ich und musste ihm recht geben. Es ist immer angenehmer, einen Menschen allein kennenzulernen als die gesamte Familie auf einmal, von der man nicht wusste, ob man für sie Freund oder Feind war oder einfach nur gleichgültig.

Aber allein war Großmutter Anna dann doch nicht. Karls Vater war nicht mit zu einer Cousine gegangen. Er saß in einem Sessel, zog an seiner Pfeife, sagte: Guten Tag, zog weiter an seiner Pfeife, sah Karl an und sagte: *Nadejus, budjet poslednaja!*

Und ich verstand jedes Wort, das er gesagt hatte. Mein jahrelanges Russischlernen schien nicht umsonst gewesen zu sein, es schien doch einen Sinn gehabt zu haben. Den Sinn, dass ich zur richtigen Zeit das Richtige verstand.

Aber wen meinte er?

Außer mir und Karl war niemand im Wohnzimmer. Großmutter Anna stellte in der Küche den Blumenstrauß in die Vase, rosa Rosen, wie sie meine Mutter jetzt von mir bekam.

Karls Vater zog an seiner Pfeife, musterte mich, blies den Rauch aus, zog wieder an der Pfeife. Und da wusste ich es, er meinte mich!

Sicher ahnte er nicht, dass ich Russisch in der Schule gelernt hatte. Dass ich ihn verstand, ohne zu verstehen, was er meinte. Ich nahm mir vor, Karl später zu fragen, was er gemeint hätte.

Großmutter Anna kochte Tee, stellte Kekse auf den Tisch, sagte, sie sei so froh, uns zu sehen, alle jungen Leute hätten nie Zeit, sie zu besuchen, und fragte uns, was es Neues gebe.

Bei mir gab es nichts Neues, keine weiteren Äpfel, die von Bäumen fielen, wegen des Sonnenwetters keine Scherben, die aus dem Boden wuchsen, und auch keine Schnecken. Bei Karl schien es auch nichts Neues zu geben, denn er hob nur kurz die Schultern.

Deshalb erzählte Großmutter Anna, was es bei ihr Neues gab.

Alex sei jetzt auch in Berlin, der Bruder von Wolodja, dem aus dem letzten Haus in ihrer ehemaligen Straße. Dabei blickte sie Karls Vater an, der nicht wirkte, als erinnerte er sich an einen Alex vom Ende der Straße. Sie habe ihm gesagt, er könne sie besuchen kommen, sie freue sich über jeden Besuch, der mit ihr rede, dabei sah sie wieder Karls Vater an, als würde der nicht mit ihr reden. Und ich hatte die Vermutung, dass er das wirklich nicht tat, denn jetzt redete er auch nicht. Zog weiter an seiner Pfeife bei Tee mit Keksen, betrachtete mich argwöhnisch, und ich dachte an seine Worte und fühlte mich unbehaglich.

Großmutter Anna wollte mir ein zweites Mal die Geschichte von Paul und Marie erzählen, ihren Ururururgroßeltern, aber Karl unterbrach sie und meinte, ich würde sie schon kennen.

Ich höre Familiengeschichten immer wieder gern, widersprach ich, so vergisst man sie nicht, so bleiben sie am Leben.

Großmutter Anna erzählte mit den Händen, erzählte mit Keksen, indem sie eine Reihe legte, um mir zu zeigen, wie weit der Weg zur Wolga gewesen war, und eine zweite für den Weg aus Sibirien nach Deutschland zurück. Wir aßen die Keksreihen auf, Karl und ich, und sagten, der lange Weg wäre jetzt zu Ende, zu einem guten Ende gelangt, dazu lächelte Großmutter Anna, Karls Vater seufzte, und irgendwie konnte ich sein Seufzen verstehen.

Sie hoffe, wir werden sie jetzt regelmäßig besuchen, sagte Großmutter Anna beim Abschied.

Aber ohne Paul-und-Marie-Geschichte beim nächsten Mal, sagte Karl. Ich schüttelte den Kopf.

Ich würde Großmutter Annas Familiengeschichte so gern hören wie die Geschichten von Oma Elsa und Opa Richard und ihrem Haus, die ich Karl erzählt hatte, mehrmals, wenn auch nicht so oft wie Maik, der aus dem Zimmer ging, sobald ich davon begann. Und vielleicht würde ich sie eines Tages Großmutter Anna erzählen, weil auch meine Familie eine Geschichte besaß, so wie zu jeder eine gehörte.

Auf der Fahrt von Großmutter Anna zu Karl, bei dem ich über Nacht bleiben wollte, fragte ich ihn: Was hat dein Vater gemeint mit seinem Satz: Ich hoffe, es ist die Letzte?

Du hast ihn verstanden?

Ja, sagte ich, obwohl ich mich jetzt selbst darüber wunderte.

Karl hätte seinen Eltern bereits mehrere Frauen vorgestellt, und immer wenn sein Vater sich an eine gewöhnt hatte, war sie gegangen. Er mag dich, sagte Karl, sicher hat er deshalb gesagt, er hoffe, es sei die Letzte.

Ich fand seine Art, mir zu zeigen, dass er mich mochte, gewöhnungsbedürftig. Aber vielleicht würde er, wenn etwas Zeit vergangen war, mit mir reden und nicht über mich und nicht in seiner Sprache, von der er dachte, dass ich sie nicht verstand.

Und ich fragte mich, weshalb Karl die Frauen davongelaufen waren, mehrere sogar.

Fragen würde ich ihn nicht danach, aber ich hoffte, ich würde es erfahren. Vielleicht würde mir Großmutter Anna eine Antwort geben, wenn ich sie fragte. Vielleicht würden mich ihre warmen blauen Augen ansehen, und sie würde mich in den Arm nehmen, vielleicht genauso wie meine Oma Elsa es getan hatte, und hoffentlich sagen, die Frauen vor mir hätten alle nicht zu Karl gepasst, aber jetzt passe es.

Karl war dabei, das Abendbrot für uns vorzubereiten: Es gibt Bratkartoffeln, hatte er gesagt, ob ich die möge.

Aber als ich sah, was es dazu gab, sagte ich: Clara wäre jetzt gegangen, denn Karl hatte einen Becher mit Aal in Aspik auf den Tisch gestellt. Ich sah sofort meine große Schwester vor mir, die sich schütteln würde, und ihre Härchen, die sich an den Armen aufrichteten.

Clara hasst Aal, sagte ich, egal in welcher Ausführung, ob gebraten, geräuchert, in Form einer Handtasche oder in Aspik. Aber ich bin nicht wie Clara.

Am nächsten Abend kam Maik zurück. Ich hatte ihn vom Bahnhof abgeholt, und es sah so aus, als hätte er sein *Ja* und *Nein* und *Weiß nicht* und *Vielleicht* am Strand von Sylt zurückgelassen. Er erzählte von den Gästen, deren Koffer er auf die Zimmer getragen und die ihm viel Trinkgeld gegeben hatten. Das *viel* betonte er. Und die Uniform wäre toll gewesen, blau mit so einem Streifen auf dem Arm, und der Strand wäre super gewesen, und lustige Leute liefen dort herum, mit Hut und so, wie Tante Clara, und ob Maria ihn besuchen könne.

Wer ist Maria?, fragte ich.

Maria wohnt in Hamburg und ist meine Freundin.

Natürlich darf sie dich besuchen, sagte ich, wenn sie darf.

Maria darf alles, sagte er, und ich fragte nicht nach, was *alles* bedeutete.

Die eine Hälfte des Tages telefonierte er mit Maria und die andere spielte er am Computer. Danach telefonierte er wieder und immer dann, wenn ich auch telefonieren wollte. Als ich sagte, er könne nicht Stunde um Stunde das Telefon blockieren, hörte er auf zu telefonieren und mailte mit Maria, so dass er, bis weit nach Mitternacht, am Computer saß.

Und dann hatte es den Anschein, als wäre der Hochsommer vorbei. Der Süßkirschenbaum verlor erste Blätter, ich beobachtete ihn skeptisch, hoffte, er ginge nicht ein. Die

Meisen hingen kopfüber in den Sonnenblumen und pickten die Kerne heraus. Ich konnte die letzten Bohnen nicht ernten, weil sie noch zu klein waren. Sie wuchsen nicht weiter, denn es war kalt und blieb kalt, und ich dachte, sicher würde Clara in den nächsten Tagen anrufen und sagen, dass sie wiederkäme.

Sie rief an und fragte: Wie geht es unserem Familienerbe?

Auf diese Frage war ich nicht vorbereitet.

Familienerbe, sagte ich, wie kommst du jetzt darauf?

Ich wusste nicht, wie ich diese Frage beantworten sollte, konnte ihr doch nicht sagen, dass das Glas beschädigt war, wo ich versprochen hatte, mich um alles zu kümmern. Die Kirschen hatten Elstern und Amseln gestohlen, die Erbsen kleine weiße Maden, das Blaubeerglas hatte einen Sprung, und unserer Mutter ging es, seit Clara auf Sylt war, nicht gut.

Ich bangte jeden Tag, dass das Familienerbe halten möge, bis Clara zurückkäme.

Ist was mit den Blaubeeren?, fragte Clara.

Was soll sein, sagte ich und hoffte dabei, dass meine Stimme mich nicht verriet.

Es geht ihnen gut, sagte ich, was stimmte. Noch ging es ihnen gut.

Und dann sagte Clara: Ich bleibe länger, ich weiß nicht bis wann, ich werde noch gebraucht.

Ach, sagte ich, bei den Kartoffeln.

Darauf antwortete sie nicht. Ich wollte fragen, was sich anbahnte oder angebahnt hatte zwischen ihr und dem Mann aus Kampen. Doch ehe ich die passenden Worte gefunden hatte, hatte sie alles erzählt, was ihr wichtig war, und aufgelegt.

Aber Maik berichtete mir, an manchen Tagen sei Clara morgens von außerhalb des Hotels zur Arbeit gekommen, und statt bei den Kartoffeln sei sie am Empfang gewesen.

Und dass sie toll ausgesehen hätte in ihrer Uniform mit dem Streifen auf dem Arm.

Dann fing die Schule wieder an, und Maik erzählte nichts mehr, brummte und sagte *ja* und *nein* und *weiß nicht* und *vielleicht*, und wurde so, wie er vor der Fahrt nach Sylt gewesen war, ein Junge ohne Sprache.

September

Der erste Mittwoch im Monat kam und damit das Treffen mit der Mensch-ärgere-dich-nicht-Runde.

Als ich im Pflegeheim eintraf, war das Spielbrett auf dem runden Tisch im Aufenthaltsraum aufgebaut, ein Platz aber leer, der Platz mit den blauen Steinen.

Wo ist Lila?, fragte ich, küsste unsere Mutter, drückte Friedrich und wusste im selben Moment, was passiert war, denn meine Mutter sah auf ihre Hände, die ein Taschentuch zerknüllten, dabei zuckte ihre Kennenlernnarbe oberhalb der rechten Augenbraue. Einige Minuten später blickte sie auf, und mir schien es, als hätten ihre bereits erschlafften Gesichtszüge jeglichen Halt verloren.

Ich legte Mutters rosa Rose auf Lilas Platz, der leer war und leer bleiben würde.

Ihr richtiger Name war Paula, sagte Friedrich, fünfundachtzig war sie und die Witwe eines Pfarrers. Er soll viel und unaufhörlich geredet haben, so viel, dass keine Worte mehr für sie übriggeblieben waren, sicher hat sie deshalb gesagt: Wer will schon Gerede.

Und ich dachte: Es ist doch seltsam, wie wenig wir aus dem Leben der Menschen wissen, die neben und mit uns leben. Wir nehmen sie so wahr, wie sie sich uns gegenüber geben, fragen aber nicht nach, weshalb sie so oder so reagieren, fragen weder nach dem Woher und Weshalb und Warum.

An diesem Tag spielten wir kein Mensch-ärgere-dichnicht, wir saßen am Tisch, vor uns das aufgebaute Spielbrett, und redeten über Lila, die gesagt hatte: Wen interessiert schon ein Name, und von uns Lila genannt wurde, weil sie die lila Spielsteine haben wollte, obwohl die blau waren, die schummelte, wie alle schummelten, die tagsüber im Aufenthaltsraum schlief, obwohl sie sagte, das täten nur die Alten, in der Öffentlichkeit schlafen.

Als ich an diesem Nachmittag ging, ohne gewürfelt, ohne mich geärgert, ohne geschummelt zu haben, sagte ich, dass ich zur Beisetzung kommen würde. Und sofort nachdem die Tür des Pflegeheims hinter mir ins Schloss gefallen war, suchte ich mein Handy aus der Tasche und rief Clara an.

Sie sagte: Arme Lila, aber sie hatte ein schönes Alter.

Was ist ein schönes Alter, sagte ich, von dreißig bis vierzig ist ein schönes Alter.

Ein hohes Alter, sagte Clara, ich meinte, sie hatte ein hohes Alter.

Ein hohes Alter ist jenseits von neunzig, aber Clara sagte: Nimm es dir nicht so zu Herzen, du kanntest sie doch kaum.

Ist das jetzt noch von Bedeutung?, sagte ich.

Wir telefonieren morgen wieder, heute ist kein guter Tag.

Lilas Tochter war aus München zur Beisetzung angereist. Ich hatte sie bisher nicht gekannt, aber alle anderen am Grab kannte ich. All jene, die mit Lila auf einem Flur gewohnt hatten, denen ich im Heim begegnet war bei meinen Besuchen. Ich zählte fünf Bewohner und dachte: Ihre Heimfamilie ist gekommen, und dass man dort vielleicht doch nicht so allein war und dass *gut aufgehoben sein* auch kein falscher Ausdruck wäre.

Als wir wieder zurück waren im Heim, sagte meine Mutter, als hätte man sie für diesen Moment herausgerissen aus ihrem Nichtverstehen: Arme Lila, und mit wem spielen wir jetzt?

Und Friedrich sagte: Es wird jemand einziehen, und vielleicht passt dieser jemand in unsere Mensch-ärgere-dich-nicht-Runde.

Am Samstagnachmittag rief Karl an. Ich hatte nun doch die kleinen Bohnen abgepflückt und war dabei, einen Salat für das Abendbrot zu bereiten, für Maik, Karl und mich. Aber Karl sagte, er könne dieses Wochenende leider nicht kommen, er müsse sich um Großmutter Anna kümmern. Weil seine Stimme so anders klang, so als wollte er vor mir etwas verbergen, kehrten meine Gedanken zurück: Die Wiederholung der Wiederholungen, Jörg, Dieter, Frank, Erik und jetzt Karl.

Ein Anzug und ein zerknittertes Sommerkleid passten nicht zusammen, hatte ich es doch geahnt!

Wir aßen den Bohnensalat allein, Maik und ich. Und nachdem Maik die sechste Boulette dazu gegessen und gefragt hatte, ob er welche übriglassen müsse, und ich gesagt hatte: Nein, heute nicht, fragte er: Was ist passiert?

Nichts ist passiert, sagte ich und wischte mir eine Träne aus dem Auge. Es ist alles wie immer. Was nicht gelogen war.

Was passiert sei, fragte auch Clara, als sie am späten Abend anrief.

Ich beantwortete ihre Frage nicht, sondern fragte: Weißt du schon, wann du nach Hause kommst?

Nach einer kurzen Pause sagte Clara: Karl ist gegangen!

Er ist nicht gekommen, sagte ich, es fängt an wie bei allen Männern vor ihm, er sagt einen Besuch ab und den nächsten, erzählt etwas von Familienproblemen.

Ruf ihn an, sagte sie, oder fahre hin, frage dieses Mal, weshalb und warum!

Ich schwieg.

Weißt du schon, wann du kommst?, fragte ich ein zweites Mal. Eigentlich hatte ich sagen wollen, ich brauche dich, denn das Brauchen hatte sich gerade wieder einmal umgekehrt, dieses Wechselspiel in unserer Familie. So wie Oma und Opa unsere Eltern, Clara und mich gebraucht hatten, um ihre Hausgeschichten erzählen zu können, so wie Clara mich gebraucht hatte, als sie keine Brille hatte tragen wollen, so wie ich sie gebraucht hatte, als mich Jörg und Dieter und Frank und Erik … verlassen hatten, so wie Clara mich gebraucht hatte, als Hannes verschwunden war, so wie das Blaubeerglas mich brauchte, damit ich aufpasste, dass es nicht verdarb, so wie ich das Haus brauchte, um feststellen zu müssen, dass ich es nicht brauchte, dass ich es nicht mit Leben erfüllen konnte, so brauchte ich jetzt wieder einmal meine große Schwester.

Clara hatte verstanden, was ich hatte sagen wollen. Du brauchst nicht mich, sagte sie, du brauchst Karl.

Ich rief Karl nicht an, nicht am nächsten Tag und nicht am übernächsten. Karl war aus seiner russischen Welt in meine deutsche gekommen. War es das, was nicht zusammenpasste? Dabei hatte Großmutter Anna mich beim letzten Besuch, wieder zum Sonntagskaffee, aber dieses Mal ohne Karls Vater, beiseite genommen und gesagt: Sie freue sich, dass ich, eine Deutsche, mit Karl zusammen sei. Ich würde viel besser zu ihm passen als die russischen Frauen, die er vor mir gehabt hatte, die gegangen waren, nach einem Jahr oder zwei. Sie hätte das Gefühl, jetzt wäre Karl angekommen.

Aber er war nicht angekommen, er war dabei zu gehen.

Ich dachte an Claras Worte, nahm den Telefonhörer, legte ihn wieder hin, nahm ihn auf, rief nicht an. Mir fiel nichts ein, was ich hätte sagen können. Ich konnte schlecht fragen, was ihm an mir nicht passte, und wenn ich fragen würde, weshalb er nicht kam, würde ich die Antwort bekommen, die er mir gegeben hatte. Familienprobleme.

Einen Tag später rief ich ihn doch an. Ich wollte sagen: Ich muss dich sehen, jetzt, sofort! Ich muss mit dir reden!

Das Telefon klingelte und klingelte. Karl nahm nicht ab. Zehn Minuten später versuchte ich es erneut. Karl nahm nicht ab. Wo war er? Ein weiteres Mal versuchte ich es nicht.

Stattdessen sah ich mir jede Hausaufgabe an, die Maik gemacht hatte, es schienen mir wenig zu sein, und fragte nach, ob das wirklich alle wären, ob er nicht ein paar vergessen hätte.

Hätte er nicht, sagte er.

Und als ich mich zu ihm vor den Fernseher im Kaminzimmer setzte, um einen Film mitzusehen, den ich normalerweise schrecklich gefunden hätte, sah er mich fragend an.

Es wurde Freitag, es begann morgens zu regnen und regnete den ganzen Tag. Auch noch am Abend, als es klingelte, als Karl klingelte. Dieses Mal ohne Rosen. Dieses Mal kam er ohne Entschuldigung.

Großmutter Anna, sagte er, nachdem er mir einen Kuss gegeben hatte, von dem ich nicht wusste, ob es vielleicht der letzte sein würde. Wir saßen uns in der Küche gegenüber, er auf Hannes' Stuhl, ich auf Claras.

Großmutter Anna hat ihren Namen erhalten, den sie haben wollte. Jetzt heißt sie Anna Meier, sagte Karl.

Ich freue mich, sagte ich, dass es endlich geklappt hat.

Bei ihr sei die Freude aber zu groß gewesen, sagte Karl. Sie habe der Schlag getroffen.

Ich musste an meinen Vater denken, den einen Tag nach dem Mauerfall der Schlag getroffen hatte, und dass wir nie erfahren hatten, ob es wegen der Mauer oder wegen etwas anderem gewesen war. Ich nahm Karls Hände, die er auf dem Tisch unruhig hin und her bewegt hatte.

Arme Großmutter Anna, sagte ich, dabei war der Name ihrer Urururgroßeltern ihr größter Wunsch gewesen.

Sie liegt im Krankenhaus, es geht ihr etwas besser, nur reden kann sie nicht mehr, und ob sie laufen kann, können die Ärzte noch nicht sagen.

Ich dachte: So ist das Leben, manchmal gehen Wünsche in Erfüllung, und hinterher stellt man fest, dass es besser wäre, sie wären unerfüllt geblieben.

Ich konnte es dir nicht am Telefon sagen, sagte Karl, dass ich mich nun wieder jeden Abend um meinen Vater habe kümmern müssen, der der Meinung war, gegen diesen Kummer helfen nur sto Gramm Wodka.

Er musste aber feststellen, dass er ihm nicht helfen kann. War er gegangen, gab es Streit mit seiner Mutter, die die Flasche letztlich herausrücken musste.

Kann ich Großmutter Anna besuchen?, fragte ich.

Noch nicht, sagte Karl. Aber sicher bald.

Ich hoffe, sie erlernt das Reden wieder, sagte ich. Weil ich mir wünschte, dass Maik sie kennenlernte, und man einen Menschen nur kennenlernen kann, wenn man mit ihm redet.

Karl zuckte die Schultern.

Am Abend saßen wir vor dem seit Weihnachten leeren Kamin, schauten hinein und schwiegen. Ich dachte an meine Großmutter Elsa und an Großmutter Anna und dachte, wenn meine Oma so alt geworden wäre wie Großmutter Anna, hätten sie sich sicher gut verstanden. Ich seufzte.

Karl sagte: Lass uns den Kamin anzünden.

Es ist Hannes' Kamin, sagte ich. Niemand anderer hat, seit das Russenhaus kein Russenhaus mehr ist, dort ein Feuer entzündet.

Aber Hannes ist nicht da, sagte er, und es ist kalt, und ich kann das auch.

Dass ich mit der Schulter zuckte, deutete Karl als ja und holte Holz aus dem Schuppen und schichtete es im Kamin auf.

Nachdem ich die beiden Sessel näher herangerückt hatte, zündete ich ringsum Kerzen an und freute mich auf knisternde Wärme und tanzendes Feuer.

Ich wollte Karl Anweisungen geben, wie Hannes das Feuer entfacht hatte: Alles aufschichten und dazwischen Späne und Kohlenanzünder und etwas pusten. Karl aber wollte nicht pusten, er machte es, wie er es wollte, und das war es dann.

Es begann zu qualmen.

Das ist Hannes nie passiert!, sagte ich.

Der Qualm entwickelte sich zu einer Wolke, ich riss die Terrassentür auf und flüchtete hustend. Karl löschte das schwelende Feuer und sagte: Es muss am Kamin liegen, er zieht nicht.

Und da fiel mir mein Traum wieder ein, den ich gehabt hatte an jenem heißen Sommernachmittag, als ich für eine halbe Stunde im Garten auf der Liege eingeschlafen war, als ich mir die wohltuende Sonne ins Gesicht hatte scheinen lassen. Ich hatte geträumt, jemand wollte den Kamin anzünden, weil es kalt war, aber ich wollte das nicht, weil es Hannes' Aufgabe war, und wollte rufen: Nein, nein, nicht den Kamin. Aber die Worte konnten meinen Mund nicht verlassen. Und dann qualmte und qualmte es, und jetzt wusste ich es wieder: Es war ein Schornsteinfeger gekommen, der gesagt hatte: Es steckt was im Kamin. Ich war schweißnass aufgewacht, und die Sonne schien direkt auf meinen Kopf, und mir war, als wäre ich die Sonne. Den Rest des Nachmittags war mir unheimlich kalt gewesen, so wie jetzt.

Tonlos sagte ich: Was kann das sein, was um Gottes willen kann das sein!

Scheint verstopft zu sein, sagte Karl und rief den Schornsteinfeger an, den er auch erreichte. Er werde morgen früh kommen, obwohl es kein Arbeitstag für ihn sei, aber er sei bei einem Freund drei Häuser weiter, auch wegen des Kamins.

Der Morgen war sehr weit weg, und mir war schrecklich kalt, weil ich dauernd an meinen Traum denken musste, den ich aber Karl nicht erzählen wollte. Er hätte sicher gelacht.

In der Nacht versuchte er, mich zu wärmen, weil ich zitterte und nicht aufhören konnte damit. Mir schlugen die

Zähne aufeinander, und selbst in meinem Herzen wurde es kalt, und wenn Karl mit seiner Wärme von außen nicht gewesen wäre, wäre ich erfroren. Geschlafen habe ich nicht, nur dem Klappern meiner Zähne gelauscht und an das gedacht, was den Kamin verstopfte.

Der Schornsteinfeger klingelte am nächsten Morgen, lange nach dem Frühstück, das ich nicht hinuntergebracht hatte, ich hatte nur den Toast von links nach rechts geschoben. Karl fragte, ob ich krank wäre. Ich schüttelte den Kopf.

Als es klingelte, schien er den Schornsteinfeger vergessen zu haben, denn Karl fragte: Wer kann das sein?

Ich wusste, wer es war, weil ich die ganze Nacht an nichts anderes hatte denken können. Ich verschwand im Bad, ich wollte nicht sehen, was den Kamin verstopfte, wollte nicht das Geschrei hören, wenn sie es fanden.

Ich setzte mich auf den Fußboden, verschwand in der Nische zwischen Badewanne und Wand, die Knie ans Kinn gezogen, und dachte an Clara, die auf Sylt war, wo sich etwas anbahnte, zwischen ihr und dem Mann aus Kampen, und ich dachte an unsere Mutter, die Tag für Tag auf Hannes und seine rosa Rose gewartet hatte, und dachte an Fritzi, die sich sicher war, er würde sich zuerst bei ihr melden, und an Hannes' Eltern, die gesagt hatten, er sei nie gegangen, ohne einen Hinweis zu hinterlassen. Und ich musste daran denken, dass der, den wir suchten, der, der gegangen war, ohne etwas zu hinterlassen, die ganze Zeit gar nicht weg gewesen war, sondern hier unter uns, hier im Haus.

Ich zitterte und weinte, und dann hörte ich Karls Worte: Ist alles in Ordnung mit dir? Wie siehst du denn aus!

Ich traute mich nicht zu fragen, ob der Schornsteinfeger Hannes gefunden hatte. Karl nahm mich auf den Arm und trug mich ins Bett, sagte: Ich hole einen Arzt, und: Der Kamin ist wieder in Ordnung, es war ein Vogelnest drin.

Ich fragte: Nichts anderes?, und er sagte: Was hast du erwartet?

Aber das sagte ich ihm nicht, ich antwortete: Ich bin nicht krank, ich habe nur die letzte Nacht nicht schlafen können.

Dann lag ich verschlungen wie ein Vogelnest in meinem Bett und war froh über das Vogelnest, das im Kamin gewesen war, und wachte erst wieder auf, als die Sonne aus dem Zimmer gegangen und das Straßenlampenlicht gekommen war.

Karl hatte jeden Abend angerufen, seiner Großmutter gehe es nicht besser, seinem Vater ebenso wenig, aber er werde kommen am Sonnabendnachmittag, sofort nach der Arbeit, und ich solle mir etwas ausdenken, was wir gemeinsam unternehmen könnten, Maik und er und ich. Es hatte die ganze Woche geregnet, und am Donnerstag zeigte sich eine vorsichtige Sonne. Ich hatte mich beim Rechnungenschreiben auf den Feierabend gefreut, auf den Garten, darauf, Unkraut zu jäten und die ersten Astern in die Vase zu stellen. Maik war mit dem Fahrrad und seinen Freunden unterwegs.

Als das Unkraut auf dem Kompost lag und die Astern in der Vase standen, gönnte ich mir ein Bad mit Duftöl und Kerzen. Ich fühlte mich glücklich und behaglich und träumte vor mich hin, als ich dieses Pfffft hörte. Das Haus-Pfffft, das man hörte, wenn jemand die Haustür öffnete, das zu hören war, seitdem die Russen im Haus gewohnt hatten.

Ich erschrak. Hatte ich den Schlüssel steckenlassen, so wie ich es immer tat, wenn ich im Garten jätete, und ein Fremder spazierte jetzt herein? Oder kam Maik früher, als er es angekündigt hatte, was außergewöhnlich war?

Ich stieg aus der Wanne, zog Claras Bademantel über und verließ, nasse Spuren hinterlassend, das Bad. Unten hörte ich eine Tür aufgehen und noch eine. Ich ging hinunter, über die oberste Treppenstufe, die knarrte, die ein halbes Jahr jede Nacht geknarrt hatte, ging bis zur Mitte der Treppe und spähte über das Geländer, und da sah ich ihn – Hannes.

Hannes, der gegangen war, wohin auch immer, Hannes war wieder da. Ich stieg die restlichen Treppenstufen hinunter, sagte: Hallo, wieder zurück?

Die Hausbesetzerin ist wieder einmal da, sagte er. Was ist dieses Mal passiert?

Ich schluckte, wie immer, wenn er mich so nannte, und sagte: Dieses Mal *hüte* ich das Haus.

Weshalb das, wo ist Clara?, fragte er und riss dabei Zimmertür für Zimmertür auf.

Ich sagte: Es ist schäbig, zu gehen, ohne zu sagen, wohin, ohne daran zu denken, dass sich Clara und Fritzi sorgen könnten, dass sie fürchten müssen, dir wäre etwas passiert.

Mir ist nichts passiert, sagte er.

Aber er hatte sich verändert, seine Haut war dunkler und sein Haar heller. Er trug Jeans und ein kariertes Hemd und Stiefel wie aus Westernfilmen.

Du bist schäbig, sagte ich und schaute dabei an seiner Kleidung hinunter. So was von schäbig, zumindest hinterlässt man eine Nachricht, wenn man geht.

Er sah mich an, als wäre ich von einem Ort, den er nicht kannte, und sagte: Ich habe einen Brief hinterlassen.

Ach, sagte ich, gut versteckt, dass ihn niemand findet.

Er stürmte in den Vorflur, ich lief hinterher. Er zeigte auf den Spiegel und sagte: Dort habe ich ihn hingesteckt!

Und ich sagte: Dort hat ihn Clara aber nicht gefunden!

Zuerst sah Hannes mich erstaunt an, dann zog er das unter dem Spiegel stehende Schränkchen von der Wand ab. Ich schaute ihm über die Schulter, und da erblickte ich ihn, den Brief.

Er muss heruntergefallen sein, sagte er und starrte den Brief an.

Ich beugte mich hinunter und zerrte ihn heraus aus einer Wolke von Staubflocken, pustete einmal und reichte ihn Hannes. Er öffnete seinen Brief und gab mir einen winzigen Zettel.

Ich brauche Zeit zum Nachdenken. Ich gehe eine Weile nach Neuseeland. Der Hauskredit ist bezahlt, ich habe die Firma dafür verkauft. Es tut mir leid. Hannes.

Vier kurze Sätze nach siebenundzwanzig Ehejahren, eine magere Ausbeute. Ich las die Sätze noch einmal, länger wurden sie dadurch nicht, gab ihm den Zettel zurück und lief die Treppe wieder hinauf, um mir etwas anzuziehen.

Wo ist Clara, kommt sie bald?, rief Hannes mir hinterher.

Ich wollte ihm zuerst keine Antwort geben, weil mich diese Selbstverständlichkeit nervte, dass Clara zu Hause zu sein hatte und er nicht, aber dann nervte mich sein ständiges: Wo ist Clara?, und ich sagte: Sie ist auf Sylt, in einem Hotel.

Ach, sagte Hannes, das kann sie sich leisten?

Ich antwortete von oben, ehe ich die Badtür schloss: Aber sicher!

Als ich mich anzog, hörte ich ihn rufen: Willst du gar nicht wissen, wo ich war? ... In Auckland, in den Waitakere Ranges, einem richtigen Regenwald ... mit 240 Kilometer Wanderwegen ... habe im Besucherzentrum ausgeholfen ... war eine tolle Zeit ... das Wetter ... und die Landschaft ...

Wen interessiert das jetzt noch?, wollte ich hinunterrufen, es hat alle interessiert, als du verschwunden bist, ohne dich zu melden, nicht bei Clara, nicht bei Fritzi, nicht bei deinen Eltern oder unserer Mutter, die deine rosa Rose vermisst hat.

Aber ich sagte nichts.

Als ich die Treppe wieder hinunterkam, redete Hannes immer noch, es hörte nur niemand zu. Ich ging in den Keller, um die Waschmaschine anzustellen, und tat so, als wäre Hannes noch immer nicht zurück.

Weil er merkte, dass ich ihm keine Aufmerksamkeit schenkte, rief er in den Keller hinunter: Du hörst mir ja gar nicht zu.

Ich gab ihm keine Antwort.

Wenig später rief er: Das kann nicht wahr sein! Wohnt hier ein fremder Mann im Haus?

Er musste Karls Rasierzeug im Bad gefunden haben.

Da ist man eine kurze Weile weg, und schon wohnt hier ein fremder Mann!

Eine kurze Weile, dachte ich und daran, dass diese kurze Weile eine lange gewesen war, und daran, was alles in der Zeit passiert war. Ich stand vor dem Kellerregal, stand vor Claras gehorteten Mitteln zum Leben und schob das Blaubeerglas hinunter von seinem weißen Tüchlein, seinem besonderen Platz, schob es auf das Holz des Regalbretts, wo es aussah, als wäre es nichts Besonderes, nur ein Glas Eingewecktes wie die Apfelmusgläser darunter. Ich rollte das Tüchlein zusammen. Nahm das Blaubeerglas und stellte es ein Fach tiefer zum Apfelmus, zu meinem und Claras. Es stach hervor zwischen den Apfelmusgläsern. Hellgelb und Schwarzblau nebeneinander, wie nicht zusammengehörend.

Ich strich mit den Fingern über die gesprungene Stelle, ertastete die winzige Unebenheit, fragte mich zum ungezählten Mal, wie es hatte passieren können, dieser Riss vom Boden bis zum Deckel.

In diesem Moment stürmte Hannes die Kellertreppe zu mir herunter und sagte: Dachte ich mir doch, dass du bei diesem albernen Familienerbe bist.

Ich sagte nichts.

Und dann sagte Hannes: Dieses Haus war ein Fehler. Ich brauche es nicht, ich brauchte es nie! Ich hätte mich durchsetzen sollen, damals. Alles verkaufen, als es noch eine Ruine war, und mit dem Geld um die Welt fliegen.

Ach?!, sagte ich nur, weil ich das bereits wusste, was er mir sagte. Ging an Hannes vorbei und die Kellertreppe hinauf, und da war es, das Gefühl, etwas zu Ende bringen zu müssen, etwas, das vor Jahrzehnten begonnen hatte, in einem anderen Jahrtausend, und das wie alles Angefangene ein Ende forderte. Gleichgültig wann und gleichgültig wie.

Hannes sauste am Kellereingang an mir vorbei, und ich stieg die Treppe noch einmal hinunter, nahm Oma Elsas Blaubeerglas aus dem Apfelmusfach, wo es nicht hinpasste, wo es hervorstach mit seiner schwarzblauen Farbe, trug es die Kellertreppe hinauf, vorbei an Hannes, der mitten im Flur stand, und vorbei an seinen Worten, die ich nicht wahrnahm.

Ich stellte das Blaubeerglas vorsichtig auf den Küchentisch, damit es nicht zerbrach und der schwarzblaue Saft nicht auf den Tisch lief und von der Tischplatte hinunter auf den Fußboden und sich über die Fliesen verteilte und in den Fugen und alles mit siebenundsechzig Jahre alter Blaubeerfarbe einfärbte. Mit einer Farbe, die so intensiv sein würde, dass sie nie wieder herausginge, aus dem Tisch und den Fliesen und den Fugen, und man für immer wissen würde: An dieser Stelle war das Familienerbe zerbrochen.

Ich suche jetzt meine Sachen zusammen, sagte Hannes, und rufe Clara an, ob sie mitkommen will nach Auckland.

Clara kommt nicht mit, dachte ich und sagte: Ruf besser deine Eltern und deine Tochter an.

War das der Hannes, den ich kannte, war das der Hannes, den wir alle kannten, konnte man einen Menschen überhaupt richtig kennen? Konnte man nicht, man konnte ein winziges Stück kennenlernen, der Rest blieb verborgen.

Und wenn man etwas von dem Verborgenen sah, erkannte man den Menschen plötzlich nicht mehr, den man dachte gekannt zu haben.

Der Hannes, der gerade durch das Haus stürmte und tat, als wäre er nie weg gewesen, den kannte ich nicht, den kannte wohl niemand. Wie seltsam es doch war, wie wenig wir von den Menschen wussten, die neben und mit uns lebten.

Er rief Clara auf dem Handy an, und ich hoffte, sie würde nicht rangehen, weil der Akku gerade leer war oder die Karte alle oder das Handy ausgestellt.

Ist sie noch unter einer anderen Nummer zu erreichen?, fragte er.

Sie hat keine andere Nummer, antwortete ich, nur das Handy.

Dann versuche ich es nachher noch einmal, sagte er.

Eine halbe Stunde später standen zwei Koffer im Flur, wie für ein Weggehen für immer, und Hannes sagte: Ich fahre nach Berlin zu einem Bekannten, es gibt ja hier schon einen Mann im Haus. Und versuche Clara zu erreichen, vielleicht kann ich sie überzeugen, dass sie mitkommt nach Auckland.

Sie hat sich bereits entschieden, dachte ich. Sie hatte sich entschieden, weil es nichts mehr zu entscheiden gab, weil es zu spät war, die Entscheidung sich allein entschieden hatte.

Ich ging in die Küche und setzte mich an den Küchentisch, zog das Rezeptheft aus dem Regal, schlug die Seite *Hefeklöße mit Blaubeeren* auf und starrte auf Oma Elsas Blaubeerglas. Mit den Fingern strich ich über den Riss, hörte Hannes' Worte: Ich fahre jetzt, und weg waren er und seine Koffer, und ich wusste nicht, ob es ein Traum gewesen war, der mir gerade begegnet war, und war froh, dass Clara nicht zu Hause gewesen war oder Maik.

Es reichte, wenn ich Hannes so kennenlernte.

Wir sahen uns an, ich und die Blaubeeren, die seit siebenundsechzig Jahren in diesem Glas schwammen und darauf warteten, das zu erleben, wofür sie bestimmt waren.

Ich zog das Glas zu mir heran, betrachtete es ein letztes Mal, griff die Lasche des Gummirings und zog. Ich weiß nicht, was ich erwartet hatte, jedenfalls nicht, dass es einen Zischlaut gab, wie wenn jemand seufzt, tief und schwer. Dann hielt ich den Deckel in der Hand und starrte die Blaubeeren von oben an.

Es duftete herb, herb und süß wie ein Parfüm, das lange gefangen gewesen war. In dem Moment, in dem ich den intensiven Duft einatmete, war mir bewusst, dass mir so etwas in meinem Leben nicht noch einmal begegnen würde.

Ich schnupperte und schnupperte und hatte das Gefühl, es wirkte berauschend, und schnüffelte weiter, so als könnte ich high davon werden, meine Nase vollgesogen mit dem Duft von siebenundsechzig Jahre eingesperrten Blaubeeren und dem Geruch von Oma Elsa, ihrer Zeit und ihrem Haus.

Eine Träne fiel in die schwarzblaue Flüssigkeit, meine Träne. Als ich voll Duft war, wie eine Biene taumelig und alles um mich herum vergessen hatte, hielt ich einen Löffel in der Hand.

Ich wusste nicht, wie er dorthin gekommen war, er lag in meiner Hand, und ich tat das, was man mit einem Löffel tut, ich begann zu essen.

Ich war wie berauscht, und der erste Löffel schmeckte berauschend. Wie jahrelang aufbewahrter Wein alt und schwer und ölig schmeckt, schmeckte der erste Löffel alt und schwer und ölig und weniger süß, als ich gedacht hatte.

Vielleicht war 1938 kein gutes Blaubeerjahr gewesen, vielleicht gab es nur kleine verschrumpelte Beeren, durch zu wenig Regen oder zu wenig Sommer. Ob die Beeren immer schon winzig gewesen oder geschrumpft waren, ließ sich nicht mehr feststellen. Oma Elsa hatte damals noch nicht ihre grünen Beweishefte geführt. Und die Hefte, mit denen sie in den fünfziger Jahren begonnen hatte, waren verbrannt worden, irgendwann, nachdem Opa Richard gestorben war und Oma Elsa keine Beweise mehr brauchte.

Ich hätte gern erfahren, was in den Heften gestanden hatte, ob es Geschichten gab, die ich nicht kannte und die ich kennen wollte. Geschichten von Oma Elsa und Opa Richard und ihrem Haus, Geschichten von den Nachbarn rechts und links und gegenüber, Geschichten, die verschwanden, wenn nicht an sie erinnert wurde, Geschichten, die zu verlorenen Geschichten wurden, zu einem verschwundenen Gestern.

Der zweite Löffel Blaubeeren schmeckte, als würde Oma Elsa neben mir stehen, klein und gedrungen, wie sie war, und mit ihren intensiven blauen Augen, die mich angelächelt hatten, und ihren geöffneten Armen, die mich umarmt hatten, die jeden zu umarmen schienen. Der zweite Löffel Blaubeeren schmeckte warm und ungeheuer süß, er schmeckte wie Liebe.

Der dritte Löffel schmeckte schwer und herb und nach Keller, nach Gefängnis, nach Eingesperrtsein, nach Einsamkeit. Er hinterließ ein taubes Gefühl auf meiner Zunge. Ein Gefühl des Verlorenseins.

Der nächste schmeckte nach Staub, der sich in das Glas gelegt hatte, obwohl es verschlossen gewesen war, nach Staub von vielen Kellerjahren.

Der nächste Löffel war leicht und beschwingt und holzig, und ich sah Opa Richard vor mir, wie er auf seiner Jagd nach den Beeren durch den Wald gestreift war, in der einen Hand den Blaubeerpflücker, in der anderen die halbvolle Kanne. Ich hörte das Rascheln der Gräser unter seinen Schritten und sah ihn gebückt vor den Blaubeerpflanzen stehen und mit seinem Pflücker durch die Sträucher fahren, scccccchhht, eine Ladung Blaubeeren und Blätter fiel hinein. Blätter, die Oma Elsa und meine Mutter später heraussammeln mussten. Der Löffel schmeckte nach Wald und Blättern und raschelndem Gras.

Beim nächsten wurde mir heiß, als hätten die Beeren Alkohol gebildet, der mich jetzt warm und immer wärmer und dann heiß werden ließ. Wie in einem langen Sommer, als die Beeren noch reiften an ihren Büschen im Wald. Einem heißen Sommer, der die Beeren reifen und weiterreifen ließ und ungeheuer süß und saftig werden. In der Luft der Geruch des Waldes. Würzig und heiß steht die Luft über den Beeren, und die Beeren nehmen den Geruch der Bäume ringsum auf. Und später im Glas reifen sie weiter, die Würze dehnt und dehnt sich. Als kein Dehnen mehr möglich ist, nach Jahren, nach Jahrzehnten, schrumpfen sie, ziehen sich zusammen, rücken näher in ihrem Gefängnis, von dem sie nicht wissen, wie lange sie dort bleiben werden, bis sie sich eines Tages ihrer Würze gewahr werden und gegen die Glaswand drücken, mit einer Kraft, die einen Riss hinterlässt, winzig und haarfein.

Ein Löffel mit einem kräftig würzigen Geschmack, mehr als ich ertragen konnte, mehr als der Löffel fassen konnte.

Und dann stürzte die gesamte Geschichte des Glases und des Hauses auf mich ein, unsicher und wechselhaft, turbulent und bittersüß. Ein Bauen und Nehmen, ein Hoffen und Warten, ein Kommen und Gehen.

Als das Glas leer war bis auf eine winzige Restpfütze mit ein paar verschrumpelten Kügelchen, war mir, als hätte ich unsere Familiengeschichte gegessen, für immer vereinnahmt, für immer lebendig in meinem Innern.

Ich schlug Omas Rezept *Hefeklöße mit Blaubeeren* zu und ging zum Telefon, wählte die Nummer des Pflegeheims und ließ mich mit meiner Mutter verbinden, obwohl ich nicht sicher sein konnte, ob sie das verstand, was ich ihr jetzt sagen würde.

Hannes ist wieder zurück, aber nicht der Hannes, den du gekannt hast.

Es steht eine weiße Rose in meinem Zimmer, sagte sie.

Und ich habe das Familienerbe aufgegessen, sagte ich, und sie sagte: Endlich.

Gabriele Wohmann
Schwarz und ohne alles
Erzählungen
221 Seiten. Gebunden
ISBN 978-3-351-03238-8

»Chronistin der Normalität« SZ

Wenn Holy die Decke auf den Kopf fällt, geht sie in »Vanessas Salon«. Hier findet sie außer Klatsch auch ein offenes Ohr für ihre Sorgen, immer Trost und manchmal Rat. Der Mensch braucht Kontakt, sonst wird er sonderbar, meinen dort alle, und wenn Holy wieder zu Hause ist, hat sie nicht nur eine neue Frisur, sondern weiß, wie andere mit dem Leben umgehen, und fühlt sich gleich besser. In so einem Salon ließen sich Geschichten hören wie die von Holy oder Paul oder Ottilia. Und wenn man so genau beobachten würde wie Gabriele Wohmann, könnte man den Moment ausmachen, in dem sie erkennen, wie die Liebe ist oder das Unglück. Man kann sich aber auch gleich in das Wohmann'sche Parallel-Universum aus skurrilen oder tröstlichen Beziehungen begeben und eines lernen: sie zu durchschauen.

Weitere Titel:
Scherben hätten Glück gebracht. Erzählungen. ISBN 978-3-351-03081-0

Mehr Informationen erhalten Sie unter
www.aufbau-verlag.de oder in Ihrer Buchhandlung

aufbau

Hansjörg Schertenleib
Das Regenorchester
Roman
234 Seiten. Gebunden
ISBN 978-3-351-03237-1

Eine Liebe in Irland

Irland sollte für einen Schweizer Schriftsteller zu einem Fluchtpunkt werden, zu dem Ort, an dem seine Frau und er ihre Liebe lebten. Doch nun sitzt er betrogen in seinem Haus. Da begegnet ihm Niamh, eine sechzigjährige Irin, die ihn zu sich einlädt, um ihn zum Chronisten ihres Lebens zu machen. Niamh reißt ihn aus seiner Trauer und führt ihm die Wunder des alten, untergegangenen Irland vor Augen. Mit betörend schönen Worten nimmt sie ihn mit auf die Reise zurück zu ihrer vielköpfigen Familie, zu ihrer deutschen Freundin, ihrer traurigen, verlorenen Liebe – und sie zeigt ihm eine andere Seite der Musik, die Musik des Regens, die man nur in Irland hören kann. Bald wird er zu ihrer Vertrauten und kann sich auf ihr letztes großes Geheimnis einlassen, das ihm nicht nur alles abverlangt, sondern ihm auch einen Weg in die Zukunft weist.

»Man überlässt sich gern Schertenleibs erzählerischem Talent, seiner schnörkellosen wie poetischen Sprache.«

BERLINER MORGENPOST

Weitere Titel von Hansjörg Schertenleib (Auswahl):
Die Namenlosen. Roman. AtV 1853
Von Hund zu Hund. Roman. AtV 1912
Der Glückliche. Roman. AtV 2276
Der Antiquar. Roman. AtV 2397
Die Geschwister. Roman. AtV 2445

Mehr Informationen erhalten Sie unter
www.aufbau-verlag.de oder in Ihrer Buchhandlung

aufbau